O DESERTO ESTÁ VIVO

ELIZABETH WETMORE

O DESERTO ESTÁ VIVO

TRADUÇÃO
ROBERTA CLAPP

TRAMA

Título original: *Valentine*
Copyright © 2020 by Elizabeth Wetmore

Todos os direitos reservados. Nenhuma parte deste livro pode ser usada ou reproduzida sem permissão por escrito, exceto em breves trechos citados em artigos críticos e resenhas.

Direitos de edição da obra em língua portuguesa no Brasil adquiridos pela Trama, selo da EDITORA NOVA FRONTEIRA PARTICIPAÇÕES S.A. Todos os direitos reservados. Nenhuma parte desta obra pode ser apropriada e estocada em sistema de banco de dados ou processo similar, em qualquer forma ou meio, seja eletrônico, de fotocópia, gravação etc., sem a permissão do detentor do copirraite.

Editora Nova Fronteira Participações S.A.
Rua Candelária, 60 — 7.º andar — Centro — 20091-020
Rio de Janeiro — RJ — Brasil
Tel.: (21) 3882-8200

Dados Internacionais de Catalogação na Publicação (CIP)

W541v   Wetmore, Elizabeth
O deserto está vivo/Elizabeth Wetmore; traduzido por Roberta Clapp. – Rio de Janeiro: Trama, 2022.
272p.; 15,5 x 23 cm

ISBN: 978-65-89132-45-5

1. Literatura norte-americana. I. Clapp, Roberta. II. Título.

CDD: 810
CDU: 821.111

André Queiroz – CRB-4/2242

www.editoratrama.com.br

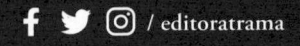

f 🐦 📷 / editoratrama

Para Jorge

*Eu costumava dizer com frequência: sou esta poeira; ou, sou este vento.
E, quando era jovem, aceitava isso. A verdade é que nunca foi o caso.
Já vi poeira e vento o suficiente para saber que sou uma
pequena lufada de ar que sempre percorre a distância que
a saudade exige, e que até mesmo isso vai fracassar.*

LARRY LEVIS

Gloria

A manhã de domingo começa bem aqui no campo de petróleo, poucos minutos antes do amanhecer, com um jovem operário estirado em sua caminhonete, dormindo profundamente. Com os ombros pressionados contra a porta do motorista e as botas apoiadas no painel, ele usa seu chapéu de caubói com a aba abaixada de modo que a garota sentada no chão de terra do lado de fora consegue ver apenas seu queixo pálido. Sardento e praticamente sem pelos, seu rosto é dos que jamais precisará ser barbeado diariamente, por mais velho que ele fique, mas ela torce para que ele morra jovem.

Gloria Ramírez se mantém perfeitamente imóvel, como um galho caído da algarobeira, uma pedra semienterrada, e o imagina de bruços no solo, lábios e bochechas carcomidos pela areia, a sede aliviada apenas pelo sangue na boca. Quando em um sobressalto ele se move bruscamente contra a porta da caminhonete, ela prende a respiração e observa a mandíbula dele retesar, o músculo travando um osso contra o outro. Olhar para esse homem é um martírio, e ela torce mais uma vez para que ele morra logo, para que seja uma morte brutal e solitária, sem ninguém para chorar por ele.

O céu fica roxo ao leste, depois azul-escuro e por fim levemente acinzentado. Em poucos minutos estará tingido de laranja e vermelho e, se olhar, Gloria verá a terra estirada sob o céu, marrom costurado ao azul, como sempre. É um céu infinito — e a melhor coisa do oeste do Texas, quando você se lembra de olhar para ele. Ela sentirá falta desse céu quando for embora. Porque não pode mais ficar aqui, não depois disso.

Ela mantém os olhos na caminhonete e seus dedos começam a pressionar levemente a areia, contando um, dois, três, quatro... — eles tentam impedi-la de fazer movimentos bruscos, tentam mantê-la quieta, tentam mantê-la entre os vivos por mais um dia. Porque Gloria Ramírez pode não saber muita coisa nesta manhã de 15 de fevereiro de 1976, mas sabe o seguinte: se ele não tivesse apagado antes de ficar sóbrio o suficiente para encontrar sua arma ou colocar as mãos ao redor do pescoço dela, já estaria morta. A contagem prossegue: 52, 53, 54... — ela aguarda e observa, ouve enquanto algum bichinho se move no meio da algarobeira, e o sol, aquele pequeno e cotidiano alívio, se ergue sobre o horizonte, pendurado lá em cima ardendo a leste. E seus dedos continuam.

A luz do dia revela quilômetros de bombas de vareta de sucção e de resíduos do campo de petróleo, lebres e cercas de arame farpado, aglomerados de algarobeiras e capim-erva-de-búfalo. Em meio às pilhas de caliche e a antigos oleodutos, cobras de diversos tipos jazem entrelaçadas, com a respiração lenta e regular, aguardando a primavera. Quando a manhã atinge sua plenitude, Gloria vê uma estrada e, atrás dela, uma casa de fazenda. Talvez seja perto o suficiente para ir caminhando, mas é difícil dizer. Aqui, um quilômetro pode parecer dez, dez podem ser vinte, e ela sabe apenas que este corpo — ontem, ela teria dito *meu* corpo — está sentado em uma pilha de areia, em algum lugar do campo de petróleo, longe demais da cidade para ver a caixa d'água com o nome do lugar — Odessa — pintado na lateral, ou o edifício do banco, ou as torres de resfriamento da refinaria onde sua mãe trabalha. Em breve, Alma voltará para casa depois de passar a noite limpando escritórios e barracões de convivência. Ao entrar no apartamento quarto e sala, que ainda cheira ao ensopado de canjica e porco da noite anterior e aos cigarros do Tío, e ver que o sofá-cama onde Gloria dorme ainda está feito, pode ser que Alma fique preocupada, talvez até com um pouco de medo, mas ficará principalmente irritada, pois, mais uma vez, a filha não está em casa, onde deveria.

Gloria examina as bombas que se movem para cima e para baixo, imensos gafanhotos de aço, sempre famintos. Ele os levou de carro até Penwell? Mentone? Loving County? Porque a Bacia do Permian tem mais de duzentos mil quilômetros quadrados, e a paisagem é praticamente a mesma — ela pode estar em qualquer lugar, e as únicas coisas concretas neste momento são sua sede e sua dor, os ocasionais suspiros do operário, seus dentes rangendo e seu corpo trocando de posição, e o clique e o zumbido da bomba a poucos metros de onde ela está sentada.

Quando uma perdiz-da-virgínia começa a cantar, o som inaugura suavemente a manhã. Gloria volta a olhar para a casa ao longe. Uma estrada de terra corta o deserto ao meio, uma linha reta movendo-se continuamente em direção a uma varanda que ela já começa a imaginar. Talvez seja perto o suficiente para caminhar, talvez uma mulher atenda a porta.

Ele não se move quando os dedos trêmulos dela pressionam a terra pela última vez — *mil*. Gloria vira a cabeça lentamente para a frente e para trás e, entendendo que mais do que qualquer outra coisa é o seu silêncio que a mantém viva, sem dizer nada ela contempla as partes de seu corpo conforme cada uma delas surge à sua frente. Braço. Aqui está um braço, um pé. O osso do pé está conectado ao osso do calcanhar, ela pensa, e o osso do calcanhar está conectado ao osso do tornozelo. E ali, no chão, próximo à plataforma de extração feita de madeira, seu coração. Ela olha para um lado, depois para o outro, recolhendo seu corpo, cobrindo-o com roupas rasgadas e espalhadas pelo chão como se fossem lixo, desprezadas e deixadas de lado, não mais a camiseta preta preferida, a calça jeans que a mãe lhe deu no Natal, o conjunto de calcinha e sutiã que havia roubado da Sears.

Ela sabe que não deveria, mas quando chega a hora de ir, não consegue deixar de olhar para o operário. Tufos ralos de cabelo loiro vazam por baixo da borda de feltro de seu chapéu de caubói. Magricelo e durão, ele é apenas alguns anos mais velho que Gloria, que completará 15 no próximo outono, caso sobreviva a este dia. Agora o peito dele sobe e desce compassadamente, assim como o de qualquer outra pessoa, mas, tirando isso, ele está imóvel. Ainda dorme, ou finge dormir.

A mente de Gloria desliza para esse pensamento como um cavalo para uma armadilha de arame farpado. Sua boca se abre, então se fecha. Ela está ofegante, sedenta por oxigênio, um peixe arrancado de um lago. Imagina os próprios membros desconectados, fugindo para o deserto para serem destroçados pelos coiotes que ouviu chamando uns aos outros durante a noite. Ela imagina seus ossos empalidecidos e desgastados pelo vento — um deserto cheio deles — e isso a faz querer gritar, abrir a boca e uivar. Em vez disso, engole em seco e se senta de volta na areia, fechando os olhos com força contra o operário, o sol que brilha cada vez mais e o céu infinito.

Ela não podia entrar em pânico. Entrar em pânico é a pior coisa que pode acontecer, diria seu tio. Sempre que o Tío conta uma história da guerra — e desde que ele voltou para casa no ano anterior, todas as histórias são sobre a guerra —, começa da mesma maneira. Sabe o que acontece com um soldado que entra em pânico, Gloria? Ele morre, é isso que acontece. Ele termina suas histórias da mesma maneira também. Escuta, um militar nunca entra em pânico. Nunca entre em pânico, Gloria. Você entra em pânico e *bang*, diz ele transformando o dedo indicador em uma pistola, pressionando contra o coração e puxando o gatilho. E se ela tem uma certeza nesta manhã, é de que não quer morrer, então pressiona com força a boca com os dois punhos fechados e diz a si mesma para se levantar. Tente não fazer barulho. Ande logo.

Então, Gloria Ramírez — por muitos anos, seu nome vai pairar como um enxame de vespas sobre as garotas locais, um aviso sobre o que não fazer, o que nunca fazer — se levanta. Ao se lembrar de seus sapatos, não volta para buscá-los, tampouco a jaqueta de pele de coelho que usava na noite anterior quando o jovem parou no estacionamento do Sonic, antebraço pendurado para fora da janela, sardas esparsas e fios de cabelo dourados brilhando sob as luzes fluorescentes do drive-in.

Olá, meu amor. Suas palavras acabaram com a feiura do drive-in, seu sotaque discreto deixando claro que não era de lá, mas também não de tão longe assim. A boca de Gloria ficou seca como um pedaço de giz. Ela estava parada ao lado da solitária mesa de piquenique, uma enorme e instável bobina de madeira em meio a alguns carros e caminhões, fazendo o que sempre fazia nas noites de sábado. Passando o tempo, bebendo limonada e pedindo cigarros para desconhecidos, esperando que algo acontecesse — e nunca acontecia, não naquela cidade de merda.

Ele estacionou tão perto de Gloria que mesmo através do para-brisa ela conseguiu perceber os sinais do campo de petróleo nele. As bochechas e o pescoço queimados pelo vento, os dedos manchados de preto. Mapas e faturas cobriam o painel do carro, e um capacete estava pendurado em um suporte acima do banco. Havia latas de cerveja vazias amassadas e espalhadas pela carroceria da caminhonete, junto com pés de cabra e galões d'água. Tudo se encaixava com a imagem perfeita dos alertas que Gloria tinha recebido ao longo de sua vida inteira. E naquele momento ele disse a ela seu nome — Dale Strickland — e perguntou o dela.

Não é da sua conta, respondeu Gloria.

As palavras saíram da boca de Gloria antes que pudesse refletir sobre elas, sobre como fariam com que parecesse uma garotinha e não a jovem durona que estava tentando ser. Strickland se inclinou mais um pouco para fora da janela e olhou para ela com um olhar de cachorrinho abandonado, os olhos injetados de sangue e rodeados de sombras. Ela olhou diretamente para eles por alguns segundos. O azul ficou pálido, depois cinza, dependendo de como a luz atingia o rosto dele. Eram da cor de uma bola de gude que você se esforçava para não perder, ou talvez do golfo do México. Mas ela não distinguiria o oceano Pacífico de um lamaçal, e isso era parte do problema, não era? Ela nunca tinha estado em lugar nenhum, jamais tinha visto nada além daquela cidade, daquelas pessoas. Talvez ele fosse o princípio de algo bom. Se eles ficassem juntos, quem sabe ele a levasse até Corpus Christi ou Galveston dali a alguns meses, e ela poderia ver o oceano pessoalmente. Então ela lhe disse seu nome. Gloria.

Ele riu e aumentou o volume do rádio para provar a coincidência, Patti Smith cantando o nome de Gloria na estação universitária. E aqui está você, disse ele, em carne e osso. Isso é destino, minha querida.

Isso é *conversa fiada*, meu querido, respondeu ela. Eles tocam esse álbum a cada duas horas desde o outono passado.

Gloria vinha cantando aquela música havia meses, esperando ouvir o álbum, *Horses*, na rádio, e se deleitando com os acessos de fúria da mãe cada vez que cantava, *"Jesus died for somebody's sins but not mine"*. Quando Alma ameaçou arrastá-la para a missa, Gloria gargalhou. Desde os 12 anos de idade não ia à igreja. Ela cerrou o punho, levantou-o diante da boca como se fosse um microfone e cantou o verso diversas vezes até que Alma entrou no banheiro e bateu a porta.

O Sonic estava morto na noite do Dia dos Namorados. Nada nem ninguém estava lá — apenas a mesma garçonete magricela e drogada de sempre, que vinha direto do emprego diurno e fingia não ver os mesmos delinquentes que todos os dias serviam Jack Daniel's em copos descartáveis meio cheios de Dr. Pepper; a garota só alguns anos à frente de Gloria no colégio, sentada em uma banqueta atrás do balcão, pressionando botões e repetindo pedidos, a voz distorcida pelos alto-falantes imensos; e o cozinheiro, que eventualmente saía de frente da grelha e ficava do lado de fora, fumando, enquanto observava os carros passarem pela rua. E naquele momento, uma senhora idosa, alta e de ombros largos deixou a porta do banheiro se fechar, enxugou as mãos na calça e caminhou apressada em direção a uma caminhonete onde um homem ainda mais velho, esquelético e absolutamente careca, estava sentado observando Gloria.

Quando a mulher entrou e se sentou ao lado dele, ele apontou para a garota, sua cabeça acenando ligeiramente enquanto falava. A esposa assentiu, mas quando ele pôs a cabeça para fora da janela, ela agarrou o braço dele e fez que não. Gloria encostou-se à mesa de piquenique e enfiou as mãos no bolso de sua jaqueta nova, olhando de um lado para outro, do casal para o jovem, que ainda tinha o braço pendurado para fora da janela aberta, os dedos batendo constantemente contra a lateral da caminhonete. Observou os dois velhos abutres discutirem dentro do carro e, quando eles olharam para ela novamente, Gloria tirou uma das mãos do bolso. Lentamente, ela desenrolou o dedo médio e o manteve no ar. Vão se foder pra lá, murmurou ela.

Ela olhou novamente ao redor do estacionamento do Sonic, deu de ombros — nada a perder, tudo a ganhar — e entrou na caminhonete do jovem. A cabine estava quente como uma cozinha, com o mesmo cheiro fraco de amoníaco dos produtos de limpeza industrial que pairava nas mãos e nas roupas de sua mãe quando ela voltava do trabalho. Strickland aumentou o volume do rádio e entregou a ela uma cerveja, abrindo a lata com uma de suas imensas mãos enquanto a outra continuava agarrada ao volante. Ora, ora, que surpresa, disse ele. Gloria, acho que te amo. E ela fechou a porta pesada.

O sol paira logo acima das rodas da caminhonete quando ela finalmente se afasta dele. Ela não olha para trás. Se ele vai acordar e atirar nela, ela não quer ver nada disso se aproximando. Que o desgraçado atire nela pelas costas. Que ele também seja conhecido como um covarde. Quanto a Gloria, ela nunca mais será chamada pelo nome que lhe deram, o nome que ele repetia sem parar, durante as longas horas em que ela estava deitada com o rosto na terra. Ele dizia o nome dela e as palavras voavam pelo ar noturno, como um dardo venenoso que perfurava e rasgava. Gloria. Zombando dela, cruel como uma víbora. Mas não mais. De agora em diante, ela se chamará Glory. Uma pequena diferença, mas que agora parece uma imensidão.

Glory atravessa o campo de petróleo, caminhando, tropeçando e caindo ao lado das bombas de sucção e das algarobeiras. Ao rastejar por um buraco na cerca de arame farpado e entrar na zona de um poço de perfuração abandonado, uma placa escrita de qualquer jeito olha para ela, alertando a respeito de gases venenosos e das consequências da invasão. VOCÊ VAI LEVAR UM TIRO! Quando um pedaço de vidro ou um espinho de cacto perfura seu pé, ela observa o sangue se acumular no solo duro e impermeável e pensa em como gostaria que fosse água. Quando um coiote uiva e um segundo responde, ela olha ao redor em busca de uma arma e, não vendo nada, agarra um galho de algarobeira e o arranca da árvore. Ela fica surpresa com sua força, surpresa por ainda estar se movendo, surpresa pela secura dolorida na boca e na garganta, e com uma nova dor que começou como uma pequena pontada em suas costelas ao se levantar. Agora a dor desceu para a barriga, se tornou quente e intensa, um cano de aço posicionado perto demais de uma fornalha.

Ao chegar aos trilhos do trem, ela os segue. Perde o equilíbrio e se agarra a uma cerca de arame farpado, caindo com força em uma pilha de caliche disposta em uma extensa linha. Ela analisa o cascalho alojado nas palmas das mãos. A pele e o sangue dele estão sob suas unhas, um lembrete de que ela havia lutado muito. Não o suficiente, pensa, enquanto pega uma pequena pedra e a coloca debaixo da língua, como o tio Victor faria se estivesse com sede e vagando pelo deserto, se perguntando a que distância estaria de casa. Em uma extremidade da pilha de pedras, havia uma pequena lápide com a palavra "Indigente" presa a uma cruz de aço. Uma segunda sepultura estava a poucos metros de distância, pequena e sem nenhuma indicação, a sepultura de uma criança ou, quem sabe, de um cachorro.

Glory se levanta e olha para trás. Ela está mais perto da casa do que da caminhonete. O vento sopra, como um dedo se esgueirando pela grama, e ela percebe pela primeira vez como a manhã está calma. Como se até o capim e as gramíneas, finas e flexíveis como são, estivessem prendendo a respiração. É uma brisa fraca, quase imperceptível em um lugar onde o vento está sempre soprando, e certamente leve demais para levar a voz dela de volta até ele. Se ela falar, ele não irá ouvir. Glory Ramírez se vira e olha para o lugar por onde passou. Pela primeira vez em horas, ela tem vontade de dizer algo em voz alta. Se esforça para encontrar as palavras, mas o melhor que consegue fazer é deixar escapar um choro contido. O som vem à tona brevemente, perfura o silêncio e desaparece.

Mary Rose

Eu costumava acreditar que uma pessoa seria capaz de aprender o que é compaixão caso se esforçasse o suficiente para se colocar no lugar de outra, caso estivesse disposta a fazer o trabalho árduo de imaginar o coração e a mente, digamos, de um ladrão ou de um assassino, ou de um homem que arrastou uma garota de 14 anos para um campo de petróleo e passou a noite inteira estuprando-a. Tentei imaginar como poderia ter sido para Dale Strickland.

O sol já rastejava em direção ao zênite quando ele acordou, o pau dolorido e uma sede de matar, a mandíbula travada de um jeito familiar por conta da anfetamina. O gosto que sentia na boca dava a sensação de que tinha chupado o bocal de um galão de gasolina, e havia um hematoma do tamanho de um punho em sua coxa esquerda, talvez em razão das horas que a perna havia ficado pressionada contra o câmbio da marcha. Era difícil dizer, mas de uma coisa tinha certeza. Ele se sentia uma merda. Como se alguém tivesse chutado ambos os lados de sua cabeça. Havia sangue em seu rosto, na camisa e nas botas. Apertou os olhos com os dedos e depois os cantos da boca. Virou as mãos várias vezes em busca de cortes e as pressionou contra as laterais da cabeça. Talvez ele tenha aberto o zíper e se examinado. Havia um pouco de sangue, mas não conseguiu encontrar nenhum ferimento aparente. Talvez tenha se levantado do banco dianteiro da caminhonete e ficado do lado de fora por um minuto, deixando o inofensivo sol de inverno aquecer sua pele. Talvez tenha ficado maravilhado com o calor incomum daquele dia, com sua quietude atípica, assim como eu havia ficado mais cedo naquela manhã ao pisar na minha varanda, virar o rosto em direção ao sol e observar meia dúzia de urubus se reunirem em círculos grandes e lentos. O ato da misericórdia seria vê-lo fuçar a caçamba da caminhonete em busca de um galão d'água e, em seguida, ficar ali no campo de petróleo, girando 360 graus, o mais lento que conseguia, enquanto tentava recapitular suas últimas quatorze horas. Talvez ele sequer se lembrasse da garota até ver seus tênis caídos contra o pneu da caminhonete, ou sua jaqueta embolada ao lado da plataforma, uma pele de coelho que pendia logo abaixo da cintura dela, seu nome escrito na etiqueta interna em caneta azul. *G. Ramírez.* Quero que ele pense, O que foi que eu fiz? Eu quero que ele se lembre. Talvez tenha levado um tempo para que ele entendesse que precisava encontrá-la, para ter certeza de que ela estava bem ou quem sabe para se certificar de que estavam ambos de acordo com o que havia acontecido lá. Vai ver ele sentou na porta da caçamba e tomou água bolorenta do galão, desejando ser capaz de se lembrar dos detalhes do rosto dela. Esfregou a sola da bota no chão e tentou repassar os acontecimentos da noite anterior, mirando novamente para os tênis e para a jaqueta da garota, em seguida, erguendo os olhos em direção às torres de perfuração, à estradinha que dava na fazenda e aos trilhos da ferrovia, ao escasso tráfego de domingo na rodovia interestadual e, lá no fundo, ao olhar bem, talvez tenha visto uma casa. A minha casa. Talvez ele tenha achado que a casa parecia longe demais para ir a pé. Mas nunca se sabe. Essas garotas locais são duras feito aço, imagine uma com raiva? Cacete, decerto ela seria capaz de atravessar as labaredas do inferno descalça se decidisse fazê-lo. Ele desceu da porta da caçamba e semicerrou os olhos para dentro do galão. Havia água suficiente apenas para se limpar parcialmente. Abaixou-se em frente ao espelho do motorista e passou os dedos pelos cabelos, bolando um plano. Mijaria, se conseguisse, e depois iria até a casa dar uma olhada. Talvez tivesse sorte, o lugar estaria abandonado, e ele encontraria sua nova namorada sentada em uma varanda caindo aos pedaços, com tanta sede quanto um pessegueiro no final do verão e feliz demais em revê-lo. Talvez. Mas em um lugar como este, misericórdia é algo difícil de se encontrar. Desejei que ele morresse antes mesmo de ver seu rosto.

*

Quando chegar a hora e eu for chamada para depor, testemunharei que fui a primeira pessoa a ver Gloria Ramírez com vida. Pobre garota, direi. Não sei como uma criança consegue sair de algo assim. O julgamento só será em agosto, mas direi aos homens no tribunal a mesma coisa que direi à minha filha quando achar que ela já tem idade para ouvir.

Que aquele tinha sido um inverno terrível para nossa família, mesmo antes daquela manhã de fevereiro. O preço do gado caía a cada minuto, e fazia seis meses que não chovia. Tivemos que complementar a alimentação das vacas com milho, e algumas delas foram atrás de raiz de alcaçuz para conseguirem abortar seus bezerros. Se não fosse pelo valor que recebíamos da empresa de petróleo, talvez tivéssemos de vender parte de nossas terras.

Quase todos os dias, meu marido dirigia pela fazenda com os únicos dois homens que não haviam nos abandonado para ganhar mais trabalhando no campo de petróleo. Esses homens tiravam silagem da carroceria da caminhonete e lutavam contra a bicheira. Puxavam vacas semimortas presas nos emaranhados de arame farpado — são animais estúpidos, não deixe ninguém dizer o contrário — e, se um animal não pudesse ser salvo, eles atiravam entre os seus olhos e deixavam os urubus dar conta do restante.

Direi a eles que Robert trabalhava o dia inteiro, todos os dias, inclusive aos domingos, porque uma vaca pode facilmente morrer tanto no Sabá quanto em qualquer outro momento. Além dos quinze minutos que ele levava para engolir um prato de carne de panela — você passa metade do dia cozinhando e eles comem em menos de cinco minutos —, quase nunca via meu marido. O que precisamos é de uma raça de vaca mais resistente, dizia ele enquanto empilhava o garfo e a faca no prato e me entregava ao sair pela porta. Precisamos de algumas Polled Herefords ou Red Brangus. Como você acha que vamos pagar por isso?, dizia ele. O que vamos fazer?

Sempre que me lembro do dia em que encontrei Gloria Ramírez na minha varanda, minhas memórias vêm costuradas como pedaços de uma colcha de retalhos, cada uma com forma e cor diferentes, todas unidas por uma fina fita preta, e espero que seja sempre assim. Em meu depoimento em agosto, direi que fiz o melhor que pude, dadas as circunstâncias, mas não lhes contarei como fracassei com ela.

Eu tinha 26 anos, estava grávida de sete meses do meu segundo filho e pesava tanto quanto um Buick. No segundo, você sempre cresce mais rápido — é o que dizem as mulheres da minha família — e eu estava me sentindo sozinha o suficiente para, eventualmente, deixar Aimee faltar à escola por conta de alguma doença fictícia, só para ter um pouco de companhia. Dois dias antes, havíamos telefonado para a secretária da escola, a srta. Eunice Lee.

Assim que desliguei o telefone, Aimee Jo começou a imitar o rosto velho e carrancudo da srta. Lee. Algumas pessoas dizem que ela é descendente direta do general — eu não acredito nem um pouco —, mas vou lhe dizer uma coisa: *se* for verdade, ela definitivamente não herdou a boa aparência dele. Que Deus a abençoe. Minha filha franziu o rosto e fingiu segurar o telefone próximo ao ouvido. Bem, obrigada por ligar, sra. Whitehead, mas não me interessa saber os detalhes da saúde intestinal da srta. Aimee Jo. Espero que ela se sinta melhor em breve. Um feliz Dia dos Namorados para vocês. Até logo! Aimee deu um tchauzinho e nós duas caímos na gargalhada. Em seguida, começamos a preparar uma fornada de pãezinhos para comer com manteiga e açúcar.

Não era algo grandioso, eu e Aimee ali de pé juntas na cozinha enquanto esperávamos a massa crescer, o dia inteiro se espreguiçando à nossa frente como um velho gato doméstico, nós duas rindo tanto com sua imitação da srta. Lee que quase fizemos xixi nas calças. Mas às vezes penso que, quando estiver no meu leito de morte, aquela manhã de sexta-feira com minha filha será uma das minhas lembranças mais felizes.

Na manhã de domingo, estávamos jogando *gin rummy* e ouvindo o culto pelo rádio. Aimee estava perdendo e eu tentava encontrar uma maneira de deixá-la ganhar sem que ela percebesse. Enquanto esperava que ela tirasse o quatro de copas, não comprei nenhuma carta e tentei lhe dar algumas dicas. Você não vai ser o meu amor? Você não vai ser a minha paixão?, eu disse. Ah, meu coração! Posso ouvir ele batendo... uma, duas, três, *quatro* vezes, Aimee Jo. Naquela época, eu não acreditava que fosse bom para uma criança perder em um jogo de cartas com muita frequência, principalmente uma garotinha. Agora penso diferente.

Ouvimos o pastor Rob concluir um sermão sobre os males da dessegregação, que ele comparou a trancar uma vaca, um leão da montanha e um gambá juntos no mesmo celeiro, e depois ficar surpreso quando algum deles fosse comido.

O que isso significa?, perguntou minha filha. Aimee puxou uma carta do baralho, olhou para ela por alguns segundos e baixou suas cartas na mesa. Ganhei, disse ela.

Nada que você precise saber, garotinha, respondi. Você tem que dizer *gin*. Minha filha tinha 9 anos, apenas alguns anos mais nova do que a desconhecida que eu estava prestes a encontrar parada na minha varanda, esperando que eu abrisse a porta pesada para ajudá-la.

Eram onze horas. Tenho certeza disso porque um dos diáconos — um daqueles tipos severos que não acreditam em diversão — fez a prece de encerramento. Imagino que nenhum batista sério ficaria muito contente com o fato de jogarmos cartas enquanto ouvíamos os cultos da igreja no rádio, mas era assim que funcionava. Depois das onze, vêm as notícias sobre o petróleo e, em seguida, sobre o mercado de gado. Naquele mês, se você quisesse boas notícias deveria ouvir sobre a produtividade das plataformas e os recém-acordados locais de extração. Se quisesses se sentar em sua poltrona e chorar um bocado, ouviria o que tinham a dizer sobre pecuária.

A garota bateu na porta da frente, duas batidas curtas e fortes, altas o suficiente para nos assustar. Quando ela bateu pela terceira vez, a porta tremeu. Era nova em folha, feita de carvalho, mas pintada de maneira que parecesse mogno. Duas semanas antes, Robert a havia trazido de Lubbock depois de termos a nossa velha conversa sobre se deveríamos nos mudar para a cidade. Era um papo recorrente. Ele achava que estávamos muito longe da cidade, em especial com outro bebê chegando e o *boom* do petróleo começando. Está movimentado aqui agora, argumentava ele, equipes de perfuração estão circulando pelas nossas terras. Não há espaço para mulheres ou meninas. Mas a discussão ficou feia e dissemos algumas coisas um para o outro. Fizemos ameaças, acho que dá para dizer assim.

Claro, eu estava cansada de ver as carretas rasgando nossa estrada, cansada do fedor, uma mistura de ovos podres e gasolina, cansada de me preocupar que algum operário se esquecesse de fechar o portão e um de nossos touros acabasse na rodovia, ou se a Texaco despejaria esgoto nos valões construídos perto demais do nosso poço d'água. Mas eu amo nossa casa, a casa que o avô de Robert construiu cinquenta anos atrás com calcário que trouxe aos poucos de Hill Country até aqui, na carroceria de sua caminhonete. Amo os pássaros que passam por aqui a cada outono a caminho do México ou da América do Sul, e novamente na primavera no trajeto de volta para o Norte. Se nos mudássemos para a cidade, eu sentiria falta do casal de rolinhas que faz ninhos sob a nossa varanda, e dos falcões que pairam a poucos metros da terra pálida, suas asas batendo loucamente segundos antes de mergulharem e pegarem uma cobra, e do céu mudando de cor loucamente duas vezes por dia. Eu sentiria falta do silêncio, do céu noturno cuja escuridão não era interrompida por absolutamente nada, exceto pelo eventual brilho vermelho ou azul que surgia quando os gases escapavam dos poços.

Bem, esta é a minha casa, eu disse a ele. Eu não vou embora.

Em algum momento, dei um soco no peito de Robert, algo que nunca tinha feito antes. Ele não podia me bater de volta porque eu estava grávida, mas com certeza poderia socar a nossa porta três, quatro vezes. Agora eu tinha uma porta nova e bonita, e — como tinha ficado na cama ouvindo a gente gritar um com o outro na cozinha — Aimee Jo ganhou uma bicicleta nova, uma pequena Huffy com fitas cor-de-rosa e uma cestinha branca.

Ouvimos as três batidas fortes e Aimee perguntou, Quem é? Quando pensei sobre isso mais tarde, ao ver como Gloria havia sido espancada, fiquei surpresa de ela ter sido capaz de reunir forças para fazer o carvalho pesado tremer sob seu punho. Me arrastei para fora da poltrona reclinável. Não estávamos esperando companhia. Ninguém vem até aqui sem telefonar primeiro, nem mesmo as Testemunhas de Jeová ou os adventistas, e eu não tinha ouvido nenhum caminhão ou carro subindo a estradinha. Abaixei-me e peguei o taco de beisebol que Aimee havia deixado no chão ao lado da minha cadeira. Você fica aí, eu disse. Volto já.

Abri a porta no momento em que o vento aumentou um pouco, enxotando um bando de moscas que haviam se instalado em seus cabelos, em seu rosto, nas feridas em suas mãos e pés, e senti ânsia de vômito. Jesus Cristo Todo-Poderoso, pensei e olhei para a estrada de terra que ia da nossa casa à estrada da fazenda. Tudo quieto, exceto por um bando de grous barulhentos passando o inverno junto à caixa-d'água.

Gloria Ramírez estava parada na minha varanda, cambaleando como uma bêbada magricela, olhando para todos os lados como se tivesse acabado de rastejar da tela de um filme de terror. Seus olhos estavam roxos, um deles praticamente fechado de tão inchado. Suas bochechas, testa e cotovelos estavam em carne viva, e arranhões violentos cobriam suas pernas e pés. Apertei os dedos ao redor do taco de beisebol e gritei para minha filha: Aimee Jo Whitehead, corra até o meu quarto, pegue a Velha Senhora no armário, e traga aqui agora. Segure ela direito.

Eu podia ouvi-la se movendo pela casa e gritei que ela não deveria correr com minha espingarda nas mãos. Quando Aimee se aproximou de mim, mantive meu corpo entre ela e a desconhecida na varanda. Estiquei a mão para trás a fim de pegar minha boa e velha Winchester da pequena mão de minha filha. Velha Senhora, batizei essa espingarda em homenagem à minha avó, de quem a ganhei no meu aniversário de 15 anos.

O que foi, mamãe? Cascavel? Coiote?, perguntou ela.

Calma, respondi. Corra para a cozinha e ligue para o gabinete do xerife. Diga a eles para trazerem uma ambulância. E Aimee, disse eu sem tirar os olhos da criança à minha frente, fique longe das janelas ou vou bater em você até sangrar.

Eu nunca bati na minha filha, nunca. Levei uma surra quando era pequena e jurei que jamais faria isso com meus filhos. Mas naquela manhã eu estava falando sério, e acho que Aimee acreditou em mim. Sem retrucar, ela se virou e correu em direção à cozinha.

Olhei novamente para a criança hesitante na minha varanda, em seguida desviei o olhar por tempo suficiente para analisar o horizonte. O terreno aqui é plano o bastante para que ninguém possa se aproximar da gente, plano o bastante para que a gente consiga ver a caminhonete do meu marido estacionada ao lado de um tanque de água e saber que mesmo assim ele está longe demais para me ouvir gritar por ele. Você pode dirigir por quilômetros aqui sem que a estrada faça uma curva ou suba uma ladeira, nem mesmo um pouquinho. Avancei em direção à varanda. Não vi ninguém que pudesse querer nos machucar, mas também não vi ninguém que pudesse nos ajudar.

E naquele momento, pela primeira vez desde que nos mudamos para as terras da família de Robert, eu quis estar em outro lugar. Por dez anos, fiquei de olho vivo em relação a cobras, tempestades de areia e tornados. Quando um coiote matou uma de minhas galinhas e a arrastou pelo quintal, atirei nele. Quando fui preparar um banho para Aimee e encontrei um escorpião na banheira, pisei nele. Quando uma cascavel se enroscou no varal e depois ao lado da pequena bicicleta de Aimee, bati nela com uma enxada. Todos os dias, aparentemente, eu estava atirando em alguma coisa, ou cortando-a em pedaços, ou jogando veneno em sua toca. Eu vivia me desfazendo de corpos.

Imagine só: eu, em pé na varanda com uma mão na barriga, a outra usando a Velha Senhora como muleta enquanto tentava lembrar o que havia comido no café da manhã — uma xícara de café solúvel, um pedaço de bacon frio, o cigarro que fumei escondida quando fui ao celeiro pegar os ovos. Imagine meu estômago revirando no momento em que me curvei para olhar com cuidado para a desconhecida na minha varanda, em que engoli em seco e empurrei de volta a comida de volta para dentro, ao dizer: De onde você é, querida? Odessa?

Imagine que ouvir o nome de sua cidade natal é capaz de quebrar qualquer feitiço terrível sob o qual a garota estivesse. Ela esfregou os olhos e se encolheu. Quando começou a falar, as palavras saíram ásperas, como grãos de areia soprados por uma porta de tela.

Você pode me dar um copo d'água? Minha mãe é Alma Ramírez. Ela trabalha durante a noite, mas já deve estar em casa.

Qual é o seu nome?

Glory. Você pode me arranjar água gelada?

Imagine que a garota poderia estar perguntando sobre meu pequeno canteiro de quiabos, calma como parece, distante, e é esse horror escondido por trás da indiferença que por fim fez algo se soltar, se separar do resto de mim. Em alguns anos, quando eu achar que minha filha já tem idade para ouvir, direi a ela que minha barriga deu um nó e ficou gelada como um bloco de gelo. Um zumbido constante começou em meus ouvidos, fraco, mas aumentando cada vez mais, e me lembrei de alguns versos de um poema que li no ensino médio, no inverno antes de abandonar o colégio e me casar com Robert — "Ouvi uma mosca zumbir/ quando morri". Foram alguns segundos de medo, cólicas e frio, durante os quais achei que estivesse perdendo o bebê, até sentir seu chute inconfundível. Tudo ficou escuro ao meu redor, e me lembrei de outro verso, perdido e desconectado de qualquer coisa. Que estranho era pensar em poemas naquele momento, uma vez que não havia pensado neles nem mesmo por um instante em todos esses anos, desde que me tornei uma mulher adulta, esposa e mãe, mas agora eu me lembrava: "A Hora de Chumbo chegou/ lembrada, para quem perdurou."

Eu me endireitei e balancei a cabeça suavemente, como se isso pudesse me ajudar a desfazer tudo o que estava acontecendo bem diante de meus olhos, como se eu pudesse desfazer qualquer que fosse o pesadelo que aquela criança havia atravessado e o fato de ela estar ali, como se eu pudesse voltar para a minha sala de estar e dizer à minha filha, Foi só o vento, querida. Deixe para lá, não é com a gente. Que tal outra partida de *gin*? Quer aprender a jogar *Texas Hold'em*?

Em vez disso, apoiei todo meu peso na espingarda e descansei a outra mão na barriga. Vou pegar um copo de água gelada para você, disse a ela, e depois vamos ligar para a sua mãe.

A garota se sacudiu delicadamente de um lado para o outro, um halo de areia e sujeira flutuando acima de seu rosto e de seus cabelos. Por alguns segundos, ela virou uma nuvem de poeira, uma tempestade de areia pedindo ajuda, o vento implorando por um pouco de misericórdia. Estendi uma mão para ela, enquanto a outra se esticava para trás a fim de apoiar a espingarda no batente da porta. O corpo dela envergou com força para um lado, um caniço ao vento, e quando me virei para segurá-la — para evitar que ela caísse da varanda ou talvez apenas tentando me manter de pé, nunca saberei dizer com certeza — ela abaixou a cabeça ligeiramente. O céu atrás dela se encheu de poeira.

Uma caminhonete havia entrado na estradinha da fazenda e vinha em direção à nossa casa. Ao passar pela caixa de correio, o motorista desviou de repente, como se tivesse sido brevemente distraído por uma codorna atravessando em disparada a trilha de terra. O veículo derrapou em direção à caixa-d'água, então se endireitou e seguiu. O motorista ainda estava a pelo menos um quilômetro de distância, subindo ruidosamente a trilha, levantando poeira e avermelhando o ar. Quem quer que fosse, dirigia como se soubesse exatamente para onde estava indo e não tinha muita pressa de chegar lá.

*

Meu primeiro erro foi o seguinte: quando vi a caminhonete subindo a estrada, não permiti que a menina olhasse para trás, então não pude perguntar, Você já viu aquela caminhonete antes? É ele?

Em vez disso, eu a empurrei para dentro e lhe entreguei um copo de água gelada. Beba devagar, disse a ela, ou vai vomitar. Aimee Jo entrou na cozinha, seus olhos se arregalando quando a garota começou a dizer baixinho, sem parar, Eu quero a minha mãe, eu quero a minha mãe, eu quero a minha mãe.

Comi alguns biscoitos salgados e tomei um copo d'água, depois me inclinei sobre a pia da cozinha e molhei o rosto por tanto tempo que a bomba ligou e o cheiro de enxofre encheu a cuba. Vocês duas fiquem aqui, disse a elas. Tenho que resolver uma coisa lá fora. Quando eu voltar, ligamos para sua mãe.

Meu estômago doía, a garota chorava. Eu quero a minha mãe. Fui tomada por uma raiva repentina, cheia de bile que queimou minha garganta e, mais tarde, senti vergonha de mim mesma. Cale a boca, gritei com ela.

Sentei as duas meninas à mesa da cozinha e disse-lhes para não saírem dali. Mas em nenhum momento perguntei à minha filha se ela havia ligado para o xerife. Meu segundo erro. E quando saí e peguei minha espingarda, quando a carreguei até a beira da varanda e me preparei para dar de cara com quem quer que estivesse subindo a estradinha, não verifiquei se estava carregada. Meu terceiro erro.

Agora. Venha comigo para a beira da varanda. Observo-o dirigir lentamente até o meu jardim e estacionar a menos de seis metros da minha casa. Depois, deslizar para fora do banco do motorista e olhar ao redor do nosso terreno de terra batida, dando um assobio longo e baixo. A porta da caminhonete se fecha atrás dele e ele se inclina contra o capô, olhando em volta como se quisesse comprar o lugar. O sol e o ar o atingem suavemente, iluminando as sardas em seus braços, bagunçando seu cabelo cor de feno. O sol do final da manhã o deixa dourado como um topázio, mas mesmo de onde estou posso ver os hematomas em suas mãos e em seu rosto, as bordas vermelhas ao redor de seus olhos azul-claros. Quando uma rajada de vento sopra pelo jardim, ele cruza os braços e dá de ombros, olhando em volta com um sorriso tranquilo, como se o dia tivesse ficado bom demais para acreditar. Ele é praticamente um menino.

Bom dia, diz ele olhando para o relógio, ou boa tarde, eu acho.

Eu fico ali segurando a coronha da espingarda como se fosse a mão de uma velha amiga. Eu não o conheço, mas percebo de imediato que ele é muito jovem para ser um dos topógrafos que às vezes ia até lá para se certificar de que estamos mantendo a estrada de acesso aberta e limpa, ou um petroleiro que parou para jogar conversa fora e ver se temos interesse em vender nossas terras. Ele também parece jovem demais para trabalhar com o xerife, e então me ocorre que eu não perguntei a Aimee se ela tinha ligado para ele.

Posso te ajudar com alguma coisa?, pergunto.

Você deve ser a sra. Whitehead. Esse lugar é mesmo muito bonito.

Nada de mais. Cheio de terra, como sempre. Mantenho minha voz impassível, mas me pergunto como ele sabe meu nome.

Ele ri suavemente, de um jeito boçal e arrogante. Acho que sim, diz ele. Mas isso é bom para a minha área de trabalho. É mais fácil trabalhar em uma plataforma quando a Mãe Natureza mantém tudo bem sequinho.

Ele se endireita e dá um passo à frente, com as palmas das mãos voltadas para cima. Seu sorriso é firme, uma agulha em uma balança de cozinha quebrada.

Escute, senhora, eu tive um probleminha hoje de manhã. Será que você pode me ajudar?

Ele dá um passo em direção à varanda, e vejo seus pés se aproximarem. Olho para cima, e ele está erguendo as mãos bem acima da cabeça. Quando o bebê me chuta com força nas costelas, coloco a mão na barriga e desejo poder sentar. Dois dias atrás, disparei minha arma contra um coiote que passeava pelo quintal rondando o galinheiro. No último segundo, tirei o olho da mira e errei o tiro, e em seguida Aimee começou a gritar por conta de um escorpião, então abaixei a arma e agarrei a pá. E agora não consigo me lembrar se troquei o cartucho. A Velha Senhora é uma Winchester 1873, que, segundo minha avó, é a melhor arma já inventada. Acaricio a coronha de madeira lisa e gasta com o polegar, como se ela própria pudesse me responder sim ou não.

Filho, o que você quer?, pergunto ao garoto que mal havia se tornado um homem.

Ele parece bonito parado ali na luz do sol, mas seus olhos se estreitam.

Bem, estou com muita sede e gostaria de usar seu telefone para ligar...

Ele dá mais um passo em direção à casa, mas para abruptamente ao ver a Velha Senhora. Ele não tem como saber que há a chance de a arma não estar carregada, digo a mim mesma. Bato o cano suavemente contra as tábuas de nogueira, uma, duas, três vezes, e ele inclina a cabeça, ouvindo.

Sra. Whitehead, o seu marido está em casa?

Sim, está, claro que está, mas ele está dormindo agora.

Seu sorriso se abre mais um pouco, se torna um pouco mais amigável.

Um fazendeiro dormindo ao meio-dia?

São onze e meia. Eu rio, e o som é amargo feito bagas de zimbro. Que idiota! Isso só dá a entender que estou sozinha!

Ele dá uma risadinha extremamente aguda e meu estômago revira com o som. Sua gargalhada não é o que parece.

Caramba, sra. Whitehead, seu marido encheu a cara ontem à noite também?

Não.

Ele está doente? Comeu muito doce no Dia dos Namorados?

Ele não está doente. Pressiono uma das mãos contra a barriga, pensando, se acalme, bebezinho, fique quieto. Posso ajudá-lo em alguma coisa?

Já lhe disse, eu tive um problema. Minha namorada e eu viemos para cá ontem à noite para uma pequena comemoração. A senhora sabe como é...

Entendo, respondo, e esfrego a mão de um lado a outro de minha barriga.

... e nós bebemos muito, tivemos um pequeno desentendimento. Talvez ela não tenha gostado da caixa de chocolates em forma de coração que comprei para ela, e acho que acabei apagando...

É mesmo?

... acho que dá para dizer que perdi minha namorada. Que vergonha, né?

Eu o observo falar, e seguro a espingarda com toda minha força, mas sinto como se alguém tivesse agarrado meu pescoço e começado a apertá-lo bem devagar. Atrás dele, e quase invisível ao horizonte, tenho o vislumbre de um veículo vermelho-cereja cruzando a rodovia. Está a mais de um quilômetro e, dessa distância, o carro parece estar voando pelo deserto. Venha me visitar, por favor, penso conforme ele se aproxima do desvio para a fazenda, e minha garganta dói um pouco. O carro hesita, uma pequena oscilação no horizonte, e então segue adiante.

O jovem continua contando sua historinha, ainda sorrindo, os cabelos loiros brilhando ao sol. Ele está parado a menos de três metros de mim agora. Se houver uma bala na câmara, eu não vou errar.

Quando acordei hoje de manhã, conta ele, ela já tinha ido embora às pressas. Receio que ela possa estar por aí no campo de petróleo, e isso não é lugar para uma garota, como tenho certeza que a senhora sabe.

Eu não digo uma palavra. Só o que faço é escutar. Eu escuto, mas não ouço nada, exceto ele, falando.

Odeio imaginar que ela possa estar se metendo em confusão por aí, continua ele, esbarrando com uma cascavel ou com a pessoa errada. Você viu a minha Gloria? Ele levanta a mão direita e a estende ao lado do corpo, com a palma para baixo. Uma menina baixinha, mexicana? Mais ou menos dessa altura?

Minha garganta se fecha, mas engulo em seco e tento olhar nos olhos dele.

Não senhor, não a vimos. Talvez ela tenha pegado uma carona de volta para a cidade.

Posso entrar e usar seu telefone?

Eu balanço a cabeça bem devagar, para um lado e para outro. Não.

Ele finge parecer genuinamente surpreso.

Bem, por que não?

Porque eu não te conheço. Tento mentir como se realmente acreditasse naquilo. Porque neste momento, eu já o conheço. Sei quem ele é e o que ele fez.

Ouça, sra. Whitehead...

Como você sabe meu nome? Estou quase gritando agora, empurrando com a mão o pé do bebê, que comprime minha caixa torácica.

O jovem parece surpreso.

Bem, está ali na sua caixa de correio, senhora. Ouça, diz ele, estou me sentindo mal pelo que aconteceu e estou muito preocupado com ela. Ela é um pouco maluca, você sabe como essas mexicanas são. Ele me encara atentamente, seus olhos azuis apenas um tom mais escuro que o céu. Se a senhora a viu, é melhor me contar.

Ele para de falar e seu olhar me atravessa em direção à casa por alguns segundos, um largo sorriso se espalhando em seu rosto. Imagino minha filha espiando pela janela. Então imagino a outra garota olhando através do vidro, seus olhos roxos, os lábios rasgados, e não sei se devo manter meus olhos fixos nele ou virar minha cabeça para ver o que ele vê, saber o que ele sabe. Então fico lá, eu e minha arma talvez carregada, e tento ouvir.

Quero que você dê um passo para trás, digo depois de mil anos de silêncio. Vá para perto da porta da caçamba da sua caminhonete.

Ele não se move.

E eu disse que quero um gole d'água.

Não.

Ele olha para o céu e coloca as mãos na nuca, os dedos entrelaçados. Ele assobia alguns compassos de uma música e, embora seja uma música familiar, não consigo identificá-la. Quando ele fala, é um homem, não mais um menino.

Eu quero que você entregue ela para mim. Entendeu?

Eu não sei do que você está falando. Por que você não volta para a cidade?

É melhor você entrar em casa agora, sra. Whitehead, e buscar a minha namorada. Tente não acordar seu marido, que está dormindo lá em cima. Mas a verdade é que ele não está, não é?

Não é um pedido e, de repente, o rosto de Robert surge como um fantasma na minha frente. Você fez tudo isso por uma desconhecida, Mary Rose? Você arriscou a vida da nossa filha, a vida do nosso bebê, a sua vida, por causa de uma desconhecida. O que deu em você?

E ele estaria certo. Porque quem é aquela garota na minha vida, afinal? Talvez ela tenha entrado na caminhonete porque quis. Quem sabe eu tivesse feito o mesmo dez anos antes, principalmente sendo um homem tão bonito.

Senhora, eu não te conheço, diz ele. Você não me conhece. Você não conhece a Gloria. Agora seja uma boa menina, abaixe essa arma, entre nessa casa e traga ela aqui.

Sinto as lágrimas em meu rosto antes de perceber que comecei a chorar. Lá estou eu, com minha espingarda, aquele pedaço inútil de madeira lindamente entalhada, e por que não faço o que ele pede? Quem é ela para mim? Ela não é minha filha. Aimee e esta criança, cujos pés e punhos chutam e se debatem, são alguém para mim. Eles são meus. Essa garota, Gloria, ela não é minha.

Quando abre a boca depois disso, o jovem não está mais interessado em fazer perguntas nem em conversar.

Escuta aqui, sua vadia, diz ele.

Tento escutar algo que não seja a voz dele — o telefone tocando dentro de casa, um caminhão subindo a estrada, até o vento seria um ruído bem-vindo, mas tudo naquele pedaço específico de terra plana e solitária estava em silêncio. A voz dele é a única que consigo ouvir, e ela ruge.

Você está me ouvindo, sua puta imbecil? Está me ouvindo?

Suavemente, eu balanço a cabeça. Não, não estou. Então pego a espingarda e a apoio contra o ombro, uma sensação apropriada e familiar, mas naquele momento parece que alguém colocou chumbo dentro do cano. Me sinto fraca como uma velha. Talvez esteja carregada, não sei. Ainda assim, aponto para seu lindo rosto dourado — pois ele também não sabe.

Não me resta mais nenhuma palavra, então coloco meu polegar na trava de segurança e olho para ele pela mira, minha visão turva pelas lágrimas e pela tristeza de saber o que direi se ele perguntar mais uma vez. Bem, vamos lá, então, senhor. Eu mesma acabarei com você, ou morrerei tentando, se isso significar ficar entre você e minha filha. Mas Gloria? Ela você pode levar.

Ouvimos as sirenes ao mesmo tempo. Ele já está se virando quando levanto meu olhar da mira. Ficamos ali parados assistindo ao carro do xerife subir velozmente a estrada. Uma ambulância vinha bem atrás dele, levantando poeira suficiente para sufocar um rebanho de vacas. Bem ao lado da nossa caixa de correio, o motorista vira demais o volante e desliza para fora da estrada. O veículo ricocheteia na cerca de arame farpado e derrapa sobre o bando de grous, que sai gritando. Eles levantam voo, fazendo barulho, as pernas finas em uma confusão ensurdecedora, um ruído de desaprovação.

Por alguns segundos, o jovem fica imóvel como uma lebre assustada. Então seus ombros cederam e ele esfregou os olhos fechados com os dedos.

Que merda, diz ele. Meu pai vai me matar.

Muitos anos se passarão antes que eu ache que minha filha tem idade suficiente para ouvir tudo isso, mas quando isso acontecer, contarei a última coisa que me lembro de ter visto antes de me encostar no batente da porta e desmaiar na varanda na frente de casa. Duas meninas, rostos pressionados contra a janela da cozinha, bocas e olhos bem abertos, apenas uma delas era minha.

Corrine

Bem, é um merdinha assassino esse gato vira-lata amarelo e esquelético, com olhos verdes e bolas gigantescas. Alguém o abandonou no terreno atrás da casa dos Shepard no final de dezembro — um presente de Natal que perdeu a graça rápido, uma má ideia desde o princípio, disse Corrine a Potter na época —, e nenhuma criatura esteve em segurança desde então. Canários morreram às dezenas. Tentilhões, uma família de cambaxirras que faziam ninho sob o galpão no quintal, muitos pardais e morcegos entraram para a conta, até mesmo um imenso sabiá. Em quatro meses, o gato dobrou de tamanho. Sua pelagem pálida brilha como um crisântemo.

Corrine está ajoelhada na frente do vaso sanitário quando ouve o grito de pânico de outro pequeno animal nos fundos de sua casa. Os pássaros gritam e batem as asas contra o chão, e as cobras morrem em silêncio, seus corpos levíssimos mal fazem ruído contra a terra seca dos canteiros vazios. Aquele é o som emitido por um rato ou um esquilo, talvez até mesmo um cão-da-pradaria jovem. Bichos, pensa ela — era assim que Potter costumava chamá-los. E sente um bolo se formar na garganta.

Segurando seu fino cabelo castanho com uma das mãos, ela termina de trazer à tona o conteúdo de seu estômago, depois se senta com a bochecha pressionada contra a parede gelada do banheiro. O animal grita novamente e, no silêncio que se segue, ela tenta reconstituir os detalhes da noite anterior. Havia tomado cinco ou seis drinques? O que tinha dito e para quem?

 O ventilador de teto chacoalha lá no alto. O mau cheiro intenso de amendoim salgado e uísque vaga em direção à janela aberta, e os olhos de Corrine estão úmidos por conta da força provocada pelo vômito. Tudo isso, e aquele ponto onde os fios rareavam no topo de sua cabeça aumentando a cada dia. Não que esse detalhe em particular tenha algo a ver com quão bêbada ela tinha ficado na noite anterior, embora faça parte do inventário. Exatamente como o pedaço de papel higiênico pendurado em seu queixo. Ela o joga no vaso sanitário, fecha a tampa e encosta a testa na porcelana enquanto ouve o reservatório encher novamente.

 Pegajosa como um saco de minhocas deixado ao sol, diria Potter a Corrine se estivesse lá. Em seguida, ele prepararia um Bloody Mary bem picante e um prato de bacon com ovos. Entregaria a ela um pedaço de torrada para absorver a gordura do bacon. Novinha em folha, diria ele. Da próxima vez segure a onda, querida. Fazia seis semanas desde que Potter havia morrido — passou voando! — e ela ouvia a voz do marido tão claramente naquela manhã que ele poderia muito bem estar parado na porta. O mesmo sorriso bobo de sempre, o mesmo jeito esperançoso.

 Quando o telefone toca na cozinha, o som faz um buraco no silêncio. Não existe absolutamente ninguém no mundo com quem Corrine se importe em falar. Alice vive em Prudhoe Bay e só liga nas noites de domingo, quando as chamadas de longa distância são mais baratas. Mesmo assim, Corrine, que não perdoou a filha pela nevasca que fechou o aeroporto de Anchorage e a impediu de ir ao enterro de Potter, sempre mantém as conversas breves, falando apenas por tempo suficiente para tranquilizar a outra de que está bem. Estou ótima, diz ela a Alice. Me ocupo cuidando do jardim, vou à igreja na quarta à noite e no domingo de manhã, estou organizando as coisas do seu pai para que o Exército da Salvação possa vir buscar.

 Tudo mentira, cada palavra. Ainda não embalou nem uma única camiseta do velho. Nos fundos da casa, o jardim é pura terra batida coberta de carcaças de pássaros, e depois de quarenta anos deixando que Potter a arrastasse para a igreja, não daria àquelas cretinas hipócritas nem mais um minuto seu, nem mais um centavo. No banheiro, o kit de barbear de couro do marido ainda está aberto na bancada. Seus tampões de ouvido estão sobre a mesa de cabeceira, ao lado de um livro de Elmer Kelton e seu remédio para dor. O quebra-cabeça que ele estava montando quando morreu ainda está espalhado sobre a mesa da cozinha, e sua nova bengala ainda está apoiada logo atrás. Uma pilha de formulários do seguro de vida, junto com seis envelopes da cooperativa de crédito, várias notas de cinquenta e algumas de cem dólares, repousa sobre uma bandeja giratória no meio da mesa. Às vezes Corrine pensa em atear fogo nos envelopes, um por um, com o dinheiro ainda dentro.

O telefone toca novamente, e ela pressiona os olhos contra as palmas das mãos. Uma semana antes, ela quebrou o botão de volume do aparelho em um acesso de raiva. Agora, com a campainha emperrada no máximo, o som tenebroso e desafinado perfura cada canto e rachadura da casa e do quintal, gritando quando poderia apenas pedir com educação. Quando Corrine finalmente atende irritada — Residência dos Shepard —, a voz do outro lado é igualmente desagradável.

Por sua causa, grita uma mulher, eu fui mandada embora ontem à noite.

Quem?, pergunta Corrine, e a mulher soluça e bate o telefone com tanta força que seu ouvido apita.

O gato está parado do lado de fora da porta de vidro de correr com um rato morto na boca quando o telefone toca novamente. Corrine agarra o fone e grita no receptor, Vá para o inferno!

O vira-lata larga sua vítima e dispara pelo quintal, escalando a nogueira-pecã e lançando seu corpo enorme e feioso por cima da cerca de blocos de concreto em direção ao beco.

*

Eles estavam fazendo planos para depois da aposentadoria quando as dores de cabeça de Potter começaram na primavera anterior. Ele receberia o valor integral da pensão, e Corrine vinha recebendo a sua desde que a diretoria da escola a forçou a sair, alguns anos antes, na esteira de alguns comentários infelizes que ela havia feito na sala dos professores. A gente podia ir de carro para o Alasca, sugeriu Potter, parar na Califórnia e ver aquela sequoia que é grande o suficiente para atravessar com um caminhão.

Mas Corrine tinha suas dúvidas. Lá faz sol durante menos de seis meses em um ano, disse ela, e o que tem no Alasca, afinal? Alces?

Alice, disse Potter. A Alice está lá.

Corrine revirou os olhos, um hábito que havia adquirido ao longo dos trinta anos em que trabalhou com adolescentes. Aham, respondeu ela, depois de juntar as escovas de dentes com sei lá qual é o nome dele, o desertor.

Dois dias depois de alugarem um motorhome novinho de dez metros de comprimento e com chuveiro interno, Potter teve sua primeira convulsão. Ele estava cortando a grama do jardim quando caiu no chão, os dentes batendo, braços e pernas sacudindo loucamente. O cortador de grama rolou devagar em direção à rua e parou com as rodas traseiras ainda na calçada. A filha de Ginny Pierce andava de bicicleta em círculos na calçada dos Shepard, e Corrine a ouviu berrando ao longo de todo o caminho desde o quarto, onde estava lendo um livro com o climatizador no máximo.

Eles dirigiram mais de oitocentos quilômetros até Houston e subiram quinze andares de elevador para se sentar em duas estreitas poltronas com almofadas de vinil e ouvir enquanto o oncologista lhes explicava tudo. Corrine estava sentada, debruçada sobre um caderno com espiral, a caneta atacando o papel como se estivesse tentando matá-lo. Glioblastoma multiforme, disse ele, GBM, para abreviar. Para abreviar? Corrine ergueu os olhos na direção dele. Era tão raro, de acordo com o oncologista, que eles poderiam muito bem ter encontrado uma trilobita alojada no cérebro de Potter. Se começassem a radioterapia imediatamente, talvez isso desse a ele seis meses, quem sabe um ano.

Seis meses? Corrine encarou o médico boquiaberta, pensando, Ah, não, não, não. O senhor está enganado, doutor. Ela observou Potter se levantar e ir até a janela, de onde olhou para o ar denso e amarronzado de Houston. Seus ombros começaram a se mover suavemente para cima e para baixo, mas Corrine não foi até ele. Estava presa firmemente naquela cadeira, como se alguém tivesse atravessado uma de suas coxas com um prego.

Estava quente demais para pegar a estrada, então eles foram para o Westwood Mall, onde se sentaram em um banco perto da praça de alimentação, segurando a garrafas geladas de Dr. Pepper como se fossem granadas. No fim do dia, eles voltaram ao estacionamento. Dirigiram com as janelas abaixadas, o vento soprando quente contra seus rostos e suas mãos. À meia-noite a caminhonete fedia a eles — os cigarros e o Chanel n°. 5 de Corinne, além do café que ela havia derramado no banco no dia anterior, o rapé de Potter e sua loção pós-barba, o suor e o medo dos dois. Ele dirigia. Ela ligou o rádio, desligou, ligou, desligou, ligou, amarrou o cabelo, soltou, desligou o rádio, ligou novamente. Depois de um tempo, Potter pediu que ela parasse.

O trânsito da cidade deixava Corrine nervosa, então Potter fez a volta por San Antonio. Desculpe por aumentar o tempo da nossa viagem, disse ela. Ele deu um sorriso fraco e estendeu a mão para alcançar a dela. Mulher, disse ele, você está me pedindo desculpas? É. Acho que chegou mesmo a minha hora. Corrine virou o rosto em direção à janela do passageiro, e chorou tanto que seu nariz entupiu e seus olhos quase se fecharam de tão inchados.

*

Não são sequer nove da manhã, e já passa dos trinta graus do lado de fora quando Corrine olha pela janela da sala e vê a caminhonete de Potter estacionada no gramado na frente de casa. O Chevy Stepside V8 com bancos de couro vermelho era seu maior orgulho e alegria. O inverno estava seco e a grama parecia um cachecol marrom-claro. Quando a brisa aumenta, algumas folhinhas da grama que não estavam achatadas sob a roda da caminhonete balançam sob a luz do sol. Todos os dias ao longo das últimas duas semanas, o vento aumentava no final da manhã e soprava sem parar até o anoitecer. Na época em que Corrine ainda se importava, isso significaria espanar a casa antes de ir para a cama.

Na Rua Larkspur, os vizinhos estão em seus jardins, mangueiras nas mãos, prevenindo a seca. Um imenso caminhão de mudança vira a esquina e para em frente à casa dos Shepard, depois sobe lentamente a rampa da garagem do outro lado da rua. Se vocês realmente querem saber, Corrine teria o prazer de explicar a qualquer pessoa que se importasse em perguntar, eu não sou alcoólatra, só ando bebendo o tempo todo. Existe uma grande diferença entre as duas coisas.

Ninguém vai perguntar, mas com certeza vão *falar* se ela não tirar a caminhonete de Potter do jardim, então Corrine engole uma aspirina e veste um terninho com saia de seus tempos de sala de aula, um conjunto verde-oliva com botões de metal em formato de âncoras. Coloca uma meia-calça, óculos de sol, passa perfume e batom, e, em seguida, rasteja para fora calçando suas pantufas, como se tivesse acabado de voltar da igreja e estivesse se ajeitando para encarar um dia agitado em casa resolvendo coisas.

O dia está iluminado como uma sala de interrogatório, o sol é uma lâmpada forte em um céu vazio. Do outro lado da rua, no final do quarteirão, Suzanne Ledbetter está regando o jardim. Quando vê Corrine, ela desliga seu pulverizador e acena, mas Corrine age como se não a visse. Ela também finge não ver nenhum dos garotos da vizinhança, que saíram de suas casas e cruzaram os jardins como nozes-pecãs caídas de uma cesta, e mal percebe o grupo de homens que desceu do caminhão em movimento e está parado na frente do jardim do outro lado da rua.

Quando abre a porta da caminhonete de Potter e vê um cigarro caído no banco — partido ao meio, mas possível de ser reparado —, Corrine suspira de gratidão. Rapidamente, ela engata a marcha à ré e coloca o carro na entrada da garagem; em seguida, passa a mão no cigarro e vai diretamente em direção à porta, parando apenas por tempo suficiente para ligar a torneira. A mangueira de água está estirada no gramado como uma cobra morta, o bocal enferrujado caído na terra debaixo do olmo chinês que ela e Potter haviam plantado 26 anos antes, na primavera seguinte à compra da casa. Feio e esquisito, o olmo lembrava a Corrine cabelo sujo, mas tinha sobrevivido a secas, tempestades de poeira e tornados. Quando cresceu um metro em um único verão, Potter, que dava apelidos para tudo e todos, começou a chamá-lo de Estirão. Quando Alice caiu de cima dele e fraturou o punho direito, ele começou a chamá-la de Canhotinha. Todas as outras plantas do quintal estavam mortas, e Corrine não poderia se importar menos, mas não suportaria deixar que aquela árvore morresse.

 E mesmo que tivesse esse objetivo, ela sabia que se deixasse a árvore morrer, ou se parar a caminhonete de Potter em cima do gramado virasse um hábito, ou se as pessoas a vissem no jardim usando as mesmas roupas que tinha usado no Country Club na noite anterior, começariam a sentir pena dela. Pena. Isso faz com que ela queira enfiar a porrada em alguém — no caso, Potter, se ele já não estivesse morto. Ela dá um soco numa coroa de flores enviada na ocasião do velório, entra em casa e bate a porta. Na cozinha, o telefone toca sem parar, mas ela não atende. Sem chance. Sem chance.

*

Às três da manhã, eles pararam para abastecer na parada de caminhões em Kerrville e entraram no restaurante para tomar um café e um sorvete de casquinha. Depois que fizeram o pedido, ele disse a ela que a radioterapia era apenas um monte de veneno injetado nas veias. Queimava de dentro para fora, deixava a pessoa ainda mais doente, e que tipo de vida ele teria ao longo daqueles meses?

 Eu não vou fazer isso, Corrine. Não quero a minha esposa limpando a minha bunda nem passando meu bife no liquidificador.

 Corrine estava sentada na frente do marido, boquiaberta.

 Você sempre disse à Alice que se machucar não era desculpa para parar de brincar — a voz dela aumentava e diminuía como uma pipa sob o vento forte — e agora você vai morrer na minha frente?

 Um casal sentado na mesa ao lado olhou de soslaio para eles, em seguida, voltou o olhar para a mesa. Tirando isso, o restaurante estava vazio. Por que Potter escolheu sentar aqui?, se perguntou Corrine. Por que ela tinha que compartilhar sua dor com desconhecidos?

 É diferente, respondeu Potter.

 Ele observou seu sorvete por alguns segundos. Quando Potter olhou na direção da janela, Corrine fez o mesmo. Em meio às bombas de combustível, às carretas e ao letreiro em néon indicando banhos quentes, o lado de fora estava claro como se fosse meio-dia. Um caminhoneiro se afastou de uma bomba de diesel, buzinando duas vezes ao pegar a pista de acesso e se fundir à estrada principal. Um caubói encostado na porta da caçamba de sua caminhonete comia vorazmente um hambúrguer, a fivela de seu cinto brilhando sob a luz. Dois carros cheios de adolescentes cruzavam lentamente o estacionamento.

Potter e Corrine se recostaram em seus assentos e olharam para o teto. As placas de gesso diretamente acima de suas cabeças estavam cobertas com manchas cor de urina causadas pela umidade e por alguns buracos que pareciam tiros, como se algum imbecil tivesse pensado que seria engraçado disparar sua arma enquanto as pessoas tentavam terminar de jantar. Quando não havia mais para onde olhar, eles se encararam. Seus olhos se encheram de lágrimas.

Corrie, é terminal.

O que você está falando? Corrine deu um soco na mesa, e o café espirrou para fora de suas canecas. Levante-se daí e vá à luta, como você sempre disse para Alice, e para mim também, de vez em quando.

Bem, não adiantou nada dizer isso para vocês. Falando baixo e rápido, Potter se inclinou na direção da esposa. Mesmo assim, a Alice fugiu para o Alasca com aquele garoto. Mesmo assim, você abandonou a escola assim que as coisas ficaram difíceis. Tanto esforço, Corrine... quando nos conhecemos, você era a única pessoa que eu conhecia que tinha ido para a faculdade... e mesmo assim você desistiu para ficar em casa e ler seus livros de poesia.

O rosto dela estava vermelho de medo e raiva.

Eu te falei um milhão de vezes que estava de saco cheio daquilo tudo.

Meu bem, eu acho que você não está entendendo quanto isso é sério. Ele alcançou o outro lado da mesa, mas Corrine puxou a mão de volta e cruzou os braços sobre o peito.

Não se atreva a me chamar de *meu bem*, Potter Shepard, ou eu mesma vou te matar.

Eu já estou morrendo, querida.

Vá se ferrar, Potter. Você não está nada morrendo. Não repita mais isso. E eles ficaram sentados em um silêncio estupefato enquanto o café ficava completamente gelado e o sorvete se transformava numa sopa.

Quando pararam o carro na garagem na manhã seguinte, foram recebidos pelo mesmo cheiro de mofo das caixas de papelão e da antiga barraca que Potter usava no exército, pelo mesmo clique e pelo mesmo zumbido de quando o motor do congelador ligava, pelas mesmas ferramentas antigas juntando poeira na bancada do marido. Nada era diferente em nenhum aspecto, exceto que eles não haviam dormido nas últimas quase 24 horas, Corrine parecia ter envelhecido dez anos e Potter estava morrendo.

Enquanto ela fazia um pão de milho de frigideira e aquecia um pouco de feijão, ele colocou um pote de *chow-chow* e um prato de tomates fatiados sobre a mesa da cozinha. Ele apontou para a miragem causada pelo calor, do outro lado da porta de correr de vidro.

Agosto parece um inferno de tão quente, disse ela. É de se espantar que qualquer um de nós sobreviva. Ele riu suavemente, e os dois ficaram em silêncio.

Depois do café, eles puseram a louça na pia e foram para o quarto, onde ele ligou o climatizador no máximo e ela fechou as cortinas. Os dois se enfiaram na cama, Corrine do lado dela, Potter do seu, e naquele estranho crepúsculo do meio-dia deitaram um ao lado do outro, dedos entrelaçados e mentes entorpecidas de pavor. Esperaram pelo que estava por vir.

*

Achando que poderia ajudar com sua ressaca, ela tenta preparar um sanduíche de ovo frito, mas ao ver a gema oscilando na frigideira de ferro fundido, um globo ocular amarelo aguado, seu estômago embrulha. Em vez disso, segura o cabelo para trás, acende o cigarro no queimador do fogão e se encosta na geladeira enquanto aguarda até que a nicotina a ajude a se lembrar da noite anterior.

Havia sido uma noite tranquila no Country Club e lá pela meia-noite, todos tinham ido para casa, exceto Corrine e a bartender, Karla, juntamente com alguns sujeitos perseverantes, homens que não tinham lugar nenhum para estar nem ninguém aguardando por eles quando retornassem. Deus a livrasse de ter que trocar uma palavra com qualquer um daqueles tolos, então ela observava Karla polir a louça enquanto os homens falavam de futebol e do preço do petróleo — aparentemente 1976 seria um ano bom para cacete para ambos os setores — e debatiam a disputa entre Carter e Ford — ela odiava os dois, um era um merda e o outro, um cuzão. Tinham apoiado Nixon, e agora, com Watergate já no passado, os homens estavam começando a entender que não apenas haviam perdido seu líder, mas também a guerra contra o caos e a degeneração. Panteras Negras e mexicanos, comunistas e líderes de cultos, gente que trepava bem no meio da rua no centro de Los Angeles, pelo amor de Deus.

Só falam merda, refletiu Corrine, exatamente como qualquer outro grupo de homens em qualquer outro lugar do planeta. Concluiu que poderia saltar de paraquedas na Antártica na calada da noite, e encontraria três ou quatro homens sentados ao redor de uma fogueira, enchendo os ouvidos uns dos outros com bobagens, brigando para ver quem iria segurar o atiçador. Depois de alguns minutos, tudo era apenas um sussurro de vozes baixas e masculinas.

Karla! Corrine pensa agora enquanto apaga o cigarro na pia da cozinha. Foi Karla quem havia ligado mais cedo, ou talvez a filha de Ginny, que liga quase todas as manhãs para checar o que Corrine está fazendo, e perguntar se ela não gostaria de companhia.

*

No último dia de 1975, eles estavam no quintal depois do jantar e viram o gato carregando um pardal. Era uma fêmea, raramente vista tão ao Sul, e eles vinham ouvindo seu canto doce e singular desde o início de novembro, apenas alguns dias depois de terem voltado do hospital. Seria a última visita ao local, disse ele, quando ainda estavam sentados no estacionamento. Corrine não tinha sequer colocado a chave na ignição quando ele se inclinou e tentou afagar o joelho dela. Eu dei uma chance, por você, disse ele, mas esta é a última vez. Chega de tratamentos, chega de médicos.

Ele não estava a fim de pegar o carro e ir à igreja para a festa de Ano Novo, e ela já não queria ir desde o início, então às quatro eles já haviam jantado e vestido suas calças de moletom. Enquanto Corrine curtia seu cigarro, Potter se apoiava pesadamente em sua nova bengala. O gato estava sentado no topo da cerca como se fosse o dono do lugar, sua pelagem dourada sob o último resquício de luz do dia. Potter disse que não conseguia deixar de admirá-lo. A maioria dos animais abandonados não durava uma semana antes de serem atropelados na Rua Oito, ou de algum garotinho atirar neles com sua .22. As listras pretas na face do gato o faziam parecer um pouco com uma jaguatirica, observou ele.

Se você castrasse ele, provavelmente seria uma boa companhia, disse Potter.

Nós deveríamos era envenenar esse desgraçado antes que ele mate todas as criaturas vivas do quarteirão, disse Corrine.

Ela entregou o cigarro a Potter, que o segurou firmemente entre o polegar e o indicador. Ele havia parado de fumar vinte anos antes, e desde então eles brigavam por conta do vício dela. Mas as reclamações dele não tiveram a menor importância, pensou ela tristemente enquanto se aproximava para varrer a carcaça do pássaro. No fim das contas, ela morreria depois dele.

*

Enquanto Karla polia os copos e cortava limões, Corrine fumava um cigarro atrás do outro. Ela passava o polegar pelos nomes e números de telefone entalhados na bancada de mogno. De um lado do salão, grandes janelas de vidro davam para o campo de golfe. Os petroleiros que financiaram o projeto no final dos anos 1960 haviam planejado originalmente dezoito buracos, mas a construção foi interrompida de maneira abrupta em meio a uma súbita superabundância nos mercados de petróleo. Enquanto uma escavadeira e tubos de irrigação enferrujavam ao lado do que seria o décimo buraco, os membros do clube se contentavam com os outros nove. E agora, sete anos depois, com o preço do petróleo subindo, quem sabe eles finalmente conseguissem os outros nove.

Quando Corrine dobrou seu guardanapo e deslizou o copo até a borda do bar, Karla trouxe outro uísque com Coca. Era seu quinto, sexto drinque? O suficiente para que precisasse enganchar os dedos no apoio de pé do bar ao se esticar para pegar seu copo, o suficiente para que Karla colocasse uma tigela de amendoins à sua frente no balcão.

O que temos aqui são duas histórias concorrentes, um caso clássico de a palavra de um contra a palavra do outro, isso é tão claro como o dia, declarou um homem.

Um segundo deu um gole em sua cerveja e bateu a garrafa com força contra o balcão.

Eu vi a foto da garota mexicana no jornal, disse ele, e ela não parecia ter 14 anos.

Corrine parou no meio do número que traçava com o dedo. Eles estavam falando de Gloria Ramírez, a garota que ela e Potter tinham visto no Sonic. Nós vimos ela entrar naquela caminhonete, disse Potter, e ficamos lá sentados como se alguém tivesse costurado nossas calças no assento.

Você está bem, sra. Shepard? Karla a observava do outro lado do bar, um pano de prato em uma das mãos e uma caneca vazia na outra.

Sim, senhora. Corrine tentou se sentar um pouco mais ereta, mas os dedos se soltaram do apoio de pés e o cotovelo escorregou para fora do balcão.

Os homens deram uma olhada rápida para ela e então decidiram ignorá-la. Era a melhor coisa de ser uma senhora idosa com cabelo ralo e seios flácidos o suficiente para caírem sobre o balcão. Finalmente, ela poderia se sentar em uma banqueta do bar e beber até cair, sem que nenhum idiota a incomodasse.

Elas são assim, disse um terceiro homem, amadurecem mais rápido do que as outras garotas.

Os homens riram.

Isso mesmo! *Muito* mais rápido, acrescentou outro.

Corrine sentiu o calor subindo pelo pescoço e se espalhando pelo seu rosto. Potter devia ter falado sobre Gloria uma dezena de vezes, geralmente tarde da noite, quando a dor era tão intensa que ele saía da cama e ia para o banheiro, e ela podia ouvi-lo gemer. Todas as coisas que ele gostaria de ter feito. Poderia, teria, deveria, ela disse a ele. Era tudo que a gente precisava, você puxando uma briga com um homem com metade da sua idade.

Mas Potter insistia que soube imediatamente que havia algo errado. Ele tinha trabalhado ao lado de jovens como aquele durante 25 anos, e sabia do que estava falando. Mas eles ficaram lá sentados, e assistiram à garota subir naquela caminhonete, e em seguida voltaram para casa. Dois dias depois, quando viram a foto do homem no *American*, Potter o chamou de covarde e pecador. Um dia depois, quando o jornal publicou a foto do anuário escolar de Gloria Ramírez, ele ficou muito tempo sentado em sua poltrona olhando para seus cabelos lisos e pretos, seu queixo empinado, observando o olhar que ela fazia para a câmera, o sorrisinho que provavelmente tinha um quê de malícia. Corrine disse que deveria haver uma lei que proibisse a publicação do nome e da foto daquela garota no jornal local — uma jovem menor de idade, pelo amor de Deus. Potter disse que ela parecia uma garota que não temia nada nem ninguém, e que provavelmente tudo aquilo já deveria ter passado.

Enquanto Karla observava o jarro de gorjetas, Corrine virou sua bebida em vários goles longos, queimando a garganta. Ela fez sinal pedindo outro.

Karla Sibley tinha apenas 17 anos e seu bebê recém-nascido estava em casa com sua mãe. Ela ainda estava tentando decidir se pararia de servir Corrine quando a velha empurrou a banqueta para longe do bar, cambaleou vigorosamente e puxou sua camisa até que ela ficasse completamente esticada contra o peito e os quadris largos.

Deixa para lá, Karla, disse ela. Já bebi o suficiente. Ela se virou para os homens. Essa menina tem 14 anos, seus merdas. Os cavalheiros por acaso têm uma queda por crianças?

Corrine dirigiu para casa, mantendo os olhos na linha central da pista e o hodômetro da caminhonete de Potter dezesseis quilômetros abaixo do limite de velocidade, e já passava das três quando finalmente se deitou no sofá. Ela cobriu as pernas com uma manta — ainda não conseguia dormir na cama deles, não sem Potter — e embora se esforçasse para juntar as peças, pelo menos até a primeira onda de nicotina atingir sua corrente sanguínea na manhã seguinte, tinha caído no sono repetindo o que dissera aos homens no bar e as últimas palavras que ouviu antes de bater a porta pesada ao sair de lá, Karla choramingando para os homens, Não é *minha* culpa, eu não toquei no assunto. Não dá para dizer nada àquela senhora.

Quatorze anos de idade. Como se houvesse alguma dúvida sobre o que é moralmente certo ou errado, pensa Corrine com amargura, caso Gloria Ramírez tivesse 16 anos ou fosse branca. Ela carrega o cinzeiro para a mesa da cozinha, se senta, e começa a brincar com uma peça solta do quebra-cabeça olhando para os envelopes cheios de dinheiro. Potter havia trabalhado naquele quebra-cabeça por horas, sua mão esquerda às vezes tremendo tanto que precisava apoiar o cotovelo na mesa e usar a direita como uma braçadeira. Todas aquelas horas, todo aquele esforço, e ainda assim ele havia completado apenas a borda e alguns gatos marrons e dourados.

Quando o vira-lata vagueia pelo quintal, se senta do lado de fora da porta de correr e olha para Corrine, ela pega a bengala de Potter e a sacode na direção dele. Talvez ela dê uma bela cacetada na cabeça do infeliz se ele não parar de entrar em seu quintal e matar todos os bichos.

*

No final de fevereiro, o gato pegou uma imensa iraúna macho e a destroçou, e Corrine quase escorregou em sua brilhante cabeça preta ao sair para colocar o lixo para fora. Na manhã seguinte, eles encontraram um rouxinol — a cabeça um pequeno tufo acinzentado, o peito amarelo brilhante contrastando com o concreto. Potter parou e observou suas penas balançarem com o vento. Àquela altura, ele havia começado a gaguejar. Corr..., Corr..., Corr..., dizia ele, e Corrine sentia vontade de tapar os ouvidos com as mãos e gritar, Não, não, não, isso é um erro. Mas aquela tinha sido uma boa manhã, sem convulsões, sem quedas, e quando Potter falou, era a mesma voz que ela ouvia há trinta anos.

Bem, disse Potter, se você castrar ele e colocar um pouco de comida aqui fora, talvez ele pare de matar os bichos. Ele pode ser uma boa companhia.

De jeito nenhum, rebateu Corrine. Preciso de outra coisa para cuidar tanto quanto Jesus precisava de outro prego.

Gostaria muito que você não blasfemasse desse jeito, lamentou Potter.

Mas mesmo assim ele riu, e eles olharam para o fundo do quintal onde o gato estava deitado sob a nogueira-pecã. Seus estranhos olhos verdes estavam fixos em um pequeno lagarto que corria ao longo da cerca de blocos de concreto.

Era meio da manhã e a luz do sol havia deixado a cerca cor de cinza. Um vento fraco agitava o pelo dourado do gato. Do outro lado do terreno atrás da casa deles, uma ambulância desceu a Rua Oito. Corrine e Potter ficaram ouvindo conforme o som se movia para o centro da cidade em direção ao hospital.

O que você vai fazer sem mim?, perguntou Potter, e quando Corrine disse a ele, com uma pontada de tristeza, que nunca havia lhe ocorrido, nem uma única vez ao longo do casamento, que ele partiria antes dela, Potter assentiu gentilmente. Não se parece justo, disse ele.

Corrine pensou em corrigir o marido — não *me* parece justo — como sempre fazia, mas então lembrou de seus erros ocasionais, seu assobio desafinado, seu hábito de dar um apelido para cada maldita criatura que cruzasse seu caminho, e suspirou profundamente. Ela sentiria falta do som da voz dele. Não era justo mesmo! Ela acenou com a cabeça e se afastou antes que ele pudesse vê-la começar a chorar.

Potter tocou o braço dela e mancou até a pá que estava encostada na parede da casa.

Você pode se surpreender depois que eu partir, disse ele.

Duvido muito seriamente, respondeu ela.

Nas últimas semanas, ele tinha começado a enterrar alguns dos animais que eles encontravam no quintal, quando sentia vontade. Desta vez, levou quase dez minutos para romper a terra batida e o caliche. Corrine perguntou se Potter queria uma mãozinha e ele disse que não, não, ele conseguia fazer aquilo. Cavou um buraco de trinta centímetros de profundidade próximo à cerca dos fundos, colocou o rouxinol dentro dele e o cobriu. Enterrou ele, Corrine ainda murmura quando pensa sobre o passarinho, como se aquela porcaria importasse. Perto do fim, seu marido havia se tornado mais sentimental do que de costume. Até o momento em que não foi mais, o desgraçado.

Uma semana depois, Potter acordou cedo e rolou de lado para ficar de frente para Corrine. Ele se sentia bem, disse. Quase como se o tumor nunca tivesse existido. Ele deixou sua bengala na cozinha e saiu para varrer o quintal. Foi até a garagem buscar sua tesoura e podou a cerca viva na lateral da varanda da frente. Depois que juntou os galhos finos e os colocou na lixeira, admirou seu trabalho, e Corrine gritou com ele por andar sem a bengala. Se ela estivesse de olho, não teria permitido que aquilo acontecesse nem por um minuto. Mas Potter a agarrou pela cintura e cafungou seu pescoço, dizendo, Meu bem, o seu cheiro é tão gostoso, e ela deixou que ele a arrastasse para o quarto por umas duas horas.

Depois, Potter disse que queria uma bisteca para o jantar. Ele a prepararia na grelha, e eles poderiam comer algumas batatas assadas com direito a tudo que quisessem — e manteiga, não aquela margarina que ela vinha empurrando para cima dele nos últimos dez anos. Se tirassem uma torta de noz-pecã do freezer agora, ela descongelaria a tempo da sobremesa, disse ele. Depois do jantar, ele colocou um álbum de Ritchie Valens e dançou com ela na sala — e daí se já se passaram anos desde que haviam dançado juntinhos? Eles podiam fazer isso agora, disse ele. Mais tarde, ocorreria a Corrine que ela já deveria ter percebido, naquele momento, qual era o plano dele.

*

Na mesa ao lado da poltrona dele na sala, o jornal de 27 de fevereiro, o dia em que ele morreu, está dobrado na página de palavras cruzadas. Há uma única palavra escrita a lápis. Seis letras, passar ou atravessar um rio ou curso d'água a pé. Vadear. Na mesa ao lado da poltrona dela, está um livro de poesia em que ela não tocava há meses, preferindo ler artigos sobre câncer e alimentação saudável, até mesmo um sobre um médico em Acapulco, uma ideia que Potter vetou de imediato. Ela se arrasta de volta para o vestíbulo e deixa seus dedos vagarem pela caixa de nogueira do rádio AM/FM dele, girando os botões para frente e para trás. Em noites bonitas, quando o vento soprava do Norte, eles o carregavam para a varanda e ouviam a estação de Lubbock que tocava música country. Até o dia em que ele morreu, apenas Corrine, Potter e os médicos sabiam sobre sua doença. Qualquer dia, continuaram prometendo um ao outro, eles contariam a Alice e a algumas pessoas da igreja, mas então Potter foi lá e meteu os pés pelas mãos. Maldito seja.

A campainha está presa na parede imediatamente acima do rádio, e quando toca, Corrine quase desmaia de susto. Fica paralisada no lugar, o coração batendo acelerado, a mão direita ainda no botão do aparelho. A campainha toca novamente e então ela ouve a batida peculiar de Debra Ann Pierce, três batidas uniformemente espaçadas no meio da porta, três batidas em staccato no lado esquerdo, três no direito, e então a menina chama, sra. Shepard, sra. Shepard, sra. Shepard, como faz pelo menos uma vez por dia.

Corrine abre a porta, colocando seu corpo largo entre o batente e a porta. Ela junta as coxas com força, como se a criança fosse tentar se enfiar por entre suas pernas, feito um cachorrinho.

Foi você que passou a manhã inteira me ligando, Debra Ann Pierce? A voz de Corrine está áspera e ela sente como se sua língua tivesse sido coberta com uma camada de tinta. Ela vira a cabeça em direção ao ombro e tosse.

Não, senhora.

Debra Ann está vestindo uma camiseta rosa-choque escrito *Superstar* e um short laranja atoalhado que mal cobre a parte superior de suas coxas. Ela tem um sapo nas mãos, e esfrega entre os olhos dele usando o indicador. Os olhos do bicho estão fechados, e Corrine se pergunta se a criança está perambulando pela vizinhança carregando um animal morto, mas logo a pequena criatura começa a se contorcer na mão da garota.

Você deveria soltar esse pobrezinho, diz Corrine. Ele não é um animal de estimação. Queridinha, eu fui dormir tarde da noite e estou cansada, e meu telefone passou a manhã inteira tocando.

Onde você foi?

Isso não é da sua conta. Debra Ann Pierce, por que você está ligando para minha casa?

Não fui eu, juro.

Não jure, diz Corrine e se arrepende imediatamente. Que importa o que aquela criança faz ou não, contanto que ela saia da varanda e deixe Corrine em paz?

Sim, senhora. Debra Ann estica a mão para trás e tira o short de dentro da bunda. Ela olha para o outro lado da rua e franze a testa. Aqueles mexicanos estão se mudando *para cá*?

Talvez, responde Corrine. Isso também não é da sua conta.

Algumas pessoas não vão gostar nem um pouco disso... O sr. Davis, a sra. Ledbetter, o sr. Jeffries...

Corrine ergue a mão.

Pare já com isso. Esses homens têm tanto direito de estar aqui quanto eu e você.

Não têm, não, rebate a garota. Esta rua é *nossa*.

O que você acha que o sr. Shepard iria achar se ouvisse você falando desse jeito?

A menina olha para os pés descalços e flexiona os dedões do pé algumas vezes. Ela adorava Potter, o único adulto que nunca corrigia seus erros gramaticais ou minava seus planos, que ouvia atentamente suas histórias de pescador sobre Peter e Lily, seus amigos imaginários que vinham de Londres e entretinham Debra Ann com fábulas sobre a London Bridge e a Rainha da Inglaterra. Potter nunca deu a entender que ela estava grandinha demais para ter amigos imaginários, nem jamais implicou com ela.

Corrine tateia os vários bolsos do terninho e encontra um maço com um único cigarro. Mas que maravilha! Ela tira o cigarro do maço e acende, soprando a fumaça bem acima da cabeça da garota.

Cadê o seu pai?

Trabalhando em Ozona. Debra Ann empurra o lábio inferior para frente e sopra para cima com tanta força que sua franja estremece. Ou em Big Lake. A garota vira o sapo de frente para ela e o segura perto do rosto. Vou te levar para casa comigo, sussurra ela em um tom ameaçador e puxa a sobrancelha. Ela arranca vários pelos e os joga na cerca viva ao lado da varanda. Corrine repara, então, que a menina tem buracos nas duas sobrancelhas. Nos dias seguintes à partida da mãe de Debra Ann da cidade,

Corrine levou comida para Jim, enquanto Potter e Debra Ann ficavam sentados no sofá e assistiam a desenhos animados. No enterro de Potter, a menina se inclinou sobre o caixão e olhou para o rosto dele por tanto tempo que Corrine queria dar um tapa de mão aberta na cabeça dela e perguntar, O que você pensa que está olhando, garota?

Debra Ann tenta ver se o sapo cabe no bolso do short, mas ele começa a arranhar suas mãos.

Achei que você iria gostar de ter companhia, diz ela a Corrine. A gente pode terminar de montar o quebra-cabeça do sr. Shepard.

Eu não tenho interesse em ter companhia, obrigada.

A garota olha para ela, e depois de alguns segundos, Corrine suspira.

Bem, meus cigarros acabaram. O que acha de pegar sua bicicleta, ir até o 7-Eleven e comprar um maço para mim?

Debra Ann balança a cabeça e sorri. Ela perdeu dois dentes de leite, um canino em cima, um canino embaixo, e as fendas estão vermelhas e inflamadas. Os dentes restantes estão amarelos e sujos, e há pedaços de comida, talvez pão, ao longo de sua gengiva. Seu cabelo preto é irregular e emaranhado nas pontas, como se ela começasse a penteá-lo e ficasse entediada, e Corrine poderia jurar ter visto algumas lêndeas.

Espere aqui, diz Corrine, e entra para buscar sua bolsa. Quando entrega à garota uma nota de um dólar, seus olhos se arregalam de satisfação. Aqui tem cinquenta centavos para um maço de Benson & Hedges, diz ela, e outros cinquenta pelo seu tempo. Preste atenção para comprar a marca certa: Ultra Lights.

Debra Ann enfia a nota no bolso do short e pergunta se Corrine tem uma caixa de sapatos para que ela possa deixar o sapo na varanda. Corrine responde que não, que há um gato por ali que vem matando qualquer coisa que seja capaz de capturar, e a criança sai correndo pelo jardim, o sapo agarrado em sua mão esquerda. Quando Corrine grita pedindo para que ela não fale com estranhos, Debra Ann ergue o animal acima de sua cabeça e o sacode na direção da velha. Mesmo à distância, Corrine pode ver filetes de sangue escorrendo de ambos os olhos da criatura, sua última e mais desesperada tentativa de se defender.

*

Potter escreveu a carta em um bloco de papel amarelo que encontrou na mesa de Corrine. Tinha se esforçado ao máximo para não encher a paciência do Todo-Poderoso, escreveu ele. De que pudesse se lembrar, havia lhe pedido ajuda apenas algumas vezes — quando o motor de seu B-29 falhou em Osaka, quando Corrine teve problemas com morfina logo após o parto de Alice, quando todos eles tiveram pneumonia no inverno de 1953. Em 1968, ele rezou para que o preço do petróleo subisse novamente, e talvez tenha rezado também para conseguir pegar um bagre maior uma ou duas vezes quando foram pescar no Lago Spence, mas isso não era sério. E agora, escreveu Potter, ele estava contando com que o Todo-Poderoso também não lhe enchesse a paciência — pois não estava disposto a seguir até o fim da linha naquele trem.

Ele escreveu que sentiria falta das viagens de carro e dos acampamentos, e da maneira como Corrine roçava os pés contra suas panturrilhas à noite depois que eles entravam na barraca, porque ela sempre estava com frio, e ele sempre tinha o corpo quente. Sentiria falta de todas as criaturinhas que eles ouviam, quando se deitavam juntos no saco de dormir.

Havia algumas coisas que ele lamentava. Gostaria de ter ido para a faculdade depois de voltar da guerra, mesmo que isso tivesse significado aceitar ajuda do governo. Gostaria de ter ido ao Alasca visitar Alice e mandou uma carta à filha dizendo isso. Mas acima de tudo, ele gostaria de ter agido diferente na noite do Dia dos Namorados. Tudo isso vindo de um homem que mal havia escrito uma lista de compras desde que voltara do Japão, onde pilotava bombardeiros.

Deixou a carta na mesa da cozinha, junto com vários envelopes que continham dez mil dólares em dinheiro. Havia passado semanas preocupado que a seguradora pudesse encontrar alguma maneira de tirar Corrine da apólice, e ela adivinhou corretamente que aquele dinheiro era uma espécie de reserva de emergência que ele tinha escondida em algum lugar. No final da carta, uma frase havia sido adicionada, rabiscada apressadamente com uma caneta vermelha. "Certifique-se de que o dr. Bauman escreva 'acidente de caça' na certidão de óbito."

Vinte minutos depois, quando o assistente do xerife apareceu na porta da casa, e antes que Corrine tivesse a chance de perguntar onde o haviam encontrado, o policial disse a ela que tinha havido um acidente, um acidente terrível, o tipo de acidente que ninguém jamais poderia esperar. Isso acontece com mais frequência do que você imagina, disse ele.

*

Quando Debra Ann retorna quinze minutos depois, tem a boca coberta de chocolate e não traz mais o sapo consigo. Tem os cigarros de Corrine agarrados na mão imunda enquanto explica que seu pai só voltará depois das oito horas, e que acredita que haja um resto de *goulash* em casa, mas não tem certeza. Talvez Lily e Peter tenham comido tudo. Debra Ann se inclina na direção de Corrine e estica o pescoço enquanto tenta ver para além do vestíbulo, o cheiro de mofo subindo de seu cabelo e roupas. Com o estômago embrulhado, Corrine estende o braço para pegar os cigarros. Ela bate o maço contra a palma da mão e assente de maneira gentil, enquanto Debra Ann tagarela sobre o sapo, sobre como o balconista do 7-Eleven a obrigou a soltá-lo antes de entrar na loja, e, embora ela tenha dito ao animal que ficasse parado na cesta de sua bicicleta, é claro que ele tinha ido embora quando ela voltou.

Sapos são animais selvagens que dão verrugas, explicou Corrine. Arrume um animal de estimação melhor da próxima vez.

Eu vi o gato do sr. Shepard lá fora na ruazinha atrás da sua casa.

Esse gato não é do sr. Shepard.

Bom, o sr. Shepard costumava dar comida pra ele.

Mas é claro que não!

Eu tenho certeza que o sr. Shepard costumava deixar ele dormir na garagem às vezes quando estava frio lá fora.

Quanta bobagem, diz Corrine. No inverno passado não houve sequer uma tempestade de granizo.

Mesmo assim estava frio, diz Debra Ann. Ele pode ser uma boa companhia.

Corrine diz à criança que não quer alimentar gato nenhum, nem dar água, nem limpar cocô, nem tirar carrapatos das orelhas, nem pulgas de suas cortinas quando ele entrar em casa.

Escute uma coisa, Debra Ann, diz ela, se você conseguir pegar aquele gato, pode levar ele para casa com você.

Meu sonho era ter um gato que quisesse morar comigo, diz Debra Ann, mas o meu pai só quer animais de estimação que possam viver dentro de uma caixa. Meu sonho era ter alguma outra coisa para comer além de *goulash*. Meu sonho…

Você se lembra do que o meu velho pai costumava dizer?

"Sonhos em uma mão e bosta na outra, qual fica cheia primeiro?", responde ela desanimada.

Isso mesmo, diz Corrine enquanto dá um passo para trás para dentro da casa e fecha suavemente a porta na cara da criança.

Enquanto o telefone toca sem parar, Corrine prepara um chá gelado com um pouco de uísque. Quando tem certeza de que Debra Ann não está mais rondando o jardim, ela volta para o lado de fora para sentar na varanda e fumar. Seu objetivo é não chamar a atenção, sentada no degrau de concreto próximo à cerca viva, de onde poderá ver o que está acontecendo sem que ninguém a note.

Pelo menos uma vez por semana desde que Potter morreu, Suzanne Ledbetter aparece na porta de Corrine com uma caçarola e um convite para participar de alguma maldita roda de crochê ou de um daqueles tenebrosos encontros de trocas de receitas onde cada mulher prepara a receita e anota suas observações em uma ficha de papel antes de passá-la para a próxima mulher, que também faz a receita e acrescenta suas anotações à ficha. E por aí vai. Assim, as mulheres conseguem fazer uma boa receita se tornar ainda melhor, diz Suzanne Ledbetter.

Ao longo dos anos, Corrine tinha aprendido a dizer "não, obrigada" a reuniõezinhas e trocas de receitas. Ainda assim, ao se sentar na varanda da frente de sua casa com uma bebida em uma mão e um cigarro apagado na outra, ela tem um freezer cheio de caçarolas. E a cabeça cheia de bobagens também, pensa, enquanto abaixa o traseiro em direção ao degrau de concreto e espia através de seus arbustos desalinhados. Do outro lado da rua, dois jovens carregam um grande móvel de televisão para dentro de uma casa de tijolos cor de ferrugem idêntica à de Corrine e Potter

— novecentos metros quadrados, três quartos, um banheiro e um lavabo ao lado da sala de jantar. A janela da cozinha fica voltada para o quintal, igual à de Corrine, e a mesma porta de vidro de correr leva a um pátio nos fundos, imagina ela, embora nunca tenha conhecido os inquilinos anteriores, três jovens que mantinham um grande vira-lata acorrentado a uma nogueira-pecã morta no jardim e que, felizmente, levaram o cachorro com eles quando foram embora no meio da noite.

Um sedan branco encosta e uma menina e sua mãe começam a tirar várias caixas pequenas do banco de trás. A mulher está grávida, inchada como a carcaça de um veado em uma estrada quente, e não há sinal de um marido. Depois que esvaziam o carro, a mulher fica parada no jardim enquanto a criança saltita ao redor da árvore morta. Ela é a cara da mãe — cabelos brancos e rosto redondo — e de vez em quando ela se aproxima e se pendura no vestido da mulher como se uma das duas fosse levantar voo e flutuar em direção ao céu caso ela soltasse.

A mulher — ela parece jovem demais para ter uma menina tão grande — esfrega as costas da filha enquanto elas observam três rapazes carregando móveis e caixas pela calçada, passando pela garagem aberta e levando tudo para dentro da casa. Eles ainda são meninos, Corrine vê agora, não têm mais do que 15 ou 16 anos de idade, usam tênis, corte de cabelo militar e chapéus de caubói em tons diversos de marrom empoleirados em suas cabeças. Dois homens de meia-idade, usando as mesmas botas marrons com bico de aço que Potter costumava calçar antes de ir para a refinaria pela manhã, estão de pé na entrada medindo repetidas vezes o batente e uma enorme porta de mogno que está encostada na casa como um bêbado. Corrine mistura sua bebida com o mindinho e olha para a mulher grávida intrigada. A porta que já estava lá não era boa o suficiente para ela? Por favor! Ela chupa o líquido do dedo.

Um dos homens levanta as mãos no formato de uma porta, mostrando a largura e a altura, e a mulher balança a cabeça. Ela move uma mão para a testa, a outra para a barriga, e então, quando o homem aponta novamente para o batente da porta, a parte superior do corpo dela se enverga para frente em direção à casa, um barco se inclinando de leve e então afundando depressa quando o corpo dela se curva. Ouve-se um grito em meio aos homens. Corrine pousa o copo e estala os lábios. Ela se levanta e calça as pantufas, e quando vê a mulher está de joelhos no jardim, com a barriga roçando o chão. A criança anda de um lado para outro ansiosa próximo à cabeça da mãe. Palavras em espanhol e inglês voam pelo jardim como pardais. Um homem corre até a cozinha e volta com um copo plástico cheio de água.

Corrine se apresenta e aponta para sua casa do outro lado da rua enquanto a menina, Aimee, puxa o vestido da mãe. Ela é uma criança de bochechas murchas e sobrancelhas e cílios tão claros que são quase invisíveis. A mãe, Mary Rose, está ofegante, e o tecido de sua roupa sobe e desce com as contrações, e Corrine tem a impressão de conhecê-la da escola, apenas outra garota que largou os estudos e se casou. É impossível lembrar de todos os alunos.

Corrine tenta e não consegue recordar um único detalhe útil do nebuloso estado de semiconsciência de seu trabalho de parto, cerca de trinta anos antes.

Quer que eu te leve ao hospital?

Não, obrigada. Eu posso dirigir. Mary Rose pressiona ambas as mãos contra a barriga enquanto olha para Corrine. Eu vi a coroa de flores na sua porta. Sinto muito.

Meu marido morreu em fevereiro. Eu só não tirei de lá ainda. Corrine estreita os olhos e encara os homens e os meninos parados de pé um ao lado do outro, balançando-se no mesmo lugar, olhando para mulher que entrou em trabalho de parto no meio de seu bico de fim de semana, cujo marido é bastante conhecido por eles e pelos seus. Foi um acidente de caça, explica. As palavras rasgam sua garganta, venenosas, garras para fora, como se ela tivesse engolido um punhado de escorpiões.

Um acidente de caça. Mary Rose rola de lado e se senta, e Corrine fica surpresa ao ver lágrimas nos olhos da mulher. Eu sinto muitíssimo. Escute, ainda estamos aguardando que liguem a eletricidade e não quero minha filha sentada sozinha na sala de espera. Você se importaria se ela passasse algumas horas na sua casa, só até meu marido voltar de um leilão de gado em Big Springs?

Desculpe, senhora, respondeu Corrine sem hesitar. Não posso ter ninguém na minha casa nesse momento. Quer que eu ligue para sua mãe ou talvez para uma irmã?

Não, obrigada, diz Mary Rose. Elas já estão bastante ocupadas.

Eu quero ficar com você. A criança choraminga para a mãe. Eu nem conheço ela.

Eu ficaria feliz em levar você até o hospital e esperar com a — Corrine faz uma pausa quando a criança olha para ela e agarra a roupa da mãe — Aimee.

Eu não quero minha filha em uma sala de espera com um bando de homens desconhecidos, diz Mary Rose.

As mulheres se encaram por alguns segundos, os lábios da mais jovem unidos como se estivessem firmemente costurados. Ela se levanta e pede à filha que busque as chaves do carro e a bolsa que colocara no pequeno armário do vestíbulo. Depois que Aimee entra na casa pela garagem aberta, Mary Rose pede ao empregado que tranque tudo depois que eles esvaziarem o caminhão da mudança, e quando Corrine começa a voltar para sua varanda, já ansiando pelo resto do uísque com chá gelado, torcendo para que o gato não enfiasse o nariz no copo e lambesse o gelo, Mary Rose grita com ela também.

Obrigada mesmo, hein, diz ela com ironia, mas Corrine finge não ouvir. Continua caminhando e quando chega ao outro lado da rua em segurança, atira a bebida na cerca viva e entra para preparar uma nova.

*

Não está totalmente escuro lá fora quando o telefone volta a tocar. Corrine, que já bebeu uma boa parte da garrafa de uísque, corre para a cozinha e agarra o aparelho com as duas mãos. Qualquer porcaria na casa vibra, chacoalha ou toca. Ela enrola o fio em volta da base e com o pé abre a porta que separa a cozinha e a garagem. A pele flácida ao redor de seus braços sacode freneticamente quando ela levanta o telefone acima da cabeça. Ele voa para dentro da garagem, atinge o concreto e toca duas vezes quando pousa ao lado do Lincoln Continental que ela deixou de lado ao longo dos últimos quarenta dias, desde que Potter decidiu se retirar do que um dia ele descreveu como "a minha situação". Era a *nossa* situação, seu maldito.

A cozinha está silenciosa agora, exceto pelo tique-taque do relógio de parede ao lado da mesa da cozinha. Corrine estreita os olhos na direção dele, refletindo. A lata de lixo está cheia até a boca de garrafas de bebida vazias, junto com uma pilha de cobranças médicas ainda fechadas. Ela pega um cinzeiro cheio e lentamente o despeja sobre os envelopes no centro da mesa. Guimbas de cigarro rolam lentamente pela pilha e caem nas peças do quebra-cabeça. A máquina de gelo despeja um lote de cubos novos. Do lado de fora da porta de vidro, o lado ocidental do céu tem a cor de um hematoma antigo. Um sabiá está empoleirado na cerca dos fundos, seu canto triste e persistente.

Ao pegar a lata de lixo e sair, Corrine abre a porta de correr com tal força que a bengala de Potter bate no linóleo e rola diante do vidro. A sola fina de sua pantufa pressiona um corpo macio e ela recua o pé e grita, dando um pulo para trás e olhando para baixo: um camundongo marrom. Ela fecha os olhos e vê Potter parado na cerca dos fundos do quintal, o vê brigando com a pá enquanto cava o buraco, o vê colocar o animal gentilmente lá dentro.

Ela gostaria de ser capaz de fazer isso, enterrar uma pequena criatura, agir como se isso fosse importante. Mas o solo é duro, e seus braços são flácidos, e ela precisa parar para recuperar o fôlego ao tirar as compras da caminhonete. Não é de longe tão boa quanto Potter, nunca foi. Mesmo assim, pega uma pá na garagem e desliza a lâmina sob o corpo pequeno e macio. Quase sufocando de raiva, ela carrega o rato até o beco e o atira na lixeira a céu aberto. Eles poderiam ter falado sobre isso, sobre como e quando ele morreria. Potter disse que não deixaria que ela cuidasse dele, e ela prometeu que não pediria a ele para aguentar firme até o ponto em que estivesse irreconhecível para ele mesmo ou para ela. Mas no final ele havia escolhido resolver sozinho.

O apito da refinaria soa, o lamento mais longo e triste que indica um acidente, e ela fica parada por alguns segundos com a lixeira de aço na mão. Tinha passado a vida inteira ouvindo aquele apito e se perguntando o que aconteceu. Mas esses temores específicos, de que seu marido pudesse estar deitado de bruços em uma poça de benzeno, de que ele estivesse trabalhando na área onde ocorreu a explosão, de não ter saído rápido o suficiente, essas preocupações agora cabem a Suzanne Ledbetter e a milhares de outras mulheres na cidade. Não a Corrine. No terreno atrás de sua casa, o gato fica abaixado, seus olhos verdes estáveis e vagos, enquanto observa uma cobra amarela descer pelo canal de controle de enchentes, então vazio, onde Debra Ann Pierce e as outras meninas da rua costumavam andar de bicicleta, deixando-as de lado para tomar sol nas encostas íngremes de concreto, antes que a cidade ficasse esperta e cercasse tudo com arame.

Do outro lado do canal, o 7-Eleven e o A&W Root Beer compartilham um estacionamento com a biblioteca móvel, um trailer de quase dez metros de comprimento com estantes de metal perigosamente instáveis e um tapete felpudo que cheira a mofo. Seis meses antes, um *Quonset Hut* de tamanho industrial foi montado no terreno, uma construção de aço sem janelas chamada Bunny Club — um clube de strip-tease que divide um estacionamento com a biblioteca móvel — e é um maldito milagre, pensa Corrine, que qualquer garota em Odessa sobreviva nessa cidade. Ela passou vinte anos na escola acompanhando as garotas locais, a maioria delas aspirando a pouco mais do que se formar antes que algum garoto as engravidasse. Em qualquer manhã de segunda-feira, ela podia entrar em sala de aula e ouvir boatos tristes e maldosos sobre algum hospital ou prisão, ou sobre a casa das mães solteiras em Lubbock. Ela compareceu a mais casamentos forçados do que poderia imaginar, e ainda encontra essas mesmas jovens no supermercado, agora mais velhas, mas ainda segurando bebês pálidos e redondos contra o peito, ainda os passando de um braço magro e sardento para outro, enquanto gritam com os mais velhos que correm para cima e para baixo nos corredores como esquilos alucinados.

Corrine ainda está parada no beco quando uma caminhonete acelera na rua principal e entra no estacionamento. Os pneus giram e guincham quando o motorista dá um cavalo de pau. Vários homens estão de pé na caçamba da caminhonete, gritando, fazendo algazarra e se segurando para tentar escapar da morte. Um dos homens atira uma garrafa no canal, e o vidro se estilhaça ao atingir o concreto. Quando outro cai da carroceria e bate na calçada com um grito, os demais riem e gritam. Ele sai tropeçando atrás da caminhonete, as mãos estendidas, e, quando se aproxima de seus amigos, o veículo para abruptamente. Ele está com as mãos apoiadas na porta da caçamba quando alguém joga duas sacolas na calçada e o motorista pisa no acelerador.

A caminhonete dá uma terceira volta quando um homem coloca o corpo para fora da caçamba com um cano de aço na mão. O carro acelera e ele se inclina um pouco mais, uma mão segurando a barra de segurança da caminhonete, a outra sacudindo o tubo de um lado para outro. Corrine abre a boca para gritar, Pare, na mesma hora em que o homem que está no estacionamento levanta as mãos acima da cabeça como se dissesse, Eu desisto. O tubo o acerta nas costas e ele cai no chão como um ovo arremessado do ninho.

Senhor, tenha piedade, grita Corrine, e corre para casa. Ela se move rápido, rezando para que haja linha no momento em que reconectar o telefone na parede, quando seu pé se prende na bengala de Potter e ela cai para frente, pousando de bruços sobre a mesa da cozinha. Peças do quebra-cabeça voam pelos ares como morcegos marrons emergindo de uma velha caixa d'água, e ao se acomodar no chão, Corrine está ciente do tique-taque do relógio na parede. Ela também está ciente de seu rosto, suas mãos, joelhos e ombros, todos atravessados por uma dor tão repentina e imensa que poderia muito bem ser a maior dor do mundo.

Quando eles eram mais jovens, Potter costumava brincar que Corrine teria uma morte dramática. Haveria um assalto enquanto ela estivesse na fila do banco, e ela se recusaria a entregar a bolsa. Ou mostraria o dedo do meio para algum cidadão de bem vivendo um dia pior que o dela, ou talvez um pneu estourasse enquanto ela entrava rápido demais em uma curva. Talvez seus alunos a espancassem até a morte com seus exemplares de *Beowulf*, ou saíssem de fininho e sabotassem os freios de seu carro depois de um teste surpresa particularmente brutal. Mas não. Aqui está ela, esparramada no chão da cozinha feito uma vaca gorda, seios e barriga na cozinha, pés e bunda ainda no quintal.

Se as coisas tivessem acontecido da maneira que deveriam, Potter a teria enterrado. Ele sofreria, é óbvio, mas também teria continuado a viver — jogando cartas com seus ex-companheiros de guerra, fazendo uma visitinha à refinaria para dar um oi, perambulando pela garagem ou pelo quintal. Teria montado seus malditos quebra-cabeças e ouvido Debra Ann falar sobre seus assuntos infantis — os amigos imaginários para os quais era velha demais, a quantidade de tampinhas de garrafa que havia encontrado no beco, a falta que sentia da mãe e todas as vezes que a menina se perguntaria quando ela voltaria para casa. Jamais se cansaria de ouvir aquela criança e, mesmo que o fizesse, nunca admitiria. Se Potter estivesse aqui, Debra Ann Pierce e a garotinha da casa do outro lado da rua, Aimee, estariam sentadas à mesa da cozinha com duas tigelas de sorvete Blue Bell, e aquele maldito gato jantaria todas as noites na garagem, provavelmente atum em lata. Mas aqui está Corrine, e o que ela vai fazer agora? Ela não consegue sequer começar a imaginar.

Amanhã de manhã, ela se dará conta dos danos — um pequeno corte acima da sobrancelha esquerda, um galo na têmpora direita e um hematoma do tamanho de uma toranja no antebraço. Seu quadril ficará meio fora do lugar por semanas, e ela usará a bengala de Potter para se locomover, mas apenas em casa ou no quintal, onde ninguém pode vê-la. No jardim da frente, enquanto rega a árvore, e no supermercado onde ela pega alguns itens para Mary Rose e os entrega, junto com uma das caçarolas de Suzanne Ledbetter que ela desenterra do freezer da garagem, Corrine terá as costas eretas e os dentes cerrados, agindo como se nada lhe doesse. Quando o telefone tocar, ela atenderá e, ao ouvir a voz de Karla do outro lado da linha, vai perguntar o que pode fazer para ajudá-la.

E o que dizer das peças do quebra-cabeça de Potter que voaram pelo linóleo, várias delas deslizando tão longe sob a geladeira e o fogão que não haverá jeito de recuperá-las? Em algumas semanas, quando Corrine começar a empacotar as coisas dele para entregar ao Exército de Salvação, deixará um pequeno bilhete para quem eventualmente ficar com o quebra-cabeça, um pequeno aviso de que algumas das peças podem estar faltando. Porque, como Potter lhe disse uma centena de vezes, não há nada pior neste mundo do que trabalhar tão duro, por tanto tempo, para no final das contas descobrir que, desde o princípio, você nunca teve todas as peças nas mãos.

Esta noite, ela se levanta do chão da cozinha e conecta o telefone. Liga para a delegacia e diz que não viu a placa do carro nem sabe dizer a cor da caminhonete, e que também não consegue descrever os homens, a não ser que eram todos brancos e que estavam bêbados, e que, pelas vozes, pareciam ser ainda garotos.

Quando ela volta ao beco, o homem já não está mais lá há bom tempo. Tudo dói. Mas é uma noite belíssima, com muitas estrelas e Marte brilha ao sul. Há um vento fraco soprando do Norte. Se levar o rádio para a varanda e colocá-lo no parapeito da janela, talvez consiga sintonizar na estação de rádio de Lubbock. Eles têm tocado muito Bob Wills desde que ele morreu, e sua música será uma boa companhia.

Ela ainda está sentada do lado de fora quando uma caminhonete estaciona na garagem do outro lado da rua e um homem, que deve ser o marido de Mary Rose, sai. Ele vai depressa até o banco do carona, de onde pega a filha adormecida. Nesse momento, Corrine tenta com muita dificuldade ficar de pé, movendo-se tão rápido quanto seu corpo velho e machucado é capaz. Ela tem um galo imenso na testa, e não há Chanel nº 5 suficiente no mundo para encobrir o fedor de cigarro e bebida, mas ela se apressa em direção ao homem que muda sua filha de um lado do quadril para o outro e pega uma lanterna do painel antes de ir em direção à casa, suas janelas descobertas olhando vazias para o jardim e para a rua, ainda esperando alguém acender as luzes.

Espere, grita ela. Espere!

O cabelo branco da menina brilha sob a luz da rua e Corrine engancha o dedo no pé descalço dela, que pende ao lado do joelho do pai. Quando o homem tenta se desvencilhar, Corrine gentilmente toca seu braço.

O bebê está bem? Como está Mary Rose? Ela respira com dificuldade e pressiona a lateral do corpo onde sente uma fisgada. Escute, continua ela, ofegante, diga a sua esposa que se ela precisar de alguma coisa, qualquer coisa, pode contar comigo. É só pedir que eu faço.

Debra Ann

Em outra tarde de sábado, em um ano diferente, talvez ela jamais tivesse visto o homem. Ela poderia estar batendo bola na quadra de basquete do parque, matando tempo no centro de treinamento do Colégio Sam Houston, ou indo de bicicleta até o charco para procurar trilobitas e singônios no leito seco. Na época em que estava cheio d'água, Debra Ann e sua mãe às vezes iam de carro até lá para ver as pessoas encontrando a salvação. Pelo menos a gente se distrai, sempre dizia Ginny, enquanto estendia uma velha toalha de banho no capô do carro, e Debra Ann subia, tomando cuidado para não deixar que suas pernas tocassem o metal quente. Elas se recostavam no para-brisa, passando um saco de batatas fritas uma para outra enquanto os santos ficavam na margem entoando, "Lavados pelo sangue do cordeiro", e os pecadores entravam descalços na água, atravessando as algas, apenas a fé protegendo-os de cacos de vidro e cobras. E se um pastor sorrisse e acenasse para elas, Ginny balançaria a cabeça e acenaria de volta. Você está bem assim, dizia a Debra Ann, mas se algum dia sentir que precisa encontrar a salvação, faça isso em uma igreja. Pelo menos você não pegará tétano. Quando ficavam entediadas, Ginny colocava tudo no carro e elas voltavam para a cidade para comer um hambúrguer. Para onde vamos depois daqui?, perguntava à filha. Quer pegar o carro e ir ver os túmulos em Penwell? Quer ir para Monahans e passear nas dunas de areia? Será que deveríamos ir até o leilão de gado em Andrews e fingir que vamos dar um lance em um touro?

Mas nesta primavera, Ginny não está aqui, e todos estão falando sobre a garota que foi sequestrada e agredida. Ela foi estuprada — os adultos acham que Debra Ann não entende, mas ela não é idiota — e agora os pais e mães da Rua Larkspur, incluindo o seu pai, haviam concordado que criança nenhuma deveria sair dos arredores de casa sem a supervisão de um adulto, ou pelo menos sem contar a alguém para onde está indo. Isso é ofensivo. Desde os 8 anos que ela não é supervisionada por ninguém e passou a maior parte da primavera ignorando as regras, mesmo depois que seu pai se sentou à mesa da cozinha e desenhou um mapa para ela.

A fronteira norte da zona por onde ela podia circular era a Avenida Custer, e a casa vazia na esquina marcava a fronteira sul. A fronteira oeste era o beco atrás das casas da sra. Shepard e de Debra Ann, onde a sra. Shepard costuma ficar parada olhando de cara feia para as caminhonetes que entram e saem do Bunny Club. É um bar de strip, Debra Ann também sabe disso. Na outra extremidade do quarteirão, onde Casey Nunally e Lauralee Ledbetter vivem, a sra. Ledbetter fica de olho em tudo e todos. Ela não tem constrangimento algum em agarrar o guidão da bicicleta de uma criança e disparar uma série de perguntas inquisitivas. Aonde você está indo? O que está fazendo? Quando foi a última vez que tomou banho? As outras meninas são dois anos mais novas que Debra Ann, ainda muito jovens para quebrar qualquer regra, imagina ela, ou talvez apenas tenham medo de suas mães.

Ela descobre o homem da mesma maneira que encontra a maioria de seus tesouros. Observando. Em sua bicicleta, ela sobe e desce o beco atrás da casa da sra. Shepard, contornando latas de cerveja, pregos e garrafas quebradas. Se esquiva de pedras grandes o suficiente para fazer uma garota sair voando por cima do guidão e cair de cabeça na lateral de uma caçamba de lixo ou sobre uma cerca de blocos de concreto. Mantém os olhos abertos em busca de moedas perdidas, fogos de artifício não detonados e cascas de gafanhotos, desviando veementemente quando vê uma cobra, apenas no caso de ser um filhote. Pega dezenas de sapos, envolvendo-os na palma da mão e esfregando suavemente as cristas duras entre seus olhos. Quando eles adormecem, ela os coloca delicadamente no frasco de vidro que sempre traz na cesta da bicicleta.

No beco atrás da casa da sra. Shepard, ela se equilibra nos pedais da bicicleta e olha em direção ao outro lado do campo. Tudo à sua frente está fora dos limites — o canal vazio, a cerca de arame farpado e o terreno, a casa da esquina que está desabitada desde que o filho dos Wallace morreu quando um rádio caiu na banheira com ele dentro e, por fim, os dois tubos de aço largos o suficiente para que Debra Ann fique de pé neles, onde termina o canal. Para além de todo esse território proibido está o bar de strip, que abre todos os dias às quatro e meia da tarde. Ela tinha apanhado poucas vezes na vida, e nunca muito forte, mas quando seu pai recebeu um telefonema da sra. Ledbetter em março dizendo que tinha visto sua filha andando de bicicleta em frente ao local, tentando espiar pela porta toda vez que algum homem entrava ou saía, seu rosto ficou branco e ele bateu nela com tanta força que seu traseiro passou o resto do dia dolorido.

Debra Ann pedala ao longo do canal e, quando está a apenas alguns metros da curva acentuada onde fica a casa vazia, larga a bicicleta, sobe em um caixote de metal e espia por cima da cerca de blocos de concreto antes de subir nela e ficar alguns segundos sentada lá no alto. Ao pular para dentro do quintal, ela bate no chão com força, primeiro dando um grunhido e depois um grito quando seu joelho atinge a terra batida. No último segundo, ela rola e consegue evitar uma pequena pilha de caliche que certamente a faria soluçar na varanda da sra. Shepard enquanto a velha pegava álcool e uma pinça.

Há três mudas de olmo chinês mortas no meio do jardim, e, encostada nos fundos da casa, uma pilha de ripas de madeira quase brancas de tão desbotadas pelo sol. Diversas bolas de feno repousam contra a porta de correr como se tivessem batido por um bom tempo e, por fim, desistido. No canto superior do vidro, um pequeno adesivo avisa: "Esqueça o cão. Esta casa é protegida por Smith & Wesson." Em julho do ano anterior, quando todas as meninas ainda vagavam livremente, ela, Casey e Lauralee tinham entrado sorrateiras naquele mesmo quintal para detonar uma caixa de bombinhas que haviam encontrado sob as arquibancadas da escola.

Todas as casas da Rua Larkspur são mais ou menos iguais, e nesta casa, como na de Debra Ann, as duas pequenas janelas dos quartos dão para o quintal. Estão sem cortinas nem persianas e olham nuas para o gramado, indecentes e tristes, como os olhinhos escuros do sr. Bonham, que mora a um quarteirão de distância e passa o dia inteiro sentado na varanda ameaçando as pessoas sempre que uma mísera roda de bicicleta toca seu maldito jardim. O brilho do sol impossibilita ver o interior da casa, mas não é preciso muito para imaginar o menino eletrocutado assistindo a tudo do outro lado do vidro, com os cabelos ainda em pé. É o suficiente para causar arrepios, disse Lauralee quando estiveram lá da última vez.

Debra Ann está com fome e precisa fazer xixi, mas quer dar uma olhadinha mais de perto no campo vazio localizado entre o beco e o canal. Felizmente, o come-come de papel concorda — uma espécie de oráculo que a ajudava a tomar decisões, sempre carregado em sua cestinha. "Não hesite!" Quando ela pergunta pela segunda vez, apenas para ter certeza, encaixando os dedos indicadores e polegares nas quatro ranhuras e contando até três, o come-come vai direto ao ponto. "Sim!" Às vezes, ela faz perguntas cujas respostas já sabe, apenas para verificar se funciona mesmo.

Sou mais alta do que uma torre de petróleo? "Não."

Ford vai ganhar a eleição? "Improvável."

Será que algum dia meu pai vai pedir na Baskin-Robbins outra coisa que não seja sorvete de morango? "Não."

Desta ponta do beco, Debra Ann consegue ver uma fatia estreita do clube de cavalheiros do outro lado do canal. Está praticamente vazio a esta hora do dia, então há apenas algumas picapes e caminhonetes espalhadas pelo estacionamento. Dois homens, um alto e um muito baixo, estão parados ao lado de uma delas. O mais alto está com o pé apoiado no para-choque enquanto eles conversam e passam uma garrafa de bebida um para o outro. Quando acabam de beber, ele volta para o clube enquanto o baixinho joga a garrafa na caçamba de lixo. Depois de uma rápida olhada ao redor, ele pula a cerca e cruza depressa o campo, descendo pela beirada de concreto do canal e desaparecendo dentro do maior dos dutos de drenagem.

Debra Ann arrasta uma velha caixa de papelão para o meio do campo e usa um estilete que encontrou na garagem da sra. Shepard para abrir uma janelinha um pouco maior do que a distância entre sua testa e seu nariz. Ela entra na caixa e espera. Poucos minutos depois, o homem enfia a cabeça para fora do duto. Ele olha para a esquerda e depois para a direita, depois novamente para a esquerda, como um cão-da-pradaria procurando por uma cobra antes de ela sair da toca, depois rasteja para fora do cano, primeiro a cabeça, como se estivesse nascendo para um novo dia. Quando ele fica de pé e se alonga, Debra Ann cobre a boca com as mãos para não rir. Ela nunca viu um homem tão pequeno. Ele é baixo, magro e triste como um espantalho, os ossos de seus punhos parecem esqueletos de pássaros e nem que tivesse as roupas e os cabelos encharcados pesaria mais do que 50 quilos. Se não fosse pela barba por fazer no queixo, poderia ser só um garoto mais velho.

No final do canal, ele se agacha e olha ao redor, então se inclina para frente e sobe o dique íngreme. Assim que chega ao topo, caminha rapidamente ao longo da cerca até chegar a um ponto onde o arame farpado está aberto. Debra Ann conhece aquele local. Ela passa sempre por ali, um atalho até a biblioteca móvel ou o 7-Eleven.

Ele para na caçamba de lixo atrás do clube para mijar. Depois que abotoa a calça e bate na porta dos fundos do clube de cavalheiros até que ela se abra, Debra Ann contorce os ombros e os quadris e desliza desajeitadamente para fora da caixa. Ela tira a poeira da camiseta e em seguida se afasta e arremessa uma pedra. A pedra cruza a metade do campo e cai com um baque sólido o suficiente para levantar um pouco de poeira. Debra Ann não consegue entender por que o homem está morando ali, a menos que haja algo de errado com ele. O pai dela diz que uma pessoa teria que ser um tanto estúpida, louca ou estar semimorta para não arranjar trabalho em Odessa naquele momento. Todo mundo está contratando. Talvez o homem seja as três coisas — estúpido, louco, e quem sabe esteja doente —, mas seja qual for sua história, ele não representa perigo para ela. Ela sente isso no fundo de sua alma, está tão *convencida* disso quanto de que nada de ruim pode acontecer desde que não pise nas fendas da calçada, que coma legumes e que não fale com nenhum homem que não conhece. A confiança de Debra Ann tinha sido abalada nesta primavera com a partida de Ginny, e é um alívio observar aquele homem e *saber* que ele não vai machucá-la.

Ela cospe no chão e escolhe sua próxima pedra, que pousa em um pequeno aglomerado de algarobeiras próximo ao local onde a terra começa a fazer a curva em direção ao canal. Antes de o verão acabar eu vou conseguir acertar uma no canal, diz ela em voz alta.

*

Todos os dias ao longo de uma semana, ela volta correndo da escola para observá-lo. Nas três primeiras tardes, ela reúne informações — a que horas ele sai? É sempre a mesma coisa? Ele sempre vai ao bar de strip? Depois, fica aguardando a oportunidade de olhar mais de perto.

São quase cinco horas, e o sol bate como um punho contra o topo de sua cabeça. Sua boca e sua garganta estão tão ressecadas que doem. O calor faz pressão em seu peito e a deixa sem ar, e, como uma hora atrás tinha encharcado a camiseta de suor, não havia mais nenhuma gota para refrescá-la. Quando puxa seu come-come vidente do bolso do short, ele está seco e quebradiço. Devo verificar o acampamento dele? "Sim." Devo verificar o acampamento dele? "Não hesite!"

O duto é alto o suficiente para que ela só precise se curvar um pouco ao entrar, e logo vê um saco de lixo com roupas íntimas sujas e meias penduradas para fora. Ao lado do saco, há uma pequena pilha de calças e camisas cuidadosamente dobradas. Um par de botas está ao lado de um caixote aramado, virado de cabeça para baixo para servir como uma pequena mesa, sobre a qual repousa uma tigela de cerâmica e uma lâmina de barbear, junto com dois envelopes de papel manilha. Um tem as palavras "Soldado Belden, Exoneração" escritas em marcador preto. "Parecer médico" está escrito no outro.

Três metros adentro, o homem construiu uma parede para fechar o resto do cano, que carrega água por todo o caminho até um campo fora da cidade quando enche. Hoje em dia, isso significa nunca. A última vez que o canal inundou, Debra Ann ainda usava rodinhas em sua bicicleta. Examinando mais de perto, ela reconhece uma velha caixa de eletrodomésticos do verão anterior, que uma das meninas havia abandonado depois de ter sido atingida por uma tempestade de areia. Ainda é possível ler com clareza a letra cursiva desajeitada e corrida de Lauralee na lateral — a palavra "Esconderijo" com um grande rosto sorridente e dois corações com flechas atravessando-os.

Uma mochila e um saco de dormir cuidadosamente enrolado estão empilhados contra a parede de papelão. Debra Ann caminha até a mesa do homem e passa suavemente o dedo por uma rachadura em sua tigela de barbear. Pega a lâmina e o pequeno pente preto, girando-os nas mãos enquanto olha novamente para o envelope com os papéis de sua liberação. Ele deve ser um herói, conclui. Deve ter sido ferido na guerra. Desde que sua mãe foi embora da cidade, Debra Ann procura algo para fazer durante os fins de semana. Ela está em busca de um projeto, e talvez esse homem seja uma opção. Talvez ele esteja lá para ajudá-la a se tornar uma garota melhor, não o tipo de garota que deixa a mãe louca ao ponto de achar que precisa deixar a cidade sem contar a ninguém para onde está indo, ou quanto tempo ficará fora. Ginny estará em casa antes dos fogos de artifício do Quatro de Julho? "Sim."

*

Ela deixa o primeiro presente em um saco de papel pardo na entrada do duto e corre de volta para sua caixa a fim de aguardar e ver o que vai acontecer a seguir. O homem abre o saco com cuidado, como se esperasse que estivesse cheio de tarântulas, ou no mínimo bosta de vaca. Quando, em vez disso, tira uma lata de creme de milho, um pacote de goma de mascar e um giz de cera marrom com a ponta gasta, ele sorri e olha ao redor. Há também um bilhete, dobrado ao meio, com as bordas meladas e manchadas de doce, e Debra Ann pode ver seus lábios se movendo enquanto ele lê. "Não se preocupe, nós cuidaremos de você. Anote o que você precisa e coloque o papel embaixo da grande pedra ao lado da cerca. Não conte a ninguém. D.A. Pierce."

Ela o observa apontar o giz de cera marrom com o canivete e, mais tarde, quando ele bate na porta dos fundos do bar e entra, ela desce correndo o dique de concreto para pegar o bilhete. Nele está escrito "Cobertor panela abridor de latas fósforos, obrigado e Deus os abençoe, Jesse Belden, soldado do Exército dos EUA".

Na segunda-feira depois da Páscoa, ela leva tudo o que ele precisa em uma sacola de papel da Piggly Wiggly. Dentro dela, há dois ovos cozidos, um pedaço de pão de milho embrulhado em papel-alumínio, uma fatia de presunto e uma caçarola semidescongelada com a maior parte da etiqueta — com o nome da sra. Shepard — arrancada. "Cor" é tudo o que resta, e isso não é suficiente para o homem rastrear o pote até alguém específico. Ela também traz para ele dois tomates maduros e um punhado de coelhinhos de chocolate da cesta de Páscoa que seu pai deixou sobre a mesa da cozinha.

Enquanto ele lê o bilhete, ela observa entusiasmada de seu lugar no campo, os lábios se movendo junto com os dele. "Feliz Páscoa, Jesse Belden, soldado do Exército dos EUA, você é um grande cidadão norte-americano. Você gosta de quiabo e feijão carioca? Atenciosamente, D.A. Pierce."

No início de maio, três semanas desde que o havia visto pela primeira vez, Debra Ann aguarda até que ele entre no duto e então desce pela vala de drenagem com uma sacola de comida e duas latas de Dr. Pepper. Ela ilumina o cano com a lanterna. Você está aí? A voz dela vagueia pela escuridão. Não vou contar a ninguém que você está aqui. Você precisa de ajuda?

Mais tarde, quando eles se conhecerem um pouco melhor, Jesse Belden explicará a ela que vinha dormindo no concreto duro — porque era mais fresco —, vivia com dinheiro contado e andava pensando em como reaver sua caminhonete de Boomer, o primo que alega que Jesse lhe deve dois meses de aluguel e comida. Jesse vai dizer a ela que costumava deitar com o ouvido bom virado para o chão — o mundo fica muito mais silencioso desse jeito —, e foi por isso que Debra Ann já estava praticamente em cima dele quando eles se viram.

Bem, demos um susto gigantesco um no outro, não foi?, diz Jesse.

Eu quase me mijei, responde ela.

Debra Ann o observa com atenção, esperando que ele a repreenda por seu vocabulário, o que ele não faz. Jesse pode ser um homem adulto, mas com certeza não age como tal. Talvez ele seja um pouco idiota, ela pensa, e sem dúvidas ignora o modo como as pessoas falam com as crianças. Ele diz a ela que seus olhos estavam tão secos quanto a poeira sobre a qual dorme todas as noites, secos como a cobra meio morta que o velho gato arrastou até lá uma manhã e deixou na entrada do duto, mas ainda assim eles se encheram d'água quando Debra Ann iluminou seu rosto com a lanterna e perguntou, Do que você precisa? E Jesse, que há dias não dizia nada além de Sim, senhor ou Não, senhor, cujas costelas ainda doíam em razão da pancada nas costas que levou quando estava no estacionamento, praticamente implorando ao primo que parasse a caminhonete, disse, Eu quero ir para casa.

Ela não diz a ele que há semanas o vem observando.

Sim, senhor, devolve ela, prometendo que vai sempre ficar do seu lado direito, onde suas palavras soarão tão claras para ele quanto os riachos gelados sobre os quais o soldado fala, em sua casa no leste do Tennessee, onde morava com a mãe e a irmã, Nadine.

*

Ele tem 22 anos e ela, 10, e são magros como galhos de *ocotillo*. Ambos têm uma pequena cicatriz no tornozelo direito, a dele resultante de uma infecção feia que teve no sudeste da Ásia, a dela de uma bombinha que explodiu antes que pudesse fugir. Comem sanduíches de mortadela e observam o gato caçar as cascas de semente de girassol que eles cospem no concreto. Falam sobre arranjar uma coleira para o gato, assim, caso ele se perca, alguém pode ligar para a casa de Debra Ann e pedir que ela vá buscá-lo.

Ela traz barras de chocolate que derretem em seu bolso e eles lambem o líquido quente diretamente da embalagem laminada. Quando ela pergunta por que ele trabalha em um bar de strip, sua nuca fica vermelha e ele olha para os pés. Sem sua caminhonete, ele não consegue trabalhar no campo de petróleo.

Eles só me deixam esfregar o chão e tirar o lixo, diz ele, mas eu costumava trabalhar com meu primo limpando tanques de água salgada.

Ele não conta que foi para o Texas pois não há empregos no Tennessee e porque Boomer jurou que estava ganhando dinheiro a rodo. Também não conta sobre a estadia de duas semanas no hospital militar em Big Springs, onde dormiu em uma ótima cama, comeu uma excelente comida e conversou com um médico que acabou acompanhando Jesse até sua caminhonete, entregou-lhe um envelope e disse, Você tem 22 anos, filho, e a sorte de ter voltado para casa inteiro. Não há nada de errado com você que um trabalho pesado não consiga consertar. Ele não diz a Debra Ann que sentiu o peso e a forma do anel de formatura do homem contra sua camiseta. Qual é a distância daqui para Odessa?, perguntou Jesse a ele, e o médico apontou para o oeste. Quase cem quilômetros, e certifique-se de trancar sua caminhonete à noite, respondeu ele, e Jesse desejou que aquele homem fosse seu pai.

Debra Ann diz que foi procurar o gato ontem e viu o Lincoln da sra. Shepard estacionado na entrada da garagem, o que era estranho, porque a sra. Shepard agora só dirige a caminhonete do falecido marido. Quando bateu na porta, não houve resposta, e Debra Ann imaginou que a mulher estivesse tirando uma soneca. Ela então abriu a porta da garagem com um tranco para ver se encontrava alguma coisa no freezer, mas na verdade encontrou a sra. Shepard sentada na antiga caminhonete do sr. Potter com o motor ligado.

O que você está fazendo aqui?, perguntou Debra Ann.

Corrine passou alguns segundos sentada sem se mover, então suspirou e disse, Jesus Cristo. Ela desligou o motor. O que *você* está fazendo aqui?

Estou procurando uma faca afiada.

Corrine apontou para uma bancada coberta de poeira e ferramentas de jardinagem.

Traga de volta quando terminar de usar, ordenou ela. Não corra com isso nas mãos.

A senhora viu o gato?

Não, eu não vi aquele maldito gato. Agora quer fazer o favor de sair da minha garagem?

Jesse e Debra Ann mascam folhas de grama Santo Agostinho que ela arrancou do jardim da sra. Ledbetter e guardou em sacos plásticos. Tomam suco de laranja de um galão que um dos bartenders deu a Jesse. Jogam pôquer com um baralho que ela roubou da gaveta da cozinha da sra. Shepard. Ele mostra uma pequena bolsa de couro cheia de ágatas encontradas perto do rio Clinch, que é tão próximo ao vale onde vive sua família que é possível acertá-lo com uma pedra.

Pegue as duas que você mais gostar, diz ele. Elas dão sorte.

Antes da guerra, ele conta, sua audição era tão boa que seu tio costumava se gabar de que Jesse era capaz de ouvir uma corça enxotar uma mosca de seu traseiro a cem metros de distância. Podia ouvir um carrapato se soltar da orelha de um cachorro e um bagre peidar no fundo de um lago. Ele não conta que, quando voltou para casa depois de três anos no exterior, adentrou levemente a floresta e ficou lá imóvel, esperando. E quando os sons finalmente vieram — um galho caindo no chão depois de o vento soltá-lo do pé, um veado-galheiro se embrenhando nas árvores, um tiro de espingarda do outro lado do vale —, ele não sabia se realmente os estava ouvindo, ou apenas lembrando. O canto das cigarras, sapos coaxando no riacho, dois corvos lutando contra um gaio-azul que tentava roubar seus ovos, o zumbido de mosquitos e vespas, os respingos provocados por uma truta arco-íris quando Jesse a puxou do rio — talvez ele tivesse ouvido todos aqueles ruídos depois que voltou da guerra, talvez apenas desejasse que o tivesse feito.

Debra Ann diz a ele que sempre dá uma olhada no vaso sanitário antes de se sentar porque já ouviu histórias sobre cobras d'água subindo pelo encanamento de esgoto e se enrolando na borda da louça. Uma garota em Stanton se sentou na privada no meio da noite para fazer xixi, e uma cobra d'água de mais de um metro de comprimento subiu e a mordeu bem na perereca.

Na perereca? Jesse começa a gargalhar.

Sim. Debra Ann ri. Ficou toda inchada feito um carrapato. Ela respira fundo e enche as bochechas redondas de ar, então estica o braço e vira o gato de costas, tateando seu pelo. Quando encontra um caroço, puxa um carrapato cinza e gordo, totalmente empapuçado, e grande como a unha de um polegar. Assim, diz ela e o esmaga com a unha até que há um estalido e o sangue jorra por todos os seus dedos.

Ela diz a ele que consultou seu come-come vidente e que sua mãe estará de volta a tempo de assistir ao show de fogos de artifício do Quatro de Julho. Da próxima vez que ela vier, trará o oráculo consigo, para que ele possa fazer algumas perguntas. Ele vai conseguir pegar de volta sua caminhonete com Boomer? Chegará em casa a tempo de pescar no rio Clinch antes que fique muito frio e os peixes parem de fisgar a isca? Ela diz que visita a biblioteca móvel com tanta frequência que duas velhas que trabalham lá, irmãs solteiras de Austin, ameaçaram acrescentá-la à folha de pagamento. Elas permitem que ela pegue quantos livros quiser e, em algumas manhãs, a menina já está sentada na frágil escada de metal quando as irmãs estacionam o Buick. Às vezes, diz Debra Ann, uma delas joga para ela as chaves do trailer e a deixa destrancar a porta, e então Debra Ann deita no tapete com cheiro de cachorro molhado em frente ao climatizador e lê o dia todo.

Todo livro tem pelo menos uma coisa boa, ela diz a Jesse, porque tem certeza de que no fundo ele não sabe ler. Histórias de amor, más notícias e planos maquiavélicos, enredos tão densos quanto lama, lugares e pessoas que ela gostaria de conhecer na vida real, e palavras cuja beleza e melodia lhe dão vontade de chorar quando as pronuncia em voz alta.

Ela se levanta e limpa o sangue do carrapato no short, estica os braços acima da cabeça e recita algumas das palavras mais bonitas que já leu.

"Os grilos sentiam que era seu dever avisar a todos que o verão não pode durar para sempre. Mesmo nos dias mais bonitos do ano, aqueles em que o verão se transforma em outono, os grilos espalham o boato de tristeza e mudança." Agora veja só, diz ela, não consigo nem imaginar um lugar onde haja outono, mas acho que consigo entender a tristeza e a mudança tão bem quanto qualquer outra pessoa.

Eu também, responde ele.

*

Quando as aulas terminam no final de maio, ela o visita todos os dias, pelo menos por uma hora antes de ele ir para o trabalho às quatro e meia. Enquanto o gato cochila na mochila camuflada de Jesse, eles se sentam um ao lado do outro em dois engradados que Debra Ann encontrou ao lado da caçamba de lixo atrás do 7-Eleven. Jesse chama aquele cenário de varanda da frente, e ela diz que é uma varanda muito boa, mas que já está traçando um plano para convidá-lo para almoçar um dia, quando a sra. Ledbetter sair para resolver umas coisas na rua. Ela quer mostrar a ele uma varanda de verdade, proporcionar a ele a chance de se sentar em uma cadeira de verdade em uma mesa de cozinha de verdade, para que ele veja que é possível.

Debra Ann traz dois garfos e eles levam menos de cinco minutos para comer a caçarola que ela roubou da sra. Shepard.

Até as partes que estão congeladas são boas, comenta ele. Têm gosto de algo feito com cuidado e amor.

Quando terminam de comer, ela coloca um pedaço de uma folha de caderno sobre a caixa de papelão entre eles. Ela lhe entrega um lápis, por um segundo constrangida ao notar que a faixa de metal na parte de baixo do lápis está repleta de pequenas marcas de mordida.

Escreva tudo que você precisa, diz ela. Eu trago se puder.

Será que você pode escrever pra mim? Ele devolve o papel e o lápis para ela. Estou cansado.

Um lençol velho seria bom. Já está quente demais para o cobertor que ela trouxe no mês anterior. Ele adorava aqueles cigarros que ela trazia, mesmo que não os fumasse na frente dela. Mais alguns seria bom, e talvez um pouco mais daquele pão de milho, se ela conseguisse, e também feijão carioca e *chow-chow*.

Uma refeição como essa desce bem com uma xícara de leitelho, diz ele. Não tem nada melhor.

Qual foi a coisa mais gostosa que você já comeu?, pergunta ela.

Carne de panela com batatas, provavelmente. Talvez o bife que me deram na base na noite em que voltei do exterior.

Seu lanche favorito?

Os cookies de chocolate que minha mãe faz.

O meu também, diz ela, e eles ficam em silêncio por um tempo. Ela encara o rosto dele como se tentasse memorizá-lo. Vou trazer uma escova de dentes para você, diz ela, e Jesse ri.

A única pessoa que se importou minimamente em saber se ele escovava os dentes ou não tinha sido seu sargento, e ele criticava Jesse o tempo inteiro. Ele já voltou para casa, em um lugar chamado Kalamazoo.

Parece um lugar inventado, comenta Debra Ann, e Jesse diz a ela que também achava isso, mas então procurou em um mapa e lá estava ele, a apenas alguns centímetros do Canadá.

Quando a refinaria apita no final do expediente, Jesse diz que logo terá de ir trabalhar, mas que seria bom uma coleira antipulgas para o gato, se ela conseguisse, e mais algumas latas de atum. Outro galão de água, talvez um repelente. Ela escreve tudo para ele, e quando vê um escorpião saindo do cano onde ele coloca o lixo, Jesse se aproxima e pisa nele com a bota. Debra Ann olha para suas finas sandálias de plástico, o esmalte rosa claro que ela deixou Casey passar em suas unhas, e imagina o escorpião correndo até a borda de sua sandália, a cauda se erguendo para atingi-la com uma picada quente e dolorosa. Ela pensa como é bom quando alguém te salva de algo, mesmo que você não precise ser salvo.

*

Debra Ann é capaz de andar de bicicleta por toda a extensão da Rua Larkspur, inclusive na curva, sem tocar no guidão, nem uma única vez. Ela consegue dar 26 cambalhotas em menos de um minuto e ficar pendurada de cabeça para baixo nas barras de um trepa-trepa até quase desmaiar. Também consegue plantar bananeira por trinta segundos apoiando as mãos no chão, por um minuto apoiando a cabeça, e também pular num pé só por dez. Tudo isso ela demonstra sobre o concreto quente no fundo do canal. É capaz de surrupiar uma barra de chocolate do 7-Eleven, contrabandear uma caçarola da casa da sra. Shepard em sua mochila e, se sua camiseta for larga o suficiente, ouvir um sermão da sra. Ledbetter com uma lata de chili enfiada no cós do short.

Em um ano diferente, normal, possivelmente se sentiria culpada por roubar. Mas, desde que Ginny foi embora, Debra Ann tem pensado sobre o que significa viver uma vida certinha. Mantém a cozinha limpa e se certifica de que o pai descanse um pouco aos domingos. Passa na casa da sra. Shepard para saber como ela está e brinca com Peter e Lily — ela sabe que eles são amigos imaginários, mas não se importa, eles têm orelhas pontudas e asas que brilham à luz do sol, e vêm voando de Londres quando ela está tendo um dia ruim, quando não consegue parar de cutucar as sobrancelhas e de se perguntar onde sua mãe está, e por que ela foi embora. Debra Ann tem pensado muito a respeito dos pequenos furtos, analisando as lições que tivera durante o retiro religioso de uma semana no verão anterior, e sabe, "Roubar é melhor do que deixar alguém sozinho e sem comida".

Quando Jesse sai para o trabalho todas as tardes, ela vai de bicicleta até a casa de Casey ou Lauralee na expectativa de elas estarem em casa. Pedala até a sua casa e se senta de pernas cruzadas no chão da garagem para que possa vasculhar o velho baú de cedro de Ginny. Ela tenta ouvir o álbum de Joni Mitchell que encontrou na lata de lixo da cozinha, mas isso a faz lembrar da viagem de carro pelo oeste do Texas com Ginny, matando o tempo e vendo o que havia para ver. Lê uma matéria na revista *Life* sobre a celebração do bicentenário em Washington. Come um pedaço de pão com manteiga e açúcar, limpando cuidadosamente o açúcar que derramou na bancada. Feito isso, ela caminha até a casa da sra. Shepard com uma lata de Dr. Pepper e um saco de batatas fritas, e quando vê que a caminhonete do sr. Shepard não está lá, ela rasteja por dentro da cerca-viva e se deita na sombra suavemente pontilhada, e pensa em Ginny até que suas bochechas e seu queixo fiquem enlameados de sujeira e lágrimas. É um bom lugar para chorar — frio e privado, sem testemunhas oculares.

As pessoas envelhecem e morrem. O sr. Shepard já estava doente quando sofreu o acidente de caça, mesmo que não quisesse falar sobre isso. Seus cabelos caíram, ele começou a andar com a bengala, esquecia-se das coisas e, no final, nem sempre conseguia dizer o nome de Debra Ann. Todo mundo sabia.

Homens morrem o tempo todo em brigas, explosões de oleodutos ou vazamentos de gás. Eles caem de torres de resfriamento, tentam ser mais rápidos que o trem ou enchem a cara e decidem limpar suas armas. Mulheres são mortas quando têm câncer ou se casam mal, ou aceitam carona de homens desconhecidos. O pai de Casey Nunally foi morto no Vietnã quando ela era apenas um bebê, e Debra Ann viu fotos dele penduradas na parede do corredor — um retrato de colégio tirado poucos meses antes de ele partir para o treinamento, uma foto de casamento tirada quando ele estava de licença, e a favorita das meninas, uma foto dele tirada no aeroporto de Dallas/Fort Worth. Ele usa a farda verde com um único emblema costurado no topo da manga esquerda, e segura a filha bebê em direção à câmera, seu sorriso largo e cheio de dentes.

Eu nunca o conheci, diz Casey.

Para ela, David Nunally é a bandeira que a sra. Nunally mantém dobrada em seu baú de cedro. Ele é as três medalhas repousadas em uma pequena caixa de madeira forrada com cetim roxo, e a tinta descascando do rodapé de madeira da casa deles. Ele é o trabalho da sra. Nunally na pista de boliche, no supermercado, na loja de departamentos, e as preces dela por ajuda em uma dúzia de igrejas diferentes, cada uma um pouco mais exigente do que a anterior. Ele é Casey usando as saias longas de todas as mulheres e meninas adventistas, mesmo no verão, e a igreja aos sábados em vez de domingos. Ele é Casey dizendo a Debra Ann, Tudo seria diferente se...

Quando as pessoas morrem, há provas e um protocolo. O agente funerário vestiu a avó de Lauralee com sua peruca e blusa preferidas. Ele tentou esconder seu câncer com uma espessa camada de pó-de-arroz e colocou as mãos dela de maneira que repousassem logo abaixo de seus seios, uma mão pálida e enrugada cruzada sobre a outra. Lauralee relatou que a bochecha de sua avó estava fria e elástica, e Debra Ann já tinha pegado a mão de Casey para guiá-la até o caixão quando a sra. Ledbetter agarrou as duas meninas pela parte macia e gordurosa de seus braços e apertou com força, se inclinou e sussurrou no ouvido de Debra Ann, Qual é o seu problema?

Mas Ginny Pierce não está morta. Ela se foi — deixou a cidade, um bilhete e a maior parte de suas roupas, deixou Debra Ann e seu pai. Então a sra. Shepard dá um tapinha em seu braço e se oferece para aparar a franja dela, e a sra. Nunally faz uma cara feia e balança a cabeça. Nas manhãs de domingo, o pai dela prepara o café da manhã para eles. Nas tardes de domingo, eles grelham bifes e vão de carro até a Baskin-Robbins tomar sorvete. Quando voltam para casa, ele se senta na sala para ouvir discos ou desce o quarteirão para se sentar no quintal do sr. Ledbetter e tomar uma cerveja.

Quando Ginny voltar, Debra Ann não quer que a casa fique tão bagunçada que sua mãe vire as costas e saia porta afora novamente, então ela se endireita e tenta descobrir um jeito de ajudar Jesse a conseguir sua caminhonete de volta. Ela se preocupa com o pai, que não dorme o suficiente, e com a sra. Shepard, que às vezes finge que não está em casa, mesmo quando Debra Ann se deita na varanda e grita, Eu estou vendo seus tênis embaixo da porta! Ela espera que a mãe ligue, dando um pulo toda vez que o telefone toca e um suspiro ao ouvir a voz do pai do outro lado da linha. Ela treina o que vai dizer quando a mãe finalmente ligar para casa. Manterá sua voz casual, como se Ginny estivesse ligando do balcão de atendimento ao cliente do Strike-It-Rich para perguntar se eles estão precisando de sorvete. Quando ela ligar, Debra Ann soará amigável, mas não muito ansiosa, e fará a pergunta à qual tem se agarrado desde 15 de fevereiro, quando voltou para casa mais cedo da quadra de basquete e encontrou o bilhete de Ginny preso em seu travesseiro.

Quando você volta pra casa?

Ginny

Manhã de domingo, 15 de fevereiro. Não vai ser nada agradável, sabendo que ela não está sozinha. Muitas outras mulheres tinham vindo antes dela. No momento em que para na faixa exclusiva dos serviços de emergência, na frente do Colégio Sam Houston, duas malas e uma caixa de sapatos com fotos de família enfiadas no porta-malas, Ginny Pierce sabe muitas histórias a respeito daquelas outras mulheres, as que fugiram. Mas Ginny não é do tipo que foge. Estará de volta em um ano, dois no máximo. Assim que tiver um emprego, um apartamento, algum dinheiro no banco, ela vai voltar para buscar a filha.

Mamãe, por que você está chorando?, pergunta Debra Ann.

É alergia, querida, responde Ginny, embora seja fevereiro, muito cedo para alergias.

A menina balança a cabeça da mesma maneira que faz tudo, de um jeito feroz, como se isso resolvesse qualquer coisa. E Ginny engole a pedra presa em sua garganta.

Você poderia vir aqui por um minuto, querida? Deixa eu olhar para você.

Sua filha tem quase 10 anos. Ela vai se lembrar deste dia — as duas sentadas juntas no banco da frente do carro utilizado na fuga, um trêmulo e caprichoso Pontiac que Ginny dirige desde o ensino médio. Debra Ann vai se lembrar de sua mãe esticando os braços de repente e puxando-a em sua direção até os ombros de uma estarem pressionados contra os da outra.

Ginny vai se lembrar de tirar os finos fios de cabelo castanhos da filha da frente de seus olhos, do cheiro de aveia e sabonete Ivory, o chocolate no queixo da menina que havia passado a manhã inteira comendo doces de Dia dos Namorados, e o brilho em suas bochechas em razão da loção bronzeadora que Ginny havia passado no rosto dela antes de saírem de casa. Quando estende o braço na direção da filha para tirar uma mancha de loção em seu queixo, a mão de Ginny treme e ela pensa, Leve-a com você. Dê um jeito nisso. Mas Debra Ann se afasta, pedindo que a mãe pare, porque, para ela, aquela ainda é uma manhã de domingo como outra qualquer e sua mãe poderia estar enchendo seu saco com qualquer uma das coisas habituais. Para ela, até as lágrimas de Ginny já haviam se tornado algo banal.

Ao se fechar, a porta do carro quase acerta o dedo de Ginny. Uma mochila pendurada em um ombro, a bola de basquete quicando no concreto e rolando em direção ao chão de terra do parquinho, uma mão erguida casualmente no ar, sua filha se afastando do carro.

Tchau, mamãe.
Tchau, Debra Ann.

*

A avó de Ginny nunca fez muita questão de lhe contar a respeito das mulheres que haviam sobrevivido. Mas as histórias sobre as que morreram tentando? São vívidas e inesquecíveis, como se alguém tivesse pegado um ferro em brasa e as gravado na memória de Ginny.

Na primavera de 1935, a esposa de um fazendeiro serviu o almoço a uma dezena de trabalhadores da fazenda e depois se enforcou na varanda da frente da casa. Ela sequer lavou a louça, disse vovó, apenas colocou tudo na pia, tirou o avental e subiu as escadas para vestir sua blusa favorita. Como se essa fosse a história, a pia cheia de louça. No fim daquela mesma tarde, um vaqueiro foi até a casa para encher um barril de água e a encontrou — uma cadeira da cozinha caída na varanda, o vento lentamente girando seu corpo de um lado para outro, para frente e para trás, um pé descalço despontando por baixo da saia. Levaram dois dias para encontrar o sapato que faltava, disse sua avó, e Ginny imaginou um chinelo de couro marrom, chutado bem longe no jardim e coberto com areia.

Outra mulher deixou um bilhete dizendo que precisava ver algo verde, qualquer coisa, um corniso, uma magnólia, grama Santo Agostinho. Ela selou a melhor égua do marido e não se acovardou, e as duas voavam depressa pelo deserto quando bateram em uma cerca de arame farpado deste lado de Midland. É fácil se confundir por aquelas bandas, disse a vovó, se você não sabe para onde está indo.

Mesmo as mulheres que andavam na linha não conseguiram escapar das histórias da vovó. Elas se perderam em tempestades de granizo no caminho da igreja para casa. Ficaram sem comida e lenha no meio de uma nevasca. Enterraram bebês que foram pegos e arremessados contra o chão por um tornado, e crianças que perambulavam pelo quintal durante uma tempestade de areia e sufocaram com a terra de seus próprios quintais. Às vezes Ginny achava que sua avó não sabia contar histórias com finais felizes.

*

Do outro lado do para-brisa de Ginny, a I-20 está estirada feito um cadáver. Lá no alto, o céu está ameno e impassível. Nada exceto a estrada desimpedida com a qual ela tem sonhado, embora naquele momento mal consiga enxergá-la. Ela sintoniza a estação de rádio universitária, e a voz de Joni Mitchell preenche o carro, dolorosamente linda, límpida e precisa como um sino de igreja ou uma cantiga, e é insuportável. Ginny não consegue desligar rápido o suficiente. Agora há apenas o ruído persistente da estrada e um pequeno rangido preocupante sob o capô. Quando pisa no acelerador e o barulho fica mais alto, ela prende a respiração e cruza os dedos.

No desvio para a casa de Mary Rose Whitehead, Ginny liga o pisca-alerta, tira o pé do acelerador e pensa em virar. Ela se imagina subindo a estradinha de terra e batendo na porta da mulher com quem um dia ficou do lado de fora da escola, esperando que a mãe de Mary Rose e a avó de Ginny as buscassem para levá-las para casa de uma vez.

O último sinal ainda não havia tocado e as duas estavam lá, sozinhas no estacionamento, as bolsas entupidas com suas roupas de ginástica e o conteúdo dos escaninhos, os narizes vermelhos e doloridos de tanto chorar na enfermaria. Mary Rose girava sem parar um pequeno cadeado de metal. Ela tinha 17 anos e, trinta minutos antes, tinha descoberto que estava grávida o suficiente para que alguém notasse.

Eu achava que a minha vida estava demorando uma eternidade para começar, disse Mary Rose, mas agora não. Entende o que quero dizer?

Ginny, que mal tinha passado de seu décimo quinto aniversário, balançou a cabeça e olhou para o chão. Ela tentou imaginar o que a avó diria sobre aquilo, Ginny cometendo o mesmo erro da filha que ela havia perdido em um acidente de carro uma década antes.

Mary Rose se abaixou e coçou o tornozelo. Ela se levantou, recuou e arremessou o cadeado contra a lateral de uma caminhonete. As meninas ficaram olhando quando ele quicou na porta sem deixar marca.

Bem, disse Mary Rose, acho que agora estamos nessa juntas.

Sim, nós estávamos, pensa Ginny, e afunda o pé no acelerador.

*

Mesmo assim, depois que todos os gritos, lágrimas e ameaças chegaram ao fim, o bebê era perfeito. Ginny e Jim Pierce mal podiam acreditar. Veja só o que eles fizeram. Eles fizeram uma pessoa. Uma filha! Então, eles retiraram sua Bíblia do Rei James de uma caixa de papelão e procuraram um nome bom e forte. Débora. "Desperta, Débora, desperta! Acorda, entoa um cântico!" Mas o escrivão do condado soletrou *Debra* e eles não tinham os três dólares necessários para dar entrada na papelada novamente, então ficou Debra — e Jim foi trabalhar no campo de petróleo enquanto Ginny brincava de casinha.

À tarde, enquanto a filha tirava uma soneca, Ginny gostava de se sentar em silêncio e folhear revistas com fotos de lugares dos quais nunca tinha ouvido falar. Fazia o mesmo com livros de arte que encontrava na biblioteca móvel, cheios de fotografias de murais, pinturas e esculturas. Virava as páginas lentamente, maravilhada por alguém ter pensado em fazer aquelas coisas em primeiro lugar, se perguntando se os artistas alguma vez imaginaram alguém como ela olhando para seus trabalhos. Ginny ama sua filha, mas sente como se estivesse sentada no fundo de um barril, e uma garoa constante não parasse de enchê-lo.

E é por esta razão — mais do que os homens que dão em cima dela na rua cada vez que ela desce do carro para abastecer, ou o vento incessante e o fedor implacável de gás natural e petróleo bruto, ainda mais do que a solidão que em alguns momentos a deixa em paz, quando Jim chega em casa do trabalho, ou Debra Ann sobe em seu colo, embora seja muito grande para ficar por mais de um minuto — que Ginny tira quinhentos dólares de sua conta conjunta com o marido e um dos guias rodoviários da estante da família e deixa o Oeste do Texas como se sua vida dependesse disso.

*

Havia um homem que criava vacas e bezerros no mesmo terreno onde morava com a esposa e os três filhos. Durante a seca de 1934, o preço do gado caiu para 12 dólares por cabeça, não compensando sequer o custo de transferir os animais para os currais de Fort Worth. Eles levavam um tiro no meio da testa, disse vovó, às vezes dos homens do governo que vinham para garantir que os fazendeiros tivessem reduzido seus rebanhos, só que mais frequentemente dos próprios fazendeiros, que não achavam certo pedir a um desconhecido que fizesse seu trabalho sujo. Os homens ficavam um tempo parados de pé junto aos cadáveres, meio perdidos, com trapos encharcados de querosene nas mãos, como se tudo fosse ser diferente caso aguardassem mais alguns minutos, dias, semanas. Com um suspiro, acendiam os trapos, recuavam e balançavam a cabeça. Mas sempre havia uma vaca velha que não morria, que berrava e cambaleava quando tiros e mais tiros atingiam sua pele igualmente velha e dura, seu flanco, seu tórax. Sempre havia uma vaca velha que todo mundo achava que estava morta, mas que em seguida se levantava e vagava pelo campo, a fumaça subindo, o fedor de pelo chamuscado flutuando atrás dela. Tudo isso, disse vovó, e o vento soprava o dia inteiro, todo santo dia.

Numa manhã, chegaram uns homens vindos de Austin e se depararam com uma pilha de gado ainda fumegante em um campo aberto. O fazendeiro estava morto no celeiro. Sua esposa estava caída a poucos metros de distância, os dedos ainda enrolados em torno do revólver, e a porta da casa principal escancarada, batendo contra o portal em razão do vento. Os homens encontraram as crianças trancadas em um quarto do segundo andar, onde o mais velho, um menino de 7 anos, entregou-lhes um envelope com uma passagem de trem e uma tira de papel rasgada de um catálogo. A mulher havia deixado uma mensagem sucinta anotada abaixo do nome e do endereço da irmã em Ohio: "Amo meus filhos. Por favor, mande-os para casa."

A avó de Ginny era uma velha dentuça, que acreditava no fogo do inferno, no trabalho pesado e na punição adequada ao crime. Se o diabo bater na sua porta no meio da noite, ela gostava de dizer, é porque você flertou com ele no baile. Ao concluir a frase de efeito, ela batia palmas duas vezes com força, apenas para ter certeza de que Ginny estava prestando atenção.

Eu não vou, disse o menino mais velho aos vaqueiros. Vou ficar aqui mesmo no Texas.

Muito bem, respondeu um dos homens. Você pode vir para casa comigo, então.

Eis o seu final feliz, Virgínia.

*

Ela está a menos de cinquenta quilômetros de Odessa quando o gemido sob o capô de seu carro se torna mais agudo e alto, um lamento constante que não diminui nem mesmo quando ela reduz para 80, depois para 70, e por fim 60 quilômetros por hora. Caminhões com dezoito rodas tocam suas buzinas e a ultrapassam pela direita, o vento sacudindo seu carro e empurrando-o em direção ao canteiro central. De repente o ruído para. O carro estremece uma vez, como se estivesse deixando seus problemas pelo caminho, e ela acelera — 80, 90, 100 quilômetros por hora.

O sol a encara, impassível e ameno. A essa altura, Debra Ann já venceu todas as garotas da vizinhança no basquete. Ou está sentada na arquibancada, procurando o sanduíche que Ginny embalou e guardou dentro de sua mochila. Ou está voltando para casa, a bola de basquete quicando com força na calçada. Ela ficará bem por uns dois anos. A menina tem o melhor do pai e da mãe — o garoto que era *quarterback* reserva e a garota que amava Joni Mitchell, dois jovens que mal se conheciam quando tomaram Jack Daniel's demais no baile de boas-vindas da escola e saíram para dar uma volta de carro pelo campo de petróleo durante a pior tempestade de granizo de 1966, uma história tão comum quanto poeira em uma vidraça.

Que tipo de mulher foge do marido e da filha? O tipo que entende que o homem com quem divide a cama é, e sempre será, apenas o garoto que a engravidou. O tipo que não suporta a ideia de um dia talvez dizer à própria filha, Tudo isso deveria ser bom o suficiente para você. O tipo que acredita que voltará assim que encontrar um lugar onde possa se estabelecer.

*

Pensando bem, sabe os cantores de música country, aqueles fornecedores de canções tristes e *murder ballads* nas quais uma mulher boa que se torna má ganha o que mereceu? Eles não teriam nada para dizer contra a vovó — ou Ginny, ao que parece.

Era 1958 e os pais de Ginny estavam mortos há menos de um ano. O boom tinha finalmente começado a se estabilizar, e havia menos homens desconhecidos pela cidade, menos caipiras e vagabundos aparecendo por aqui para gastar seus contracheques e fazer baderna, mas Ginny ainda era jovem o suficiente para andar de mãos dadas com a avó sem nenhum motivo em particular, apenas porque sim. As duas estavam indo até a farmácia, cruzando o gramado em frente à prefeitura, em sua visita semanal para buscar os comprimidos do avô e talvez uma bala de alcaçuz para Ginny. Era o início do verão e o vento havia parado por alguns minutos, soprando aqui e ali, o sol garantia a quantidade certa de calor em seus rostos quando elas pararam para ver a luz brilhar em meio às folhas estreitas e diáfanas das nogueiras da cidade. Até quase tropeçarem nela, não tinham visto a mulher enrolada na grama, dormindo como uma velha cobra.

É assim que Ginny se lembra: fungou o ar, reconhecendo o odor de urina e uísque. Olhou para os pés descalços da mulher. O esmalte vermelho cintilante descascado nas unhas dos pés, e a bainha da saia acima de dois joelhos esfolados. Sua clavícula ossuda subia e descia, e uma cicatriz fina em seu pescoço lembrou Ginny do mapa pendurado na parede de sua sala de aula da primeira série. Algo naquela marca comprida fez Ginny querer acordá-la e dizer, senhora, você tem uma cicatriz no formato do rio Sabine no pescoço. É maravilhosa. Mas a avó de Ginny apertou a mão dela com força e a puxou para longe da mulher, e seus lábios se contraíram. Bem, disse ela, *essa daí* foi cavalgada com vontade.

Por dias, Ginny se esforçou muito para compreender o significado dessas palavras. Às vezes, gostava de imaginar a senhora com uma sela nas costas, a saia enrugada sob uma manta de lã, os dentes levemente cerrados e o suor escorrendo por entre os olhos enquanto um velho fazendeiro a cavalgava pelo campo de petróleo. Outras vezes, Ginny pensava na maneira como a mulher estava deitada enrolada sob a nogueira-pecã, as unhas dos pés pintadas exatamente do mesmo vermelho do carrinho que Ginny arrastava pelo quintal. A rapidez com que sua avó a puxou para longe da mulher não foi tão diferente da maneira como arrancou Ginny do celeiro de seu avô quando um touro começou a montar em uma das vacas.

E se as mãos da vovó não estivessem tão ocupadas, se ela já não estivesse de saco cheio na maior parte do tempo, com Ginny, a poeira, e esfregando o petróleo cru das camisas do marido, Ginny poderia ter perguntado por que ela disse aquilo. Mas ficou quieta, e às vezes pensava naqueles joelhos esfolados, na cicatriz que parecia o rio Sabine, em seu caminho sinuoso na garganta da mulher enquanto ela dormia à sombra de uma nogueira-pecã. Para Ginny aquela mulher era linda. Ainda é.

*

Poucos quilômetros depois do Slaughter Field, as torres e as bombas dão lugar ao deserto vazio. Do outro lado de Pecos, a estrada começa a subir e descer. O horizonte fica irregular e a terra fica avermelhada e acidentada. Como é solitário por aí afora. Como é adorável.

Ginny mantém as duas mãos no volante, seus olhos indo do medidor de temperatura à estrada à sua frente. Ela para a fim de abastecer em Van Horn, sentada em seu carro com os dedos agarrados no volante enquanto o frentista enche o tanque e lava os vidros. Com o cigarro pendurado nos lábios, ele verifica os pneus e pergunta se ela precisa de mais alguma coisa. O macacão dele é do mesmo cinza dos olhos de Debra Ann, e há um pequeno emblema oval do Gulf Oil no bolso da camisa. Não, obrigada, ela diz e lhe entrega cinco dólares.

Ele aponta para o banco de trás. Você se esqueceu de devolver o livro da biblioteca antes de sair da cidade. Ginny se vira e vê o exemplar de *Art in America* cercado por embalagens de barras de chocolate e um dos ditados de Debra Ann com a nota escrita no alto da folha, as duas primeiras palavras — *cancelado* e *invasão* — ambas com erros ortográficos.

Nos currais fora de El Paso, ela fecha bem a janela, seus olhos e pele queimando quando o fedor de gás metano penetra pelas aberturas. Ela está a dezesseis quilômetros da fronteira com o Novo México, o lugar mais longe de casa onde já esteve.

*

Beleza! Beleza não é para pessoas como nós, disse a avó de Ginny quando ela tentou explicar por que gostava de sentar e ver fotos à tarde. Seria melhor você prestar atenção no que está bem na sua frente, completou a velha. Se você queria passar a vida com a cabeça nessas coisas, deveria ter pensado nisso antes, ou nascido em outro lugar.

Talvez isso seja verdade, mas parece um preço alto a pagar; talvez Ginny não esteja disposta a fazer essa escolha — o mundo ou a filha —, já que está claro que não pode ter os dois.

Quando a correia do motor finalmente se solta, do outro lado de Las Cruces, o carro de Ginny estremece e desvia em direção ao acostamento. Ela sai do carro e vê a lua nascendo sobre o deserto como uma cornalina partida, e o medo, a dor e a ansiedade têm sido tal que, por muitos anos, ela não vai se lembrar do homem que parou atrás de seu carro, os pneus de sua caminhonete rangendo contra o caliche que cobria o acostamento. Ela não se lembrará das palavras na lateral da caminhonete — "Garza & O'Brien, Consertos & Reboque" — ou que ele pegou sua caixa de ferramentas e recolocou a correia no lugar enquanto ela olhava para as estrelas encostada no porta-malas e chorava sem emitir nenhum som. E ela não vai se lembrar do que ele disse, quando Ginny tentou lhe dar uns trocados.

Minha jovem, não posso aceitar o seu dinheiro. *Pues*, boa sorte.

*

Ela terá visto mais de mil quilômetros de céu antes de finalmente conseguir parar. Flagstaff, Reno, uma curta e lamentável passagem por Albuquerque que ela se esforça para esquecer. Semanas e meses dormindo no carro depois de um dia limpando casas ou uma noite servindo mesas. Ela vai atravessar o deserto de Sonora, com suas ravinas e a vegetação desaparecendo dentro de desfiladeiros, e se sentar na beira de um platô no Mogollon Rim, recém coberto de neve. A estrada adiante é tão estreita e cheia de ziguezagues que Ginny precisa parar e dar marcha a ré para manobrar, torcendo para que ninguém venha antes de ela conseguir completar a curva.

Haverá um bar em Reno, onde a mesma velhinha aparece todas as noites às nove e fica até a hora de fechar, os lábios enrugados de batom, as unhas cor de sangue, o sorriso tão feroz, rígido e verdadeiro como o rosto que Ginny vê no espelho, quase todas as manhãs. Tudo isso é lindo para ela — o céu e o mar, viciados e velhinhas, músicos tocando nas estações de metrô, museus no fim da linha. Ela verá pontes cobertas pela névoa e florestas silvestres abundantes e escuras, cheias de água escondida. Ao que parece, cada lugar tem um tipo diferente de céu, e grande parte desta terra não é tão marrom e plana como Odessa, no Texas. Toda essa beleza selvagem, verde e imóvel, e sempre um buraco em seu coração do tamanho do punho de uma garotinha. Ginny vai dirigir o Pontiac até ele pedir arrego, e chorar por ele quando isso acontecer. Eu jamais vou amar um homem do jeito que amei aquele carro, pensa ela. E quando as pessoas que encontra ao longo do caminho se perguntam sobre ela, quando tentam conhecê-la — alguns vão amá-la, e ela amará alguns deles, mas nunca tanto quanto a filha que fica mais alta a cada dia, sem ela —, quando perguntam qual é a sua história ou de onde ela é, Ginny nunca sabe bem o que dizer. Ela sempre coloca tudo no carro e vai embora.

Mary Rose

Esta noite o vento sopra como se quisesse provar sua força. Minha filha me procura logo após a meia-noite depois de mais um pesadelo, e eu não hesito em levantar as cobertas e dizer, Você está segura aqui, nós estamos seguras aqui na cidade. Tiro o bebê do berço e o levo para a cama conosco, embora isso certamente signifique amamentá-lo até que ele pegue no sono novamente. Há bastante espaço nesta cama para meus filhos e eu. Temos tudo de que precisamos.

Felizmente, os dois estão dormindo profundamente quando o telefone toca. Eu atendo e presto atenção. Quero conhecer suas vozes, caso as ouça na rua, no mercado, no julgamento. Homem ou mulher, jovem ou velho, todos dizem mais ou menos a mesma coisa. Você vai sair em defesa daquela mexicana? Prefere acreditar na palavra dela a acreditar na dele?

Quanto mais embriagados estão, mais repulsivos se tornam. Eu sou uma mentirosa e uma traidora. Eles sabem onde moro. Estou arruinando a vida daquele rapaz porque uma garota não conseguiu o que queria. Vou depor contra um de nossos meninos em nome de uma vagabunda — ou qualquer outra palavra ofensiva que passe pela cabeça deles. Passei a vida inteira ouvindo esse tipo de linguajar sem nunca ter pensado muito sobre ele, mas agora isso me aporrinha.

O sujeito que liga esta noite está completamente bêbado. Você beija sua mãe com essa boca?, pergunto quando ele para de falar por tempo suficiente para recuperar o fôlego ou dar mais um gole na cerveja. Em seguida, coloco o fone de volta no gancho. Quando o telefone toca novamente, estico o braço atrás da mesa de cabeceira e desconecto o cabo da parede. O rádio-relógio brilha em vermelho, uma e meia da manhã, pouco depois da hora de fechar.

Percebo que despertei. Puxo a colcha para cobrir as crianças e coloco um travesseiro ao comprido entre o bebê e a beira da cama. As luzes da cozinha e da sala já estão acesas, mas acendo as demais enquanto cruzo a casa — o quarto de Aimee, o banheiro e o vestíbulo. Deixo o quarto do bebê às escuras, com exceção da luzinha ao lado do trocador. Por trás das cortinas, verifico a porta de correr da sala que dá para o pátio dos fundos. Como minha nova porta da frente não se encaixa muito bem no batente, a verifico também. Uma noite, na semana passada, fui para a cama achando que estava trancada, mas às duas da madrugada, quando me levantei para fazer xixi e dar uma olhada no bebê, estava escancarada. Passei o resto da noite sentada à mesa da cozinha com uma xícara de café, a Velha Senhora deitada no chão ao lado dos meus pés como um cão fiel. Agora abro a porta para me certificar de que a luz da varanda não se apagou e, em seguida, a empurro com firmeza, tranco, sacudo a maçaneta, repito tudo mais uma vez.

O vento se move de uma janela para outra, um bichinho afiando suas garras nas telas. Lá na fazenda você ouve esse ruído e acredita que seja um gambá ou quem sabe um tatu. Aqui na cidade você pode achar que é um esquilo ou o gato de alguém. Ultimamente o vento me faz pensar em animais que já há um século não estão mais aqui, panteras e lobos, ou em tornados que ameacem arremessar meus filhos a uma altura surpreendente, só para depois atirá-los de volta à terra. Ligo o boletim meteorológico e fico parada na cozinha fumando um cigarro, tomando uma das cervejas que Robert deixa aqui. As cervejas são *minhas*, Mary Rose, dizia ele. Um homem não *deixa* coisas em sua própria casa. Quando solto o ar, me inclino sobre a pia da cozinha e sopro lentamente a fumaça pelo ralo. Robert paga o aluguel, mas não penso nesta casa como sendo dele. Ela pertence a mim e aos meus filhos.

Na semana passada, pensei ter visto a caminhonete de Dale Strickland parada na rua e depois novamente no estacionamento do Strike-It-Rich. Ontem o vi parado no jardim da sra. Shepard, olhando para minha casa. Eu o vi em outros lugares também. Mas ele está na cadeia. Ligo para lá todas as manhãs e todas as tardes para ter certeza de que ele não fugiu e de que o juiz não decidiu deixá-lo sair mediante fiança.

Também vejo Gloria Ramírez. Ontem de manhã, quando Suzanne Ledbetter bateu na porta com um prato de biscoitos, fiquei completamente imóvel por alguns segundos com a mão na maçaneta achando que poderia ser Gloria do outro lado, ou o que havia sobrado da criança. Ontem à tarde, quando a sra. Shepard mandou a filha de Ginny até aqui com uma caçarola — a terceira que aquela velha gorda nos envia em três semanas, todas jogadas imediatamente na lata de lixo —, passei alguns segundos piscando os olhos enquanto encarava a criança alta de cabelos escuros de pé na minha varanda. Debra Ann é a cara da mãe, grandalhona e de ombros largos, cabelo castanho-escuro, olhos cinza penetrantes. Conheci sua mãe no colégio, disse. Ela me ajudou uma vez, quando eu estava tendo um dia ruim. Peguei o prato, agradeci e fechei delicadamente a porta. Gloria poderia ser qualquer uma de nossas filhas, pensei, e fiquei sentada bem ali no vestíbulo, chorando, até que Aimee se aproximou e parou ao meu lado. Você está bem?, perguntou ela. E eu disse, claro que estou, porque ela é minha filha, e uma criança. Ela perguntou se deveríamos ligar para sua avó, minha mãe, e ver se ela poderia vir nos ajudar. De jeito nenhum, disse a ela. A vovó tem muita coisa para fazer. Lembrei a ela que meus dois irmãos mais novos ainda vivem na casa da minha mãe, do trabalho do meu pai, que dirige caminhões-pipa por todo o Oeste do Texas, e dos três filhos de meu irmão que estão morando lá enquanto ele trabalha em uma plataforma na América do Sul. Se ligarmos para a vovó, digo, ela vai pensar que tem algo errado. A gente se vira.

Quem era aquela menina na porta? Aimee estava observando da janela da cozinha.

Não sei, menti. É só uma garotinha que mora na vizinhança.

Ela parecia ter a minha idade. Ela é legal?

Não sei, Aimee. Ela parecia alta para a idade dela, ossuda. Não quero minha filha fazendo amigos. Se ela fizer amigos, vai querer correr pela vizinhança inteira, e eu não posso deixá-la lá fora. Não lhe digo que Debra Ann Pierce é a cara de sua mãe, uma menina quieta e atenciosa que sempre tinha um livro nas mãos. Não conto que não consigo conciliar a adolescente que me fez companhia no estacionamento da escola com a mulher que deixou a filha para trás.

Aimee pulava de um pé para o outro, quicando como uma bola de tênis. Será que eu posso ir lá fora e ver se ela quer andar de bicicleta comigo?

Lá fora. Pousei minha mão na cabeça de Aimee, pressionando levemente para que ela parasse de saltitar. Talvez daqui a um mês mais ou menos, disse. Não temos tudo o que precisamos aqui?

Estou entediada, disse ela, e prometi que estaríamos prontas para receber visitas no aniversário dela em agosto. Se você ganhar aquela espingarda de chumbinho que está querendo, disse, quem sabe ela apareça e vocês brincam de atirar em latas no quintal?

Mas, mamãe, ainda é junho! Minha filha diz isso como se eu ainda estivesse vivendo o mês de fevereiro ou não soubesse em que dia ou mês estávamos. Você tem bastante tempo para conhecer essas garotas, mas eu e você — segurei seu rosto macio e pálido entre as mãos e mirei seus olhos azuis —, quanto tempo mais temos juntas? Você vai fazer 10 anos!

Vai ser o primeiro com dois algarismos, disse ela.

E eu vou proteger você, Aimee, disse. Eu sempre vou proteger você.

Para todo o sempre?

Havia se tornado um pequeno ritual nosso desde que nos mudamos para a cidade. Eu digo, Eu vou proteger você, e Aimee responde, Para todo o sempre? Mas naquela tarde ela franziu a testa como se fosse me questionar. Quando o bebê começou a choramingar, se preparando para abrir o berreiro, fiquei grata por ter uma desculpa para me retirar.

É o mesmo choro que ouço agora, seu choro de fome, e embora meus seios doam só de ouvi-lo, vou até ele. Em meia hora, estaremos todos dormindo — a boca do bebê ainda sugando meu mamilo, Aimee pressionando as minhas costas, seus pés por cima de meus tornozelos, seu braço tentando se enroscar ao redor do meu pescoço. Sim, para todo o sempre. Sempre.

O rádio-relógio marca cinco e meia quando eu novamente me desvencilho do bebê e volto para a cozinha. O sol nascerá em menos de uma hora, então é melhor eu fumar outro cigarro e torcer para que o bebê não acorde. Em nossa antiga casa no deserto, eu costumava sentar do lado de fora e ouvir as pequenas criaturas se movendo no mato enquanto o deserto ficava rosa, laranja e dourado. Uma vez vi uma dupla de papa-léguas trabalhando juntos para matar e comer uma pequena cascavel. O barulho lá fora me parecia o verdadeiro ruído do mundo, a maneira como o mundo deveria soar. Eu me senti assim até a manhã em que Gloria Ramírez bateu na minha porta. Nem mesmo o som das bombas ligando e dos caminhões arrastando canos por toda nossa propriedade me incomodavam tanto quanto o barulho da cidade — buzinas e gritos, sirenes, a música dos bares da Rua Oito.

As toalhas estão azedas dentro da máquina de lavar, e a mesa da cozinha, coberta de tesouras, giz de cera e pedaços de papel colorido, tudo que restou do projeto final que Aimee apresentou na escola, uma maquete reproduzindo o cerco de Goliad. Limpo a mesa enquanto o café está passando e estou apenas sentada à mesa quando me lembro do balde embaixo da pia do banheiro, onde pinga água lentamente. Depois de tirá-lo de lá e despejar seu conteúdo na banheira, paro por um segundo. Quando foi a última vez que tomei banho ou me maquiei pela manhã? Estou me largando, como diria minha mãe, mas para quem eu deveria me cuidar? Aimee e o bebê não ligam para isso, e Robert ainda está tão irado de eu ter aberto a porta e deixado aquela garota entrar em nossa casa, que não está enxergando as coisas direito. Ele a culpa por nossos problemas.

Na igreja onde cresci, fomos ensinados que o pecado, mesmo que aconteça apenas no seu coração, condena você da mesma forma. A graça não é garantida a nenhum de nós, talvez sequer à maioria de nós, e embora a salvação lhe dê uma chance de lutar, você deve sempre torcer para que o pecado alojado em seu coração, como uma bala que não pode ser removida sem matá-lo, não seja do tipo letal. A igreja também não curtia muito a miscricórdia. Quando tentei me explicar a Robert nos dias que se seguiram ao crime, quando disse a ele que tinha cometido uma falta contra aquela criança, que a havia traído em meu coração, ele disse que meu único pecado foi, para início de conversa, abrir a porta, não pensar na porcaria dos meus próprios filhos em primeiro lugar. O verdadeiro pecado, disse ele, era as pessoas deixarem suas filhas passarem a noite inteira na rua. Desde então, mal posso olhar para ele.

O assistente do xerife havia levado Strickland sem resistência. Quando Aimee ligou para o xerife, encheu os ouvidos do operador de rádio sobre a garota sentada à sua frente na mesa da cozinha e o homem que ela podia ver pela janela. Onde está o homem agora?, perguntou o operador, e quando Aimee falou, Na frente da casa com a minha mãe, eles se apressaram. O assistente do xerife foi até o jovem e enfiou o cano do revólver em seu esterno. Filho, disse ele, eu não sei se você é burro ou maluco, mas pode ir tirando esse maldito sorrisinho da cara. Você está metido em alguma merda séria.

O policial estava certo. O novo promotor do distrito, Keith Taylor, o denunciou por estupro de vulnerável e tentativa de homicídio. A secretária do dr. Taylor, Amelia, me liga todos os dias para me informar sobre um novo atraso no julgamento ou para fazer perguntas a respeito de Gloria. Eu já a conhecia? O que ela me disse? Eu me senti ameaçada por Dale Strickland?

É melhor você entrar em casa agora e buscar a minha namorada, disse ele. Agora. Tente não acordar seu marido, que não está dormindo lá em cima, que não está sequer em casa, você vai lá dentro, Mary Rose, pega aquela garota pelo braço, coloca ela de pé e traz ela aqui para mim.

E eu ia fazer isso.

Quando amanhece, ando pela casa e apago todas as luzes. Robert vai ter um ataque quando vir a conta de luz. Não temos condições de arcar com o aluguel de uma casa na cidade, ele dirá, principalmente este ano. Já temos uma casa. Sim, mas *lá*, respondo, e você queria que nos mudássemos para a cidade antes de tudo isso acontecer, e então Robert me lembrará de que eu costumava adorar aquele lugar velho e que agora ele não pode se dar ao luxo de ficar longe de suas vacas. Quando ele contratou um homem para ficar responsável pela fazenda durante os três dias que levei para ter nosso filho e me recuperar o suficiente para voltar para casa, o sujeito largou tudo para trabalhar no campo de petróleo. As feridas abertas dos animais, suas orelhas e até mesmo seus órgãos genitais estavam infestados de bicheira. Robert perdeu cinquenta cabeças de gado. A margem de lucro deste ano foi para o espaço com tudo isso, diz amargamente sempre que o assunto vem à tona, que é todo domingo quando ele vem à cidade com um pacote de balas para Aimee e flores para mim.

Obrigada, digo. Depois de colocá-las na água, ficamos um de cada lado da sala — ele pensando que eu arruinei nossa família, eu, que ele teria preferido que eu deixasse aquela criança sozinha na varanda enquanto Aimee e eu ficávamos do outro lado de uma porta trancada.

Aos domingos, Robert olha para o bebê como se tivesse acabado de comprar um touro premiado em um leilão. Ele segura meu filho no colo por alguns minutos, maravilhado com as mãos grandes do bebê — as mãos de um *quarterback*, diz ele — e depois o devolve para mim. Daqui a alguns anos, quando crescer o suficiente para segurar uma bola de futebol, tirar um fardo de feno da carroceria de uma caminhonete ou atirar em cobras na fazenda, o menino será mais interessante para ele. Até lá, ele é todo meu.

Depois que as crianças dormem, entrego a Robert algumas caçarolas para as refeições da semana e ele vai embora imediatamente ou depois de brigarmos. É um alívio ouvi-lo bater a porta da caminhonete e ligar o motor.

Estou cem por cento determinada a manter meus filhos seguros aqui na cidade, mas sinto falta do céu e do silêncio. Comecei a pensar em me mudar daqui desde praticamente o minuto em que cheguei. Não de volta à fazenda, mas para algum lugar tão calmo como ela costumava ser, antes da bicheira e das empresas petrolíferas, antes que Dale Strickland chegasse à minha porta e me transformasse em uma covarde mentirosa.

Em meus 26 anos de vida, só saí do Texas duas vezes. Na primeira vez, Robert e eu fomos de carro até Ruidoso para nossa lua de mel. Parece que isso foi há uma vida — eu tinha 17 anos e estava grávida de três meses de

Aimee —, mas ainda fecho os olhos e consigo me lembrar do pico de Sierra Blanca montando guarda sobre aquela pequena cidade. Ainda consigo respirar fundo, longa e lentamente, e me lembrar dos pinheiros, de como seu odor marcante e pungente ficou mais forte ainda quando dobrei um punhado de folhas ao meio e as apertei em minha mão.

Voltamos para casa três dias depois, após uma parada para conhecer o Forte Stanton, e pela primeira vez na minha vida notei o cheiro do ar em Odessa, um misto de posto de gasolina e uma lata de lixo cheia de ovos podres. Acho que você nunca percebe o cheiro quando cresce aqui.

A única outra vez em que senti o odor daquelas árvores foi dois anos atrás, quando disse a Robert que Aimee e eu íamos passar três dias em Carlsbad para visitar um primo de segundo grau idoso que ele nem sabia que eu tinha. Saímos da cidade com o rádio dando a notícia de que nove pessoas haviam morrido em Denver City devido a um vazamento de sulfeto de hidrogênio.

O que é sulfeto de hidrogênio?, Aimee quis saber, e eu lhe disse que não fazia a menor ideia. Quem é Skid Row Slasher?, perguntou ela. O que é IRA? Mudei para a rádio universitária e ouvimos Joe Ely e The Flatlanders. Quando chegamos a Carlsbad, continuei dirigindo.

Aimee — olhei pelo retrovisor para uma caminhonete que estava em nosso encalço ao longo dos últimos oito quilômetros e tirei o pé do acelerador —, que tal nós duas irmos para Albuquerque?

Aimee ergueu os olhos da lousa mágica e franziu a testa.

Por quê?

Sei lá, conhecer um lugar novo? Ouvi dizer que lá tem um Holiday Inn novinho no centro da cidade com piscina coberta e fliperama. Quem sabe a gente sobe de carro até as montanhas e vê os pinheiros Ponderosa.

Posso comprar uma lembrancinha?

Sem lembrancinhas desta vez, apenas memórias. As palavras ficaram presas na minha garganta e deslizei em direção ao acostamento para dar à caminhonete o máximo de espaço possível. Quando o desgraçado finalmente ultrapassou, colou bem do meu lado e enfiou a mão na buzina; eu quase me mijei. Oito anos antes, eu teria lhe mostrado o dedo do meio. Agora, com minha filha sentada no carona ao meu lado, cerrei os dentes e sorri.

As pessoas que moram em Odessa gostam de dizer a desconhecidos que vivemos a trezentos quilômetros de qualquer lugar, mas Amarillo e Dallas estão a pelo menos quinhentos quilômetros de distância, El Paso está em um fuso horário diferente, e Houston e Austin poderiam muito bem ficar em outro planeta. *Qualquer lugar* é Lubbock e, em um dia bom, são duas horas de carro. Se a areia estiver soprando ou houver um incêndio na mata ou você parar para almoçar no Dairy Queen em Seminole, pode levar a tarde toda. E a distância de Odessa para Albuquerque? Setecentos e três quilômetros, um pouco mais de sete horas, se você não for pego nos radares de velocidade fora de Roswell.

Tínhamos tempo apenas para um cheeseburger e um mergulho rápido na piscina antes de dormir. Enquanto Aimee estava na banheira, liguei para Robert para avisar que estávamos sãs e salvas em Carlsbad e que meu primo velho ainda estava cheio de energia. Ele resmungou e disse algo sobre as dificuldades de reaquecer a caçarola industrializada que deixei descongelando na bancada da cozinha. Cubra com papel-alumínio, disse, e leve ao forno. Depois que desligamos, sentei na cama e olhei para o fone. Eu estava grávida de dez semanas e só de pensar em outro bebê tive vontade de me enforcar no celeiro. Robert queria um filho homem, talvez até dois, mas Aimee era o suficiente para mim. Eu vinha pensando em tirar meu diploma do ensino médio, talvez estudar alguma coisa na Odessa College.

A cinco quilômetros de nosso hotel, em uma rua ladeada de casas de adobe, em um prédio de tijolos vermelhos e blocos de concreto tão indefinido que poderia abrigar qualquer coisa, desde um fornecedor de peças industriais a um escritório de contabilidade, havia uma clínica para mulheres. A porta da frente era de vidro grosso e não havia janelas. O estacionamento não acomodava mais do que uns dez carros e caminhonetes, e atrás do edifício, totalmente exposta ao sol, havia uma mesa de piquenique com dois bancos de madeira e vários cinzeiros de vidro transbordando. Sentamos à mesa e expliquei a Aimee que ela ficaria na sala de espera enquanto eu conversava com um homem sobre uns móveis novos que mandaria fazer para a varanda da frente de casa, que era o assunto menos interessante do mundo. Minha consulta era às dez, mas ficamos ao sol até alguns minutos depois da hora. Eu não tinha nenhuma dúvida em relação ao que estava fazendo, mas não queria me levantar daquele banco. Olha aquela caminhonete com um galo pintado na lateral, falei. Está sentindo o cheiro de carne cozinhando? Aquela velhinha está passeando com um *porco*? Quando Aimee disse que precisava fazer xixi, entramos.

Há quase dois anos isso não é ilegal, eu dizia a mim mesma. Mas era difícil me sentir assim tão carregada de mentiras, a seiscentos e tantos quilômetros de casa do outro lado da fronteira do estado. Aproximei-me do vidro e falei o mais baixinho que pude, enquanto colocava trezentos dólares que havia sacado da minha poupança no balcão. Era como se eu estivesse comprando cocaína, de tanta discrição.

A recepcionista sorriu e colocou o dinheiro em uma gaveta. Ela me entregou uma prancheta e olhou por cima do meu ombro em direção a Aimee. Sra. Whitehead, quem vai levá-la para casa após o procedimento?

Ninguém, respondi. Eu vou dirigindo.

Alguém precisa levar você para casa. A senhora tem alguém?

Eu vim do Texas de carro.

Ah, entendi. Ela fez uma pausa e começou a mordiscar levemente a unha. Você vai passar a noite aqui na cidade?

Estamos no Holiday Inn, disse, mantendo a voz baixa.

O novo que fica no centro? Ela sorriu, falando um pouco mais baixo, e eu assenti.

Está bem, ótimo, disse ela. Algumas mulheres tentam dirigir de volta para casa e isso pode causar algumas complicações. Você tem sorte, disse ela. A senhora vai passar umas duas horas aqui.

Duas horas! Olhei para trás na direção de minha filha, que estava sentada em uma cadeira com um saco de batatas fritas e um livro da Nancy Drew. A mulher esticou a mão por cima do balcão e tocou a minha. Isso acontece o tempo todo. Vamos ficar de olho nela. Eu fiquei lá parada, piscando com força, tentando focalizar a mão da mulher. Suas unhas estavam pintadas de rosa-chá e ela usava uma aliança de ouro simples no dedo anelar esquerdo. Obrigada, disse. O nome dela é Aimee.

Para minha filha, abri um sorriso brilhante.

Eu volto já, já. Não se preocupe, me tranquilizou a recepcionista enquanto eu empurrava uma porta de vaivém, quase trombando com outra mulher, uma paciente, parada do outro lado. Vamos fazer alguma coisa divertida! Você quer um Dr. Pepper gelado?, perguntou ela à minha filha.

Sim, senhora, respondeu Aimee. Divirta-se com o moço dos móveis, mamãe.

Paramos para comer um hambúrguer no caminho de volta para o Holiday Inn. Aimee assistia a desenhos animados enquanto eu vomitava no banheiro e esperava a cólica passar. Aquele hambúrguer não me caiu bem, disse quando ela bateu na porta do banheiro. Me dê um minutinho.

Naquela tarde, ela nadou e jogou fliperama enquanto eu passei o dia sentada em uma espreguiçadeira tomando alguns *salty dogs*. Na manhã seguinte bem cedo, nos dirigimos às montanhas Sandia para sentir o aroma dos pinheiros. Pinhão, pícea, abeto, zimbro — fechei os olhos e nos imaginei morando em uma pequena cabana de madeira dentro de uma floresta cheia de criaturas sem más-intenções nem malícia, um lugar onde você pode se machucar, mas não porque alguma coisa teve a intenção de feri-lo.

Como paramos de hora em hora em um posto de gasolina para que eu pudesse trocar meus absorventes — e mais duas vezes para que Aimee pudesse vomitar alguns dos doces que deixei que ela comesse no hotel —, era quase meia-noite quando chegamos em casa. Para minha filha, eu disse, Jamais pedirei que você esconda algo do seu pai, a menos que seja muito importante, e isso é muito importante. Para meu marido, eu disse, Estou com uma candidíase terrível. Não me toque por um tempo. Quatro meses depois, estava grávida de novo e, dessa vez, mal acreditando na minha própria estupidez, decidi ter o bebê.

Quando eu era criança, o tempo realmente parecia voar. Nos dias de verão, eu pegava minha bicicleta depois do café da manhã e, três minutos depois, era hora do jantar. Agora olho para o relógio da cozinha e mal posso acreditar como ainda é cedo. Não são nem dez horas e já dei de mamar ao bebê três vezes desde que ele acordou às seis. Meu seio direito dói um pouco e, quando toco meu mamilo, ele fica quente e duro. Enquanto o bebê se agita silenciosamente no berço, Aimee pula em cima do colchão gritando, Estou entediada, todo dia é isso. Estou entediada!

É o terceiro dia das férias de verão.

Quando o telefone toca, quase salto para fora do corpo, mas é apenas a secretária de Keith Taylor. Tivemos problemas com a mãe de Gloria, ela me diz, mas eles estão torcendo para que a menina ainda possa depor. Quando pergunto qual foi o problema, ela não responde. Quando pergunto se posso ver Gloria, talvez falar com ela e saber como ela está, Amelia fica em silêncio por alguns segundos. Como você está, Mary Rose?

Ah, estou bem, digo alegremente. Não se preocupe comigo!

Quero dizer a ela que meus filhos estão seguros aqui na cidade, nesta casa. Homens me ligam a qualquer horário do dia e da noite, e algumas mulheres também, mas todas as coisas desprezíveis que me dizem têm a ver com eles e não comigo. Tenho minha antiga espingarda em casa e um revólver novo no porta-luvas do meu carro. Em vez disso, agradeço àquela boa senhora pelo contato e me despeço.

No chão em frente à máquina de lavar, a roupa suja se reproduz como cães-da-pradaria. Estamos sem leite e ovos, e prometi ao círculo de mulheres em nossa nova igreja que estaria na reunião hoje no fim do dia. O bebê grita como se tivesse sido picado por uma vespa e, em seguida, como se fosse ensaiado, Aimee cai da cama e bate com a cabeça na cômoda. Um uivo ecoa do quarto. Um galo já começa a se formar em sua testa, mas no fim das contas ela está puta da vida porque eu não permitirei que ela saia de casa sozinha, nem por um minuto.

Ao longo das semanas imediatamente após Dale Strickland estuprar Gloria Ramírez, as pessoas se reuniram em bares e igrejas, e durante os intervalos no expediente. De pé em seus jardins e nos corredores do supermercado. Elas se juntaram no estacionamento da lanchonete e distraíram os devotos do futebol durante o treino. Eu ouvi tudo. O restante fiquei sabendo pelo rádio ou pelo jornal.

A mãe e o pai de Strickland voltaram para Magnolia, no Arkansas, e se você acredita no jornal local e em alguns dos cidadãos mais sem rodeios da cidade, ele é um bom garoto. De acordo com o pastor Rob, em sua transmissão habitual de domingo, o jovem nunca tinha levado nem mesmo uma multa por excesso de velocidade. Se havia perdido algum treino de futebol ou algum culto, ninguém na cidade se lembrava, e sempre fora cem por cento respeitoso com as garotas locais. Seu pai, um pastor pentecostal, tinha enviado cartas e depoimentos de membros de sua congregação ao gabinete do promotor, testemunhando a qualidade do caráter de seu filho. Houve um boato de que Keith Taylor precisou levar uma mesa extra para sua sala, apenas para ter um lugar onde colocar toda a papelada.

Um colunista apontou que o acusado, na noite em questão, estava há dois dias sem dormir depois de tomar alguns comprimidos de anfetamina que seu chefe lhe havia dado, uma prática comum nos campos de petróleo, e embora ninguém tolerasse o uso de drogas — as pessoas ainda estavam falando sobre a filha de Art Linkletter — o ritmo de trabalho no setor petrolífero às vezes exigia que os homens dessem o máximo de si de maneiras prejudiciais à saúde. Os homens estão lutando mundo afora, observou o autor, lutando para extrair o petróleo da terra antes que o solo desabe ao redor de um poço, lutando contra os preços da OPEP e contra os árabes. De certo modo, é possível dizer que estão inclusive lutando pelos Estados Unidos da América.

Uma semana depois, o colunista recebeu duas cartas sobre o assunto. O reverendo e a sra. Paul Donnelly da Primeira Igreja Metodista escreveram a respeito de sua tristeza e repulsa diante da forma como aquilo estava sendo tratado, tanto no jornal quanto na cidade. Eles rezavam para que todos agíssemos melhor e perguntavam, E se fosse a sua filha?

Na segunda carta, um cidadão honesto e de bem lembrou a todos nós que a suposta vítima era uma garota mexicana de 14 anos que perambulava sozinha no drive-in em um sábado à noite. Testemunhas juravam que a menina havia subido por livre e espontânea vontade na caminhonete do garoto. Ninguém apontou uma arma para a cabeça dela. Devemos pensar nisso, escreveu essa pessoa, antes de arruinar a vida de um menino. Inocente até que se prove o contrário. Depois dessa, atirei o jornal do outro lado da cozinha, um gesto totalmente inútil, já que as páginas viajaram cerca de meio metro e caíram no linóleo com um leve e triste farfalhar.

Durante as semanas posteriores à nossa mudança para a cidade, várias vezes me peguei dizendo, Perdão, como é que é?, ou, Desculpe, mas não acredito mesmo que isso seja verdade: no estacionamento da Furr's Cafeteria, ao telefone com a escola de Aimee, e na fila do Departamento de Trânsito, enquanto aguardava a alteração de meu endereço na carteira de motorista. A sra. Bobby Ray Price quis bater papo sobre o que ela chamou de *aquele assunto chato* enquanto esperávamos juntas na fila do supermercado. Aimee choramingava por um doce que, segundo ela, explodiria em sua boca. Ouvi a sra. Price falar por alguns segundos e balancei a cabeça. Palhaçada, pensei. Mas não disse nada.

Ao meio-dia já havíamos colocado gelo no galo de Aimee e saímos para tomar um pouco de ar. Enquanto estou no jardim com o bebê dormindo em meus braços, Aimee, emburrada, rabisca números na calçada com um toco de giz. O bebê suspira e crava os dedos em meu seio direito, sinto uma dor repentina e forte, então troco ele de lado, agradecida quando ele se acomoda e continua a dormir. Vemos Suzanne Ledbetter primeiro. Ela usa sandálias brancas e delicadas, e um short branco que bate no meio das coxas. Uma bolsa de palha está pendurada em seu ombro nu, e uma blusa branca sem mangas exalta seu cabelo ruivo e braços muito brancos e sardentos. Parece que ela tomou banho esta manhã, penso com um quê de nostalgia. Quando Suzanne avista Aimee e eu, acena e dá um tapinha na bolsa. Ding Dong, é a moça da Avon!

A sra. Nunally estaciona seu velho Chevy e se junta a nós. Dependendo do trabalho que vai fazer, a sra. Nunally geralmente usa uma bata ou avental por cima das roupas, mas hoje ela usa uma saia preta longa e uma blusa verde-clara com mangas que vão até seus pulsos estreitos. Há um pequeno emblema com seu nome preso logo acima do seio esquerdo. Ela está a caminho da Bealls, a loja de departamentos onde trabalha duas tardes por semana. A sra. Shepard me disse que a sra. Nunally parou de se maquiar quando se tornou adventista, mas hoje ela usa batom rosa claro e sombra combinando com a blusa.

Ora, ora, olhe só, diz Suzanne a ela. Você está muito bonita.

Caramba, diz a sra. Nunally, olhe as mãos desse bebê. Vai ser jogador de futebol. As duas mulheres pairam sobre o bebê por alguns segundos, fazendo caretas fofas e mandando beijos. Suzanne o arranca dos meus braços e o pressiona contra o peito. De olhos fechados, ela balança para frente e para trás por alguns segundos antes de gentilmente entregá-lo de volta para mim. Penso em meu mamilo ardendo e nas noites sem dormir e, por alguns segundos, penso em devolvê-lo a ela. Espere um pouco, eu adoraria dizer. Vou buscar a bolsa de fraldas.

Onde está Lauralee? Aimee choraminga da calçada, onde desenha uma amarelinha de forma desconexa.

Na aula de natação, diz Suzanne. Vou buscá-la daqui a pouco para levá-la para a escola de dança.

A sra. Shepard está em seu jardim segurando uma mangueira de água desligada.

Ela está bem?, pergunto à sra. Nunally.

Suzanne se inclina e abaixa a voz. Eu ouvi que Potter se matou.

O quê?, digo. Ah, não, não. Foi um acidente de caça. O bebê suspira enquanto dorme e tenta novamente pegar o peito, mas a dor irradia do meu mamilo até o braço, e eu o viro para o outro lado.

O Potter nunca caçou na vida, diz Suzanne. Aquele homem seria incapaz de atirar em um animal mesmo se estivesse morrendo de fome.

A sra. Nunally contrai os lábios e franze a testa levemente. Espero que não seja verdade, diz ela, para o bem de ambos.

Quando a sra. Shepard começa a atravessar a rua com seu copo de vidro cheio de chá gelado, a filha de Ginny surge de trás de uma extensa cerca viva que corre ao longo da frente da casa da sra. Shepard.

Debra Ann e Aimee ficam paradas no jardim se observando por um ou dois minutos, então Debra Ann, que havia coçado uma picada de mosquito ao ponto de o braço estar sangrando, pergunta se Aimee quer andar de bicicleta com ela. Não, digo. Fiquem aqui no jardim, por favor.

Ah, caramba, diz a sra. Shepard. Elas vão ficar bem.

Não, respondo bruscamente. A sra. Shepard toma um longo gole de chá gelado e estala os lábios.

Já agradeci a Suzanne pela caçarola e à senhora Nunally pelo bolo de limão. Agora agradeço à sra. Shepard pela caçarola *dela*, que, percebi ao colocar no lixo, ainda tem um adesivo com o nome de Suzanne.

Ah, é um prazer, querida. Senhoras, ela nos diz, eu conheço uma jovem que está procurando um emprego de babá. Ela tateia o bolso e tira três pedaços de papel, entregando um a cada uma de nós. Aqui está o telefone dela. Karla Sibley. Eu a recomendo imensamente.

Suzanne olha para o pedaço de papel e franze a testa. E de onde você conhece essa garota?

Da igreja, responde a sra. Shepard sem hesitação.

Ah!, diz Suzanne. Você voltou para a igreja, Corrine?

Com certeza, Suzanne! É um grande conforto, desde o acidente de Potter.

Entendo. Suzanne estreita os olhos e troca a bolsa de ombro. Bem, estamos todos orando por você na Batista Crescent Park.

Deus os abençoe, diz a sra. Shepard.

A sra. Nunally franze a testa e se vira para Suzanne. Como você está?

A gravidez não vingou, responde ela, suas bochechas corando. Mas eu estou bem! Tentaremos novamente daqui a alguns meses.

Ah, não, lamenta a sra. Nunally.

Vocês ainda têm muito tempo, diz a sra. Shepard. Você só tem 26 anos.

Obrigada, Corrine, mas tenho 34.

Jura? Porque você não parece ter mais de 26... A sra. Shepard faz uma pausa e olha para a sra. Nunally. Vocês se importam se eu fumar?

Sinto muito, digo a Suzanne.

Tudo bem, responde ela. Eu tenho uma filha linda, talentosa e inteligente. E olhe só o que mais eu tenho! Ela enfia a mão na bolsa e tira um punhado de amostras da Avon — perfume, creme facial, sombras, até mesmo batons minúsculos — e os entrega para nós.

A sra. Shepard passa as dela para a sra. Nunally sem nem ver o que são e tira um cigarro do bolso da blusa. Quando ela sopra a fumaça, o cheiro é tão quente e rico que quero arrancá-lo de seus dedos e tragar com todas as minhas forças.

Você ainda está se preparando para o julgamento?, ela me pergunta.

Sim, estou. Eu mudo o bebê novamente de um lado para o outro e olho para Aimee. Ela e Debra Ann estão sentadas sob a árvore morta, conversando freneticamente e olhando para nós de vez em quando.

Suzanne se inclina um pouco para a frente e abana a fumaça do cigarro. Ouvi dizer que o tio da garota está tentando extorquir a família do sr. Strickland.

Isso é absolutamente calunioso, digo antes que possa me conter. Que coisa mais terrível de se dizer.

Eu não disse que era verdade, Suzanne nos lembra. Vocês sabem como os boatos se espalham.

E como! A sra. Shepard ri alto, um som forte, desafinado, um grunhido que me lembra os grous que deixei para trás na fazenda. Ela arqueia as sobrancelhas que, felizmente, se lembrou de delinear esta manhã e dá vários passos para trás do grupo para soprar a fumaça do cigarro para longe do bebê.

Isso realmente soa como calúnia, comenta a sra. Shepard, mas o que esperar de um bando de fanáticos?

Suzanne franze os lábios e suga um pouco de ar. Bem, fale por você mesma, Corrine, porque eu não sou preconceituosa — ela para por alguns segundos e olha ao redor em busca de algum reconhecimento do grupo de que sua afirmação é verdadeira —, e Suzanne Ledbetter também não é. Mas a sra. Shepard e eu ficamos em silêncio, e a sra. Nunally já caminha em direção ao carro, dizendo, Senhoras, tenham uma boa tarde. Suzanne pede licença e começa a andar devagar, como se estivesse um pouco perdida, e desce a rua. Ao chegar em casa, ela faz uma grande cena ao verificar a correspondência e arrancar dois dentes-de-leão que tiveram a audácia de fazer morada em seu gramado. Por fim, pega uma vassoura na varanda e varre a calçada.

A sra. Shepard, que aparentemente não tem nenhum outro lugar para estar e nada melhor para fazer, me observa dar uma cafungada no meu filho. Ele é bebê o suficiente para que eu ainda sinta vontade de cheirá-lo de vez em quando, só para me certificar de que ele é meu.

Bebê novinho, diz a sra. Shepard. A única coisa que cheira melhor do que isso é um Lincoln Continental zero. Deixa eu dar uma cheiradinha nele? Ela segura o cigarro atrás das costas, se inclina para a frente e cheira meu filho. Menina, diz ela, não sinto saudade nenhuma das fraldas sujas nem das noites sem dormir, mas sinto falta desse cheiro.

Enfio a manta sob o queixo do bebê e olho para ela. Você deveria ter visto Gloria Ramírez. Ele arrebentou ela. O bebê estremece em seu sono, a boca abrindo e fechando. Eu chego mais perto e baixo a voz. Sra. Shepard, foi como se ela tivesse sido atacada por um bicho.

Por favor, me chame de Corrine.

Corrine, Dale Strickland não é melhor do que um porco selvagem. É pior, na verdade. Eles não conseguem se conter. Queria muito que ele fosse parar na cadeira elétrica, queria mesmo.

Ela larga a guimba do cigarro na calçada e a empurra para fora do meio-fio com o pé. Nós duas observamos a fumaça sair do filtro enquanto ela imediatamente acende outro e reflete sobre o que vai dizer. Ela sorri e faz cócegas no queixo do bebê. Eu sei disso, querida. Vamos apenas torcer para que eles peguem um juiz decente. Você vai depor?

Vou sim. Mal posso esperar para contar a eles o que vi.

Bem, isso é bom. É tudo que você pode fazer. Deixe-me perguntar uma coisa, Mary Rose. Você tem dormido?

Levanto a cabeça tirando os olhos do bebê, pronta para dizer a ela que estou bem, meus filhos estão bem, não precisamos de nada de ninguém, mas Corrine me encara como um crupiê observa um contador de cartas.

Eu poderia contar a verdade a ela, que algumas noites sonho que Gloria está batendo de novo na minha porta, mas não atendo. Fico na cama com a cabeça enfiada embaixo do travesseiro enquanto as batidas ficam cada vez mais altas, e quando não aguento mais ouvir, levanto da cama e desço o corredor da minha nova casa. Quando abro a porta pesada, minha Aimee está de pé na varanda, espancada e dilacerada, os pés descalços e sangrando. Mamãe, diz ela chorando, por que você não me ajudou?

Eu poderia contar a ela a respeito dos telefonemas que tenho recebido, quase desde o dia em que a companhia telefônica ligou nossa nova linha, e poderia dizer que algumas noites não sei a diferença entre estar cansada e estar com medo.

Em vez disso, digo, Estou bem. Obrigada por perguntar.

Corrine começa a vasculhar seu maço por outro cigarro, o terceiro, mas encontrando-o vazio, amassa o pacote e o enfia no bolso da calça. Eu poderia jurar que ainda tinha pelo menos metade do maço, diz ela. Desde que Potter morreu, não consigo me lembrar de mais porcaria nenhuma. Na semana passada, perdi um cobertor. Um cobertor! Ela olha ansiosamente para a porta da garagem do outro lado da rua. Bem, é melhor eu mover o irrigador e preparar outro chá gelado para mim. Vai bater 38 graus hoje. Em junho!

Ela já havia desaparecido dentro de casa quando percebi que havia deixado Debra Ann Pierce no meu jardim. Eu fico lá e tomo conta das meninas, que ocasionalmente olham para mim, fazem uma careta e em seguida me ignoram completamente. Quando o bebê acorda, levo todos para dentro de casa e tranco a porta. Enquanto as meninas brincam no quarto de Aimee, tento amamentá-lo. Meu seio direito está queimando e um nó duro próximo ao mamilo sugere um duto de leite inflamado. Quando o bebê pega o peito, a dor percorre todo o comprimento do meu torso.

Quando estamos prontos para ir para a reunião, passa dos 30 graus do lado de fora e Aimee está furiosa por eu ter mandado sua nova amiga para casa. Ela se senta no banco da frente chutando o porta-luvas e mexendo na saída do ar-condicionado enquanto o bebê se sacode no banco entre nós.

Você se divertiu com a Debra Ann?, pergunto.

Foi legal, responde ela chutando, chutando e chutando.

Pare com isso, Aimee. Vocês têm muita coisa em comum?

Acho que sim, diz. Ela tem vários amigos, mas acho que a maioria deles são imaginários.

Este será meu segundo encontro no círculo de mulheres. Quando nos mudamos para a cidade, decidi que talvez devêssemos deixar de lado a rádio batista e encontrar uma igreja de verdade. Pode ser bom para nós fazer parte de algo, e Aimee começou a se interessar pela salvação. Mas a reunião de hoje está sendo um horror. O climatizador passa o tempo todo ligado, sem sucesso, e o calor apenas agrava a queimação em meu peito. Quando chego, algumas das senhoras estão falando sobre pedir aos maridos que levem caixas com roupas de verão usadas para as famílias que moram na periferia da cidade, em campos de petróleo improvisados que surgem da noite para o dia, ao que parece.

Esses campos são simplesmente terríveis, diz a sra. Robert Perry. Lixo por toda parte e a maioria deles sequer tem água corrente — ela faz uma pausa e abaixa a voz — e está cheio de mexicanos.

Um murmúrio de assentimento atravessa o salão. É terrível como eles se comportam, diz alguém, e outra pessoa nos lembra que não são todos, apenas *alguns*, e eu fico lá sentada boquiaberta. Como se nunca tivesse ouvido esse tipo de conversa na vida, como se não tivesse crescido ouvindo isso do meu pai na mesa de jantar, de todas as minhas tias e tios no Dia de Ação de Graças, do meu próprio marido. Mas agora penso em Gloria e em sua família, e isso me irrita, como uma ferida aberta que não consigo parar de cutucar.

Aimee e o bebê estão no corredor do berçário da igreja. Isto é uma igreja, disse a mim mesma quando a adolescente arrancou o bebê de meus braços. Eles vão ficar seguros aqui. Fecho os olhos e pressiono a mão na testa. Talvez eu esteja com um pouco de febre. Meu lado direito, da axila até a caixa torácica, parece ter sido atingido com um maçarico.

Mary Rose, você está bem? A esposa de B. D. Hendrix, Barbie, está de pé ao lado da minha cadeira. Ela coloca a mão no meu ombro. Alguém diz que provavelmente estou exausta e então outra pessoa menciona a terrível história envolvendo a garota Ramírez, e ouve-se outro murmúrio de assentimento. É uma pena. Como a mãe do sr. Strickland consegue dormir à noite? Ela deve estar muito preocupada com seu filho e tudo por causa de um mal-entendido.

Não foi um mal-entendido, digo. Foi um estupro e estou de saco cheio de vocês fingirem que não foi. Faço uma pausa e deixo meus olhos vagarem pelo salão. Aqui dentro parece o inferno de tão quente. Várias senhoras que se abanavam com suas cartilhas estão agora sentadas perfeitamente imóveis na beirada de suas cadeiras dobráveis, como se estivessem esperando uma revelação, e considero isso um sinal de que devo continuar falando. Em poucas horas, reconhecerei o terrível erro que cometi, mas não agora.

Vocês podem passar o dia todo chamando uma tempestade de areia de brisa, digo a elas, e podem chamar um período de seca de uns diazinhos sem chuva, mas no final do dia, a casa de vocês ainda vai estar uma bagunça e seus tomates, mortos, e — minha voz falha e, para meu horror, meus olhos começam a se encher d'água. Não vou chorar na frente dessas mulheres. Ainda dá para eu parar de falar e pode ser que tudo fique bem, eventualmente, mais ou menos.

Eu vi a Gloria, digo. O que ele fez com ela.

Com licença, Mary Rose — a voz vem de cima do climatizador —, eu sei o que você acha que viu, mas até onde eu sei, ainda vivemos nos Estados Unidos, onde um homem é inocente até que se prove o contrário.

Um murmúrio vagueia pela sala, comentários vazios passados de uma mulher de bem para outra. Embora tenham razão sobre os direitos constitucionais de Strickland, parece-me que já condenaram uma adolescente. Por favor, se vocês me dão licença, digo, e faço uma pausa para ir ao banheiro.

Em algum momento, elas enviam a tesoureira, a sra. L.D. Cowden, para verificar como eu estou. A sra. Cowden é um membro sênior do grupo que alega que sua avó plantou a primeira fileira de nogueiras da cidade em 1881 — o mesmo ano em que cinco trabalhadores chineses morreram em uma explosão na ferrovia perto de Penwell. Uma tempestade de vento partiu todas as 25 primeiras mudas ao meio. A história é uma mentira descarada. Todo mundo sabe que foi a avó da sra. Shepard, Viola Tillman, quem plantou aquelas árvores, mas ninguém gosta de admitir. Corrine foi convidada a renunciar a sua filiação seis anos antes, me contou Suzanne, depois de uma pequena briga com Barbie Hendrix. Tudo poderia ter sido deixado para trás, ou pelo menos teria sido possível conviver com a situação, dadas as profundas raízes de Corrine na comunidade, mas então ela parou de ir ao salão de beleza nas tardes de quinta-feira. Estou farta de tudo isso, disse ela às mulheres de bem do círculo. De agora em diante, eu mesma vou encontrar a porcaria do meu caminho até Jesus.

A sra. Cowden me encontra no banheiro feminino ao lado do salão de confraternização, curvada sobre a pia e tentando não chorar. Ela se apoia silenciosamente contra a porta do banheiro enquanto eu jogo água morna no rosto e murmuro para mim mesma. Que palhaç... Que palhaçada. Não dá para acreditar.

Quer que eu traga um copo de chá gelado para você?, pergunta a sra. Cowden.

Não, obrigada.

Escute, diz ela, as pessoas sabem o que aquela mocinha anda alegando que aconteceu. Simplesmente não precisamos ser lembradas disso o tempo todo. E essa palavra é tão feia.

Eu fecho a água e me levanto para encará-la. Qual palavra, estupro?

Ela estremece. Sim, senhora.

Quando entrei em trabalho de parto, várias semanas antes, ainda com as caixas da mudança fechadas na casa nova e Robert enlouquecido por conta de um touro que tinha desaparecido, Grace Cowden havia me levado comida para mais de uma semana e uma pilha de quadrinhos de Archie para Aimee. Ela jamais disse uma única palavra indelicada a ninguém na vida, até onde eu sei. Eu estendo a mão para ela. Sinto muito, Grace.

Ela pega minha mão e pressiona contra o coração. Bem, eu também sinto muito, Mary Rose. Ela ri suavemente. Que meses foram esses? O filho de um pastor na cadeia, Ginny Pierce fugindo Deus sabe para onde, deixando a família daquele jeito. E você com um bebê novo, e um julgamento para começar. E esse calor... é cruel demais.

Ela segura minha mão enquanto se pergunta em voz alta se quem sabe o juiz poderia autorizar que eu escrevesse uma carta ou algo assim. Talvez fosse menos perturbador para mim e para minha família. Além disso —, ela chega mais perto —, Lou Connelly ouviu que a mãe da menina foi deportada e que a menina tinha sido enviada para Laredo para ficar com a família. Caramba, pode ser que ela nem volte para o julgamento. A menos que ela esteja levando algum dinheiro nisso.

Eu gentilmente removo minha mão do coração de Grace e volto para a pia, meus dedos na torneira, enquanto ela continua falando. Quanto ao círculo, diz ela, bem, a ideia é que as reuniões sejam divertidas. Ninguém vem a essas reuniões para se sentir mal consigo mesma.

A sra. Cowden diz que ela e algumas das outras mulheres têm pensado que talvez eu prefira passar um tempo sem vir às reuniões, apenas até que a poeira baixe e toda essa história chata tenha ficado para trás. Só até eu começar a me sentir um pouco mais eu mesma.

Sim, eu acho, a velha Mary Rose. Coloco meus dedos embaixo da torneira por alguns segundos e vejo a água serpentear sobre a minha pele, o cheiro de terra e enxofre subindo da pia. Naquela manhã, na varanda da minha casa, quando já estava algemado e sentado no banco de trás da viatura, um dos paramédicos, um jovem com olhos cor de arenito, pressionou minha nuca com os dedos. O outro me entregou um copo de água gelada que cheirava a enxofre. O que aconteceu?, os dois queriam saber. Eu balançava a cabeça. Balançava e balançava, mas não conseguia encontrar uma palavra para descrever. Os médicos me disseram que não estavam conseguindo fazer com que as duas meninas abrissem a porta e, assim que o fizeram, Gloria não permitiu que nenhum dos homens se aproximasse dela. Tomei o copo d'água e os dois ficaram esperando na varanda enquanto eu entrei, umedeci um pano e o segurei suavemente sobre a bochecha dela.

Você vai ficar bem agora, disse a ela, enquanto minha filha a observava em silêncio de um canto da sala. Você vai ficar bem, disse novamente, e desta vez fiz questão de incluir as duas garotas no meu olhar. Continuei limpando o rosto da criança e dizendo a ela que ficaríamos bem, que todas ficaríamos bem.

Lá a água sai gelada da torneira, mesmo no verão, mas aqui na cidade sai morna, sem nenhum dos resíduos, nem a sujeira da água de poço. Água limpa, caminho limpo, uma página em branco. Gloria não tinha chorado, nem uma única vez, mas quando os paramédicos tentaram fazê-la entrar na ambulância, quando um deles colocou as mãos em suas costas, ela gritou como se tivesse sido esfaqueada. Parecia que tínhamos colocado em cima de um toco de árvore e partido ela em dois com um machado. Ela lutou, chutou e gritou por sua mãe. Correu e se agarrou a mim como se tivesse sido apanhada por um tornado e eu fosse o último poste ainda de pé. Mas àquela altura, eu estava exausta e destruída, e me afastei. Mesmo quando ela esticou os braços na minha direção, eu me virei, entrei em casa e tranquei a porta. Eu ouvi quando os homens a agarraram, a colocaram na parte de trás da ambulância e fecharam a porta.

E agora, aqui na cidade, as pessoas estão tachando essa criança de mentirosa, chantagista ou vagabunda. Perdoe as nossas ofensas, muito bem. Junto as mãos em concha e permito que a água se acumule em minhas palmas. Do que vou fazer parte, aqui em Odessa? Como serão meus dias agora e quem me tornarei? A mesma velha Mary Rose? Grace Cowden? Dou um pequeno sorriso e quando a água começa a escorrer entre meus dedos, aperto-os um contra os outros com força. Se me apressar, posso beber daqui, deste copo feito com minhas próprias mãos — e é isso que faço. Sorvo ruidosamente, a água escorrendo pelo meu queixo enquanto Grace faz pequenos sons com a garganta. Novamente, eu me curvo e permito que minhas mãos se encham de água. Talvez a discrição seja a melhor parte da coragem. Então, de novo, talvez não seja. E sabendo que falhei com a filha de outra mulher de todas as maneiras que importam, agora eu quero muito ser uma pessoa corajosa.

E qual será meu grande ato de coragem?

Este: assim que a estimada sra. L. D. Cowden começa a falar sobre como eu deveria descansar mais e talvez pensar em complementar a alimentação do meu filho com comida para bebê, levanto meu rosto da pia, ergo as duas mãos em concha e jogo a água na cara dela.

Grace fica imóvel. Finalmente, não tem nada a dizer. Depois de alguns segundos, ela levanta a mão, enxuga a água da testa e joga o papel no chão do banheiro. Bem, diz ela. Isso não foi educado.

Vá para o inferno, devolvo. Por que você não vai encaixotar roupas para os pobres que vocês julgam o tempo inteiro?

Eu poderia ter dois filhos doentes e uma despensa cheia de nada, e mesmo assim Robert reclamaria de ter que deixar a fazenda. Mas no momento em que fica sabendo disso, vem correndo para a cidade. Não preciso me esforçar nada para fechar os olhos e imaginar o telefone tocando na cozinha de nossa casa, Robert parado com um sanduíche de mortadela na mão enquanto alguma mulher, ou seu marido, expressa grande preocupação com meu bem-estar. Depois que as crianças estão na cama, ele me segue de um cômodo a outro, gritando furioso enquanto cato os livros e brinquedos de Aimee. Parece que alguém segura uma tocha acesa em meu seio. Eu luto contra a vontade de arrancar meu sutiã de amamentação e atirá-lo no tapete da sala.

Você não consegue sequer tentar, Mary Rose, diz ele. Todos os dias, eu faço o possível para evitar que percamos tudo, a terra onde minha família trabalhou durante os últimos oitenta anos. Ele me segue até a cozinha e me observa puxar um saco de papel e começar a enchê-lo com latas de comida para ele levar para a fazenda. Você acha que está fazendo algum favor à nossa família sendo a lunática da cidade?

Eu me ajoelho e encaro a prateleira cheia de enlatados, tentando fazer as contas. Podia jurar que ainda havia duas latas de chili, e uma de milho também.

A bota de Robert está bem ao lado da minha perna, perto o suficiente para que eu possa sentir o cheiro de merda de vaca entranhada no couro. Nas últimas 48 horas, ele perdeu mais de uma dúzia de vacas para moscas-varejeiras. Naquelas que não morreram imediatamente, ele teve que atirar e, como as moscas põem seus ovos em carcaças frescas, ele empilhou os cadáveres com a escavadeira e derramou querosene nelas.

Eu coloco a louça do jantar dentro da pia e abro a água quente. O que você quer que eu diga, Robert? As pessoas nesta cidade parecem absolutamente determinadas a acreditar que tudo isso foi algum tipo de mal-entendido, uma espécie de briga de namorados.

Bem, e como você sabe que não foi?

Eu mergulho as duas mãos na pia cheia de uma água tão quente quanto posso aguentar. O cheiro de água sanitária exala da pia, forte o suficiente para que eu acredite ter medido errado, e quando tiro as mãos, elas estão vermelho-escuras.

Você está de sacanagem, Robert? Você ouviu o que disseram sobre os ferimentos dela? Ela perdeu o baço, pelo amor de Deus. Aliás, você ouviu o que *eu* falei?

Sim, Mary Rose. Eu ouvi, todas as trinta vezes que você contou.

Eu pressiono as duas mãos em um pano de prato, tentando tirar o calor delas. Tudo na cozinha cheira a água sanitária. Com toda a calma que consigo, digo a meu marido. Robert, Gloria Ramírez tem 14 anos. E se fosse a Aimee?

Não compare aquela garota com a minha filha, diz ele.

Bem, por que não?

Porque não é a mesma coisa. Ele está quase gritando agora. Você sabe como são essas garotinhas.

Tiro do escorredor uma pilha de pratos que estão lá desde ontem e os apoio na bancada com tanta força que a porta do armário estremece. Não, digo a ele. Você cale essa sua boca imunda.

Robert contrai os lábios. Quando seus olhos se estreitam e suas mãos fecham em um punho, escancaro as cortinas da cozinha e começo a procurar por minha grande colher de madeira. Se vamos começar a bater um no outro, quero atacar primeiro. E talvez queira testemunhas também.

Desculpe, Mary Rose, diz ele, mas acho que não que vou calar a boca, não.

Ele ainda está tagarelando quando o telefone começa a tocar. Deixa para lá, digo a ele, tem algum vendedor que não para de ligar. O telefone toca, toca, para por alguns segundos e começa a tocar novamente. Robert fica parado olhando para mim como se eu tivesse perdido a cabeça. Deixa para lá, grito quando ele se move em direção ao telefone. É um maldito vendedor.

Depois que o telefone para, ele pergunta por quanto tempo vou manter Aimee em prisão domiciliar, e minto dizendo que ela já fez vários novos amigos na rua.

Quando ele se aproxima de mim na pia da cozinha e pergunta se eu não sinto sua falta nem um pouquinho, eu agarro meu seio e conto a ele sobre o duto de leite.

Na mosca.

Eu já vi meu marido enfiar o braço em uma vaca até a altura do cotovelo para virar um bezerro e depois chorar quando nem a vaca nem o bezerro sobreviveram, mas uma única palavra sobre a infecção do mamilo de sua esposa, e ele não pensa duas vezes em sair pela porta imediatamente.

Ele pega seus enlatados e uma das caçarolas congeladas de Suzanne e sai da garagem com uma leve buzinada para que eu saiba que ele está saindo. Pego uma aspirina e troco a água da louça. Do outro lado da rua, Corrine Shepard está sentada em sua varanda. Tiro a mão da pia cheia de sabão e a levanto na altura da janela, e ela levanta a dela, o cigarro erguido, a pequena cereja vermelha dançando alegremente no meio da noite. Olá, Mary Rose.

Quando o telefone começa a tocar mais uma vez, preciso de toda a minha força de vontade para não sair correndo e atendê-lo. Vem aqui então, seu desgraçado, quero dizer a ele. Estarei na varanda com a minha Winchester, esperando você.

Glory

São seis da manhã e Alma está cansada, como sempre, depois de uma noite inteira limpando os escritórios e o departamento de segurança, a cooperativa de crédito e os barracões de convivência, os banheiros onde os homens às vezes urinam no chão bem ao lado da privada, e as lixeiras transbordando com comida estragada e latas de solvente em spray. Mas é sexta-feira e ela, junto com as outras seis mulheres da equipe, está ansiosa para receber seu pagamento; dinheiro para pagar o aluguel e comprar comida, dinheiro para todas as pequenas coisas de que sua filha está sempre precisando, dinheiro para mandar para casa e, se sobrarem uns trocados, dinheiro suficiente para comprar alguma bobagem para ela — um creme para as mãos, um rosário novo, uma barra de chocolate —, e talvez saber disso faça com que Alma e as outras mulheres se sintam um pouco menos cansadas do que de costume.

A van do controle de fronteira já está estacionada do lado de fora do portão, a porta de correr já aberta aguardando por elas. Considerando que são todas mulheres — a mais nova com 18 anos e a mais velha com quase 60 e meia dúzia de netos — e que há quatro agentes parados ao lado do veículo — todos maiores e mais fortes que elas, além de deliberadamente ostentarem seus revólveres pendurados do lado direito da cintura —, levar qualquer uma delas presa seria um procedimento rápido e silencioso. As mulheres serão deixadas do outro lado da ponte de Zaragoza antes que

Alma tenha a oportunidade de contar ao irmão sobre a reserva de dinheiro escondida no armário do quarto, antes que ela possa pegar uma garrafa de água extra ou um segundo par de sapatos para a longa viagem de volta a Puerto Ángel, antes que ela tenha a chance de se despedir de Glory. Alma pronuncia o nome da filha meio sem jeito. Glory — o nome no qual ela insiste. Glory, um fonema extirpado. Ela sente falta dessa letra a mais.

A notícia da batida se espalha rapidamente pela comunidade, graças à sra. Domínguez, que, ao voltar para buscar seu suéter em um dos barracões de convivência, viu, da pequena janela, as outras mulheres sendo levadas. Depois que a van foi embora, ela ficou lá por quase uma hora, como se seus pés tivessem sido pregados no chão de concreto, e então se esgueirou silenciosamente pelo portão durante a mudança de turno. Ao longo de meses, as pessoas vão falar da bênção que foi Lucha Domínguez esquecer seu suéter, um casaquinho leve de algodão que ela carrega para cima e para baixo mesmo na primavera e no verão, não só porque muitas vezes sente frio, mas porque o tecido índigo a lembra do céu noturno em sua cidade natal, Oaxaca. Caso contrário, poderiam ter se passado semanas antes que maridos, filhos e irmãs soubessem ao certo o que havia acontecido com Alma Ramírez, Mary Vásquez, Juanita González, Celia Muñoz e uma garota de 16 anos vinda de Taxco, no estado de Guerrero, que havia se juntado ao grupo apenas uma semana antes, e que as outras mulheres conheciam apenas como Ninfa.

*

Três dias depois, Victor bate à porta do apartamento de Alma. Não se preocupe, não é como se eu estivesse abrindo mão de um quarto no Ritz, diz ele à sobrinha enquanto pousa duas bolsas de lona e uma sacola de mantimentos no carpete. O alojamento do acampamento masculino em Big Lake tem uma torneira vazando e grilos do tamanho de jalapeños. Ele ergue os dois dedos indicadores e os afasta suavemente, um centímetro, cinco centímetros, para mostrar a ela o quão grandes eles são, depois olha ao redor do apartamento com apreço, como se não tivesse ido jantar lá pelo menos duas vezes por semana desde que voltou da guerra. Como se não visse a parede de gesso esburacada e manchada de umidade, ou o carpete que se enrola ao longo dos rodapés, ou as venezianas tão velhas que as ripas acabarão se partindo ao meio se Glory não abrir e fechar com cuidado. Como se a torneira também não vazasse ali, nem houvesse água pingando sem parar e fedendo a ovo podre no verão. Como se os grilos não saltassem do outro lado das paredes aqui também.

Los grillos, Alma os havia chamado algumas semanas antes, e Glory revirou os olhos. Jesus Cristo, é tão difícil assim falar inglês? *Ay mi hija, no maldigas al Señor.*

Fale inglês, disse Glory. Aja como se você pertencesse a este lugar, pelo menos uma vez na vida.

Glory observa seu tio pegar o resto de suas coisas na calçada e ir até o sofá-cama onde ela dorme. Ele coloca uma terceira bolsa de lona no chão, junto com uma pequena caixa de madeira que contém dois livros, um saco de batatas fritas, uma caixa de cereais, um galão de leite e dois *packs* com seis latas de cerveja Coors Light. Essa casa é melhor do que a minha, diz ele, vocês têm garagem coberta aqui. É bom para manter o granizo bem longe do meu *El Camino*, hein, Gloria?

Glory tapa os ouvidos com as mãos e volta para o quarto da mãe. Quando lembra seu tio de seu novo nome, ele olha para ela sem expressão. Me chame de qualquer coisa, implorou à mãe e ao tio, até mesmo ao promotor na ocasião em que prestou o depoimento, mas não daquilo. Agora, Victor pergunta, Por que não, *mi hija*? É o seu nome. Porque toda vez que eu ouço, ela quer gritar com o tio, eu escuto a voz dele.

São pouco mais de quatro da tarde e o condomínio canta e suspira com o ruído das crianças que voltam das creches e das colônias de férias das igrejas. Mães e irmãs mais velhas gritam para que se apressem e ajudem nas tarefas domésticas. Os ventiladores zumbem pelas janelas abertas, empurrando o ar quente para o pequeno pátio. É possível ouvir música *ranchera* pairando pelo estacionamento, e Glory novamente luta contra a vontade de ir para o quarto da mãe, deitar na cama e colocar todos os travesseiros entre suas orelhas e o mundo. Lá no campo de petróleo, ele aumentou o volume do rádio, parando para mudar de estação de vez em quando, e em um determinado momento da madrugada sintonizou em um programa de punk da estação universitária que ela adorava. E por que ele colocou a música tão alta? Quem estaria lá para ouvir? Ninguém vai vir ajudar você, disse ele, e estava certo.

Glory ainda está no quarto da mãe quando o administrador da propriedade, sr. Navarro, bate na porta. Elas não podem ficar aqui, diz ele a Victor. O sr. Navarro soube da batida na refinaria e não quer imigrantes ilegais morando no condomínio. Victor conta ao homem que sua sobrinha, Glory, nasceu bem ali em Odessa, no centro médico.

¿Y tú?, pergunta o velho.

Victor responde em espanhol, e Glory não consegue entender. Aqui no Texas, Alma sempre insistiu, o espanhol é a língua de zeladores e empregadas domésticas, não de sua filha, e as crianças que falam espanhol na escola pegam detenção, ou coisa pior. Ainda assim, Glory conhece a essência, senão o conteúdo, das palavras de Victor. Como sua sobrinha, ele também é norte-americano, diz ao homem. Ele obteve cidadania cumprindo duas missões no Vietnã, *cabrón*.

Poucos minutos depois, seu tio bate à porta do quarto e diz que vai encontrar um lugar diferente para ela morar, um lugar melhor. Então comece a fazer as malas, Glory.

Não demora muito para reunir tudo o que elas têm. Quatro anos antes, Glory e Alma tinham entrado no apartamento mobiliado carregando três malas e um engradado cheio de utensílios de cozinha. Agora, Glory coloca suas roupas em uma mala e as de Alma em outra. Dobra a colcha da mãe e tira os lençóis da cama, colocando-os, junto com os travesseiros e seu canivete, na terceira mala. Há uma caixa de charutos de madeira que cheira levemente a cedro e contém fotos da família em Oaxaca. Onde a areia das praias é branca como sal, diz o Tío, e os peixes têm gosto de manteiga. Glory coloca a caixa na mala, aninhando-a entre uma calça jeans e a blusa favorita da mãe.

Na cozinha, ela abre o armário ao lado do fogão. Dentro do engradado, vão a panela, as colheres de sopa e as xícaras de café, os pratos lascados que conseguiram no bazar da igreja e a colher de madeira simples que

Alma carregava consigo quando cruzou a fronteira dezoito anos antes. Ela servia para mexer feijão e guisados na época em que Alma dividia um conjugado com meia dúzia de outras mulheres que mandavam dinheiro para casa. Quando era pequena, Glory algumas vezes sentiu aquela colher golpeando sua bunda e, no ano em que fez 10 anos, Alma a arremessou na cozinha e pediu que Glory parasse de uma vez por todas de perguntar a respeito do pai que jamais conhecera. Bem, onde ele está?, perguntava Glory. *¿Pues, quién sabe?* Talvez na Califórnia, talvez morto. *¿Y a mí qué me importa?*

E muitos anos depois, quando Glory era mais alta e forte do que sua mãe, e Alma suspeitou que ela estivesse matando aula, apontou a colher para a cabeça da filha e pediu que Victor traduzisse enquanto ela implorava à menina que usasse o cérebro que Deus lhe deu para fazer alguma coisa melhor com a vida dela do que roubar cerveja no depósito de bebidas e ir fazer um piquenique perto do charco. É esta velha colher de pau que manda Glory para a pequena mesa da cozinha às lágrimas, onde ela se senta de pernas cruzadas e esfrega as cicatrizes vermelhas e brilhantes em seus pés e se pergunta quanto tempo levará até que Alma consiga reunir dinheiro e coragem, e tenha a oportunidade de atravessar o rio.

*

Há 36 quartos no Jeronimo Motel, uma pousada em forma de U que fica perto do cruzamento da Pearl com a Petroleum, a menos de um quilômetro da refinaria. Se, em uma noite quente, os hóspedes ligarem o ar-condicionado, o fogareiro e a TV simultaneamente, e um fusível acabar queimando, provavelmente sairão de seus quartos, se apoiarão no parapeito de ferro e ficarão lá parados observando as chamas azul-alaranjadas saindo das chaminés. Não é muito mais fresco do lado de fora, mas geralmente há uma brisa soprando na direção deles.

Victor estaciona seu longo El Camino branco — *El Tiburón*, como ele o chama — em uma vaga de frente para a piscina. *Pues*, você pode passar o dia inteiro lá boiando, diz ele à sobrinha, que se encosta na porta do carona com o rosto pressionado contra o vidro quente. Já passa das dez e o estacionamento está cheio de caminhonetes, grandes e pequenas, alguns sedãs e peruas. Um pequeno trailer está parado em duas vagas, do outro lado da piscina, a luz amarela da varanda cintilando suavemente sobre a água. Uma mulher nada cachorrinho na piscina, um pequeno rastro irradiando de sua cabeça e de suas mãos. Quando ela chega à metade do caminho, vira de costas e flutua no escuro, seu corpo exposto ao ar, os cabelos amarelos boiando como uma enguia ao redor de seu rosto. A mulher usa um short jeans com a barra desfiada e uma camiseta, Glory consegue ver agora, e seus braços e pernas grossos brilham no escuro como dentes de tubarão.

Depois que Victor ajuda Glory a carregar suas coisas para o segundo andar, entrega a ela a chave do quarto em um chaveiro de plástico com o formato do Texas. A melhor coisa em relação a este lugar é que é barato o suficiente para que Glory possa ter seu próprio quarto. Os quartos custam o dobro no Dixie Motel, na Andrews Highway. Ele dá a ela o quarto número 15. O que faz sentido, diz ele, pois ela vai fazer 15 anos no outono. Este ano vai passar, *mi vida*, diz ele, e logo você vai se sentir melhor. Esta não é sua vida.

O quarto 15 cheira a cigarro e gordura, mas é possível ver marcas recentes de aspirador de pó no carpete, e o banheiro cheira a Pinho Sol de limão. Há uma televisão em uma cômoda marrom baixa que tem quase o tamanho do quarto, e a cama de casal está coberta por uma colcha de poliéster cor de cenoura. Enquanto Victor procura a máquina de refrigerantes, Glory tira a roupa de cama. Ela arruma a cama com os lençóis com perfume floral de Alma e a colcha que sua mãe comprou no outono anterior, depois de fazer alguns turnos extras. A estampa é de lupinos do Texas, a flor que Alma afirma ser sua favorita, embora nunca tenha visto uma de verdade. No outono passado, Victor prometeu a Alma e a Glory que eles iriam de carro até Hill Country em abril, e Alma poderia tirar uma foto de sua filha sentada em um campo que havia sido tomado por minúsculas flores roxas e depois colocá-la em uma moldura e pendurá-la na parede, como qualquer outra mãe no grande estado do Texas. Obrigada, Glory disse ao tio, mas prefiro ficar em casa e ler *A Letra Escarlate*. Veja como ela é ingrata, disse Alma, e elas se encararam até que Glory baixou os olhos. E agora é junho, pensa Glory. Perdemos essa chance.

Victor passa no quarto dela com uma garrafa de Dr. Pepper gelado e a promessa de levar-lhe um donut antes de ir para o trabalho pela manhã. Quando ele volta para o patamar que percorre toda a lateral do edifício, ela tranca a porta e passa a corrente fina de latão. Há uma porta que liga o quarto dos dois, mas ele diz que é apenas para emergências. Ele baterá na porta da frente, como todo mundo. Durante a maior parte de sua vida, Glory sonhou em ter seu próprio quarto, sua própria porta para trancar, e sente uma pontada de prazer, apesar do horror que os levou até ali.

O sol do fim da tarde forma um retângulo estreito, uma fresta entre as cortinas, a luz caindo sobre o carpete e atingindo as partículas de poeira que flutuam no ar. Ela fecha bem as cortinas e a luz desaparece. A janela é um pouco maior do que uma caixa de pizza, sendo impossível que até mesmo um homem pequeno passe por ela. Mesmo assim, Glory verifica o trinco de metal da janela e o pedaço de cabo de vassoura que alguém prendeu ao longo do batente entre o caixilho de cima e o de baixo. A mulher de cabelos amarelos está fora da piscina agora. Ela se senta em uma espreguiçadeira com uma toalha amarrada na cabeça e um cigarro na mão, as roupas molhadas coladas ao corpo avantajado. Os outros quartos estão escuros, o Jeronimo Motel, silencioso e deserto.

O proprietário não tolera nenhum tipo de safadeza, disse Victor a ela quando eles pararam no estacionamento e os olhos da menina se arregalaram ao ver as fileiras de caminhonetes. Ele só aluga para trabalhadores e famílias. Você estará segura aqui — ele estendeu a mão como se para fazer um carinho no braço da sobrinha, mas parou antes de tocá-la —, você vai ficar bem.

Talvez ele esteja certo, mas quando Glory deita na cama, enfia a mão embaixo do travesseiro e passa os dedos pelo canivete escondido ali. Se alguém entrar por aquela porta ou pela janela, ela estará pronta para recebê-lo. Uma, duas, três vezes, Glory passa os dedos pelo cabo de couro e pelo aço liso da lâmina. Ela ainda o tem nas mãos, ainda repete em silêncio o passo a passo — pegue o canivete, pressione o botão, sacuda ele no ar até que a lâmina se ajuste — quando adormece.

Em todos os seus sonhos, o deserto está vivo. Ela anda com cuidado, mas a lua desaparece atrás de uma nuvem e ela não vê a pilha de pedras nem o ninho de cobras do outro lado. Quando cai no chão e se levanta aos gritos, as cobras já estão em cima dela, enrolando-se ao redor de seus tornozelos e pernas, subindo em direção à sua barriga e aos seus seios. Uma se enrosca em torno de seu pescoço, e Glory sente o rápido e fino estalido de uma língua em seu cílio. Ela fica perfeitamente imóvel, esperando que as cobras se afastem dela e voltem para a escuridão. O luar brilha pela janela da caminhonete. As pupilas dele são buracos negros cercados por um céu azul. Chegou a hora de você pagar o que deve, Gloria, diz ele, chegou a hora de pagar toda a cerveja que você bebeu, toda a gasolina que usei para trazer a gente até aqui. Espere, diz ela. Espere! Ela enfia a mão no bolso da calça jeans e envolve os dedos ao redor do cabo de couro. O canivete abre sem esforço e encontra o pescoço dele sem hesitar.

Agora acordada no escuro, Glory esfrega o dedo na pele saliente em sua barriga. Mais ou menos da espessura do caule de um dente-de-leão, a cicatriz começa logo abaixo dos seios e segue um caminho sinuoso pelo torso, como se ela tivesse sido cortada ao meio e costurada novamente. Ela contorna o umbigo e prossegue, parando logo acima do púbis. Quando acordou no hospital, havia sido raspada, e sua barriga estava atravessada por uma longa linha de grampos de metal. Rompimento do baço, disse o cirurgião a Victor, provavelmente em razão de um dos socos que levou no abdômen. Ela lutou, ela lutou, ela lutou. Seus pés e suas mãos estavam envoltos em bandagens brancas, e seu cabelo havia sido cortado rente ao couro cabeludo, uma linha de pontos cruzando o topo de sua cabeça. Victor se abaixou e sussurrou que sua mãe não poderia ir ao hospital — muitos policiais, muitas perguntas —, mas que esperava por ela em casa. Ouça, disse para a sobrinha, você sobreviveu. Ele disse alguma outra coisa, mas Glory já estava novamente mergulhada no sono e na dor, e não conseguia saber ao certo o quê. Ela imaginou que ele tinha dito: Esta é uma história de guerra. Ou, quem sabe, esta seja a sua.

*

Quando Victor bate na porta às quatro e meia todas as manhãs, tem nas mãos um donut de chocolate e uma caixinha de leite. Mantenha a porta trancada, diz ele. Se precisar de ajuda, disque zero para falar com a recepção. Depois que ele sai, Glory deita na cama e fica lá escutando conforme o estacionamento começa a ganhar vida. Motores ligando e portas batendo. Homens, ainda acordando, sussurram do lado de fora de sua porta. Ela ouve o eco de suas botas nas escadas de metal, e a explosão repentina de uma buzina, quando um dos trabalhadores acaba dormindo demais. E ela se encolhe debaixo das cobertas, os dedos ainda enrolados no cabo do canivete. Às cinco, o estacionamento está praticamente vazio. Até as crianças, esposas e namoradas acordarem, o Jeronimo Motel ficará silencioso como uma igreja abandonada, e só então Glory consegue ter o seu melhor sono.

No final da manhã, quando as crianças começam a subir e descer as escadas correndo e a pular na piscina enroladas como se fossem balas de canhão, quando namoradas e esposas estão saindo para trabalhar no turno do almoço ou para comprar mantimentos no Strike-It-Rich, quando a mulher que tenta limpar o quarto bate à porta e lhe entrega uma pilha de toalhas limpas — Não, obrigada, diz ela quando a mulher tenta entrar e trocar os lençóis —, Glory está com a televisão ligada há horas. As novelas e comerciais de detergente zumbem constantemente ao fundo enquanto Glory dorme, come, toma banho, espia pela cortina, observa um raio de sol se movendo pelo chão. Algumas vezes ela pega o telefone e pensa em ligar para Sylvia, mas não fala com ninguém da escola desde fevereiro. E o que ela diria? Olá, aqui é garota mais idiota do mundo, que subiu na caminhonete de um desconhecido e fechou a porta, cuja foto acabou no jornal, destruindo qualquer chance que ela poderia ter de deixar aquilo para trás.

Seu tio retorna às sete da noite todos os dias, carregando sacolas do Whataburger ou do KFC, e algum presentinho — uma revista, um protetor labial, um prato quente e latas de sopa para que ela possa comer no almoço, pasta de amendoim e uma caixa de salgadinhos, um livro de espanhol com quase nenhuma das palavras preenchidas que ele encontrou no chão ao lado de uma bomba no campo de petróleo. Todas as noites ele traz algo e, quando entrega à sobrinha, ela percebe que ele fez o possível para tirar o petróleo das mãos.

Uma noite, ele chega com um par de óculos escuros, um toca-fitas portátil e três fitas — Carole King, Fleetwood Mac e Lydia Mendoza. Cruzei todo o oeste de Odessa para encontrar a última, diz ele. Este toca-fitas é portátil. Você pode carregá-lo para qualquer lugar, sem precisar de uma tomada. Ele mostra a ela onde colocar as pilhas e como ajustar a alça para pendurar no ombro.

Eu não quero isso, diz Glory. Não quero ouvir música nenhuma e, mesmo se quisesse, não seria essa porcaria.

Está bem. Victor coloca os itens de volta em uma sacola de supermercado. Vou colocar tudo na cômoda, caso você mude de ideia. Deixe-me tomar um banho e assistiremos um pouco de TV. Ele diz à sobrinha que em breve Alma estará de volta e eles se sentarão juntos para assistir a seus programas favoritos. Ele enviou algumas cartas para a família em Puerto Ángel com o novo endereço deles. É apenas uma questão de tempo até que Alma responda e eles saibam que ela está bem. Sua mãe vai ter algum plano, diz ele. Ela tentará cruzar novamente em setembro, quando o tempo estiver mais fresco.

É junho, e as mechas de cabelo que cobrem a cabeça de Glory são apenas um pouco mais volumosas do que uma penugem. Seu cabelo, tal como o restante dela, está recomeçando. Como Brandy Henderson, a personagem da novela *The Edge of Night*, que se esconde e desaparece da história, a vida de Glory é uma longa pausa, uma fita interrompida. Mas ela está se preparando para começar a se mexer novamente. Em agosto, tudo o que ela precisa fazer é ir depor, diz seu tio. Basta colocar um vestido bonito, entrar no tribunal e dizer a verdade. Não vou fazer isso, responde ela. Eu não me importo com o que vai acontecer com ele.

*

Faz quase 37 graus lá fora quando o ar-condicionado desliga, tiquetaqueando continuamente por um tempo e por fim silenciando. Em minutos, como se estivesse esperando uma oportunidade para atacar, o calor começa a se infiltrar pela vidraça e a subir pelas pequenas rachaduras no parapeito da janela. Ele rasteja pelo espaço estreito entre a porta e o carpete e desliza pela passagem acima da cama.

Glory normalmente espera o calor passar dentro de uma banheira de água fria, mas hoje está tão quente que a água sai morna da torneira, e a vergonha que sente de suas cicatrizes e de seus cabelos, seu desejo de não ser vista, o medo e a tristeza por ter sido roubada de si mesma, por ter sido ferida, talvez de maneira fatal — tudo isso fica em suspenso por conta de algo que ela não sentia desde fevereiro. Está entediada. Ou pelo menos é assim que vai descrever como se sente esta manhã. Em alguns anos, talvez ela chame isso de solidão. Esta tarde, Glory vasculha uma caixa até encontrar o maiô que Victor comprou para ela, um maiô azul simples com alças resistentes. Ela o veste sem olhar para a barriga, nem para os pés, nem para tornozelos, nem para a cicatriz em forma de estrela no meio da palma de sua mão.

Você se agarrou a uma cerca de arame farpado para não cair?, perguntou Victor quando ela mostrou a mão para ele no hospital. Garota, isso é um nível militar de resistência. Mas eu caí mesmo assim, respondeu ela. Bem, não conte essa parte da sua história, disse ele. Diga às pessoas que você apertou a cerca até que as farpas ficassem achatadas em sua mão.

Minha história? Não. Esta não é minha história.

Ela segura a maçaneta da porta do quarto com força e agarra o parapeito de ferro forjado que corre ao longo do corredor externo do segundo andar. Com o coração batendo acelerado, uma mão no bolso do short onde consegue sentir o canivete pressionando sua virilha, Glory tenta agir como se fosse à piscina todos os dias, como se descesse aquelas escadas de metal várias vezes ao dia, como se fosse uma garota normal.

Ela se senta em uma cadeira de jardim em um canto da piscina, ainda usando a camiseta do Led Zeppelin e o short jeans que vestiu por cima do maiô. Antes de sair do quarto, ela embrulhou uma garrafa de Coca-Cola em uma toalha de banho branca, que agora está no deque bem ao lado de seus pés. Ela bebe depressa. Há semanas espia pelas cortinas, observando a mulher que viu nadando em sua primeira noite no Jeronimo Motel. Todos os dias ela desce para a piscina com os dois filhos, um garotinho gorducho que tem o cabelo amarelo como o da mãe e sempre usa o mesmo calção de banho azul-marinho, e uma garotinha, comprida e magricela feito uma espingarda, suas sardas e seu cabelo ruivo pegajoso brilhando à luz do sol.

Hoje, ao se encaminharem até a parte rasa da piscina, os três param e olham brevemente para Glory, como se ela estivesse invadindo o local. A menina se deita em uma espreguiçadeira e abre um livro grosso, e o menino pula na piscina com sua pequena coleção de objetos flutuantes — um barco de plástico desbotado, uma bola de tênis, uma jangada inflável remendada com vários pedaços de fita adesiva. A mãe nada de um lado para outro algumas vezes e depois enrola uma toalha na cabeça e coloca os óculos escuros antes de se sentar ao lado da filha. Mãe e filha espalham óleo para bebê nas pernas e nos braços. Elas se recostam e esperam que o sol as deixe cor-de-rosa, rosa-choque, e depois vermelho-lagosta. Elas vestem maiôs, estampados com grandes flores vermelhas e amarelas, o da menina é um pouco grande para seu corpo magro, o da mãe, um pouco pequeno.

Talvez eles sejam as pessoas mais esquisitas que Glory já viu. O menino tem uma imensa janela onde antes ficavam os dois dentes de leite da frente, e a menina arranca a pele descascada dos ombros queimados de sol, disfarçadamente colocando os pedaços na boca enquanto lê. Os braços e as pernas da mãe são redondos, sem pelos e rosados, como algo saído diretamente de uma concha.

Glory se recosta e fecha os olhos até que o sol queime suas pálpebras e o canivete fique quente contra sua pele. Ela o enfia na toalha branca dobrada, mas depois de alguns minutos o coloca de volta no short. Conforme o dia vai esquentando, ela caminha até a beira da piscina e mergulha a toalha na água, depois a torce e a coloca sobre as pernas, os braços e o rosto.

O garotinho nada com sua boia até o fundo da piscina e depois fica pairando próximo à borda a alguns metros de onde Glory está sentada.

Você troca um dólar?, pergunta ele de repente, como se estivesse escondendo uma nota em algum lugar de seu calção de banho e pudesse puxá-la, amassada e ensopada, para trocar por um punhado de moedas. Glory olha para ele boquiaberta, como se ele ou, mais particularmente, a sua voz a tivesse deixado estupefata.

Você fala *inglês*?, pergunta ele de um jeito arrastado.

T.J.! Deixe a garota em paz. A mulher se levanta de um salto e atravessa rapidamente o deque da piscina, grande e veloz como um carro alegórico atingido por uma ventania. Quando a toalha em sua cabeça se solta e começa a deslizar pelas costas, ela a atira no chão. Ela se move depressa para uma mulher daquele tamanho, diminuindo a distância entre ela, o menino e Glory em apenas alguns segundos.

T.J. abre um sorriso para Glory e empurra sua boia para longe da beira da piscina. Por que você não entra?, pergunta ele. Precisa de ajuda para cruzar essa fronteira também? Você deve saber nadar, ou como foi que cruzou o rio? Ele dá uma risadinha, empurrando o punho contra a boca como se para abafar o som. *Chicana*, diz ele. Ele parece pesar menos de quarenta quilos e, embora de fato ela não saiba nadar, Glory acha que provavelmente seria capaz de afogá-lo.

A mãe fica de quatro, estende o braço sobre a água e agarra a boia. Porra, T.J., seu merdinha. Saia dessa água agora mesmo. Ela puxa a boia até a beira da piscina e ele já está uivando quando a mãe se abaixa e o apanha pelo braço. De pé agora, ela levanta o filho no ar e ele sacode loucamente os braços e as pernas gordas. A força da mulher é surpreendente e fantástica.

Glory já está de pé, pegando sua toalha e olhando para o portão. Ela terá que passar pela mulher e pelo moleque para chegar até lá, ou percorrer um caminho mais longo dando a volta na piscina, ao lado da garotinha que largou o livro e ri sentada na espreguiçadeira.

Espere, a mulher diz para Glory. Você pode esperar um minuto? Ofegante e com o rosto vermelho, a mulher coloca o filho de pé e cresce para cima dele. Ela envolve os dedos ao redor da parte macia do braço do garoto e aperta com tanta força que ele grita. Você vai passar três dias sem conseguir sentar se *algum dia* eu ouvir você falar desse jeito. Ela aperta ainda mais forte o braço do menino e ele funga.

Você está me ouvindo? Ela ainda segura a carne macia de seu braço.

Sim, senhora, responde ele.

Então vai deitar essa sua bunda gorda na cama e tirar uma soneca. Tammy! Leve o T.J. para o quarto — ela olha furiosa para o filho —, ele está cansado. Por um segundo Glory tem dificuldades de entender o que a mulher diz, de tão forte que é seu sotaque.

A menina está de pé agora, segurando seu livro no ar e gritando de volta com a mãe. Está calor lá dentro e você prometeu me levar à biblioteca móvel.

Veremos, quem sabe mais tarde. Por baixo da camiseta, o peito da mulher sobe e desce depressa. Vocês dois, tratem de ir para o quarto *agora*.

Elas observam o garotinho cruzar o estacionamento fazendo estardalhaço e batendo pé, e então a mulher estende uma das mãos. Sinto muito, isso é herança da família do pai dele. Glory enfia as mãos nos bolsos. Eu não me importo, de verdade.

Meu nome é Tina Allen, eu sou de Lake Charles, Louisiana, e esses dois miseráveis são T.J. e Tammy. Meu marido trabalha em uma plataforma perto de Ozona.

Glory olha para ela sem dizer nada até que Tina suspira e volta para sua espreguiçadeira. Ela vasculha a bolsa por alguns segundos. Vou pegar alguma coisa gelada para beber. Quer também?

Não, obrigada.

Vamos, docinho. Deixe-me comprar um Dr. Pepper para você. Isso vai fazer com que eu me sinta melhor. A risada de Tina é áspera e grosseira, e lembra Glory de uma professora que ela odiava. Ela era uma aluna mediana que sonhava em aprender a tocar violão, ganhar seu próprio dinheiro, ser dona do seu destino, e uma vez a professora chamou as crianças mexicanas de "meus refugiados moreninhos". Na ocasião, Glory e sua amiga Sylvia roubaram um estilete da marcenaria e rasgaram dois pneus do carro da mulher. Queria muito saber como faz para sabotar os freios dessa vaca, disse Sylvia e estendeu as mãos como se estivesse segurando um volante. Salvem-me, meus refugiados moreninhos! Até hoje isso faz Glory gargalhar e sentir muita saudade da amiga.

Você tem um cigarro?, pergunta Glory.

Desculpe, mas você não parece ter idade para fumar.

Bem, tenho sim. Essas foram as únicas palavras que Glory trocou com outras pessoas além de sua mãe ou seu tio desde que deixou o hospital. Ela se deu conta de que realmente adoraria fumar um cigarro e talvez se sentar com os pés na água enquanto isso.

É, acho que você tem razão. Tina se aproxima e puxa um belo maço de Benson & Hedges *slim*. Posso sentar um pouquinho?

Elas se sentam e olham na direção do estacionamento. Já passa do meio-dia e o sol ataca seus corpos com toda a força. O ar-condicionado não voltou a funcionar e o pátio está mais silencioso do que o normal, mas, do outro lado da estrada, carretas entram e saem de depósitos de dutos e fornecedoras de peças industriais. Atrás do hotel fica um descampado, amarelado e cheio de cacos de vidro que captam a luz e cintilam em verde, vermelho e azul. Atrás dele, há pequenas casas de madeira com quintais de terra e cortinas finas que cheiram aos gases nocivos da refinaria.

Tina traga profundamente o cigarro, depois vira o rosto para cima e sopra a fumaça em direção ao sol. Tenho saudades de Lake Charles, e lá não era exatamente o paraíso na terra. Você não pode abrir a boca para responder àqueles conservadores abusados, e a baía está cheia de crocodilos, mosquitos e ratos do tamanho de um cachorro, ratão do banhado é como eles se chamam — ela bate as cinzas no deque e as espalha com o dedão do pé —, mas é um bom lugar para pescar e algumas pessoas são bacanas. E tem árvores. Corniso, *sugarberry*, cipreste. Tenho saudades das árvores e de chupar as cabeças dos lagostins. Eu e Terry estamos aqui apenas para juntar dinheiro suficiente para comprar um pesqueiro de camarão. É só isso que eu quero, um barco de pesca para Terry ganhar a vida e para meus filhos voltarem para a escola. Não me parece pedir muito.

Ela sorri para Glory. E você? Está aqui há muito tempo?

Glory ouve atentamente a mulher, e agora se dá conta de que é esperado que ela diga algo, que conte alguma coisa sobre sua vida, que participe daquela troca. Estou aqui com meu tio, diz ela. Ele trabalha em Big Lake, transportando água e limpando tanques. Estou me recuperando de um... acidente.

Pauvre ti bête, diz Tina, e, quando Glory a encara, Coitadinha, traduz a mulher. Foi isso que aconteceu com seus pés?

Glory olha para baixo. Dezenas de cicatrizes finas cobrem seus pés e tornozelos — de espinhos de cactos e pedaços de aço, cacos de vidro e pregos amassados, uma tonelada de objetos pontiagudos e um pedaço de arame farpado abandonado, todas as coisas em que ela pisou quando saiu de perto da caminhonete dele —, e sua garganta se fecha imediatamente.

Está tudo bem, querida, diz Tina.

Glory abre a boca, depois fecha. Ela balança a cabeça e olha para o cigarro. Eu fui atacada por um homem no campo de petróleo.

Puta merda, diz Tina, e depois de uma longa pausa, Sinto muito.

Eu entrei na caminhonete e fui com ele.

Meu Deus do céu, querida, diz Tina. Isso não significa porra nenhuma. Esse mal pertence a ele, não tem nada a ver com você.

Elas ficam sentadas em silêncio por alguns minutos e então Tina começa a falar sobre as árvores de sua cidade, o cipreste calvo de caules nodosos e envergados que perde as folhas no inverno e pode viver por mil anos, o tupelo com seus limões *Ogeechee*. Não servem nadinha para comer, diz ela, mas a árvore dá um mel delicioso. Tina joga a guimba do cigarro na cerca e imediatamente acende outro. Mas nem tudo são belas árvores, peixes e frutos do mar, diz ela, estendendo o maço para Glory. Quer ouvir uma piada?

Pode ser. Glory tira um cigarro do maço e o coloca entre os lábios.

O que é uma virgem em Lake Charles? Tina inala profundamente e sopra três anéis de fumaça perfeitos em direção ao sol. Por alguns segundos, eles ficam suspensos no ar quente como nuvens de chuva.

Não sei. O que *será* uma virgem em Lake Charles? Tina bufa. Uma criança de 12 anos feiosa capaz de correr muito rápido. Ela faz uma pausa e olha para a piscina por alguns segundos. Acho que eu não era feia nem rápida o suficiente.

Ha, diz Glory. Ha, ha. E então as duas começam a rir. Sentadas sob o sol quente, fumando seus cigarros, gargalhando loucamente.

Bem, está quente feito as bolas de um garimpeiro, diz Tina. Vou dar um mergulho. Ela se levanta e apaga o cigarro pela metade no deque da piscina, em seguida vai até a mesa e o deixa lá para depois. Ela afunda seu imenso corpo na água, o maiô abraçando seus grandes seios e braços. Você quer entrar, Glory? Está uma delícia.

Em segundos, a camiseta e o short de Glory estão encharcados e grudados ao corpo, puxando-a para o fundo da piscina, como se dissessem, vá em frente e afunde. Ela não é uma boa nadadora — as piscinas públicas são para crianças brancas e, embora seus amigos muitas vezes nadassem nas caixas d'água destinadas ao gado que encontravam pelo caminho quando passeavam de carro, Glory nunca entrou com eles —, mas agora ela descobre que consegue se manter à tona se mantiver os braços afastados do corpo e mover as mãos em círculos suaves. De olhos fechados, Tina e Glory flutuam na piscina uma ao lado da outra, o sol uma britadeira contra suas pálpebras, o calor um peso morto contra sua pele nua. Elas boiam, e Tina ocasionalmente suspira, Porra, porra.

Quando a água as aproxima ao ponto de as mãos delas se tocarem levemente, Glory dá um puxão com o braço como se tivesse tocado uma cobra. No final de fevereiro, uma enfermeira segurou seu queixo e lhe disse para fechar os olhos enquanto outra tirava delicadamente os pontos no topo de sua cabeça. A enfermeira puxou cada ponto com um par de pinças, um por um, até que formassem finas fileiras pretas em uma pequena tigela ao lado da mesa. E essa foi a última vez que Glory sentiu as mãos de alguém contra sua pele.

Uma vez queimei a colcha favorita da minha mãe de propósito, diz Glory, e gostaria de não ter feito isso. Estávamos discutindo por causa da escola. Eu não queria mais ir. Eu queria trabalhar com ela e ganhar dinheiro. Queria comprar umas roupas e um violão, quem sabe fazer umas aulas.

Crianças fazem bobagens de todo tipo, diz Tina. Olhe só as minhas. Sua mãe provavelmente não se importou nem um pouco com um buraco na colcha. Ela estica os braços acima da cabeça. Glory nunca tinha visto uma pessoa que gostasse tanto de boiar na água.

Então, quando você vai voltar para a escola? pergunta Tina. O que você quer ser quando crescer?

Glory tira a mão de dentro d'água e ergue um dedo.

Primeira pergunta: nunca. Ela levanta outro. Segunda pergunta: não sei. Muitas vezes ela saía da escola na hora do almoço e não voltava mais pelo resto do dia. Ela e Sylvia pegavam carona até a casa de alguém e passavam a tarde inteira lá, ouvindo música e fumando maconha, vendo os outros jovens passar o braço em volta da cintura uns dos outros, descer o corredor e entrar em um dos quartos.

Tina suspira, seu grande corpo se expandindo e contraindo na superfície da água. Não quer voltar para a escola? Mesmo? Porque, garota, eu mal posso esperar para que meus dois anjinhos voltem para a escola. Sua mãe está certa.

Talvez. Glory vagueia pela piscina com os olhos fechados, os braços se movendo em círculos lentos. Quando a água novamente empurra a mulher e a menina para perto, ela se estica, pega a mão de Tina e aperta com força. Tina espera e, após alguns segundos, aperta suavemente de volta.

Elas nunca mais vão se ver. Este dia será demais para Glory e ela passará mais uma semana inteira no quarto número 15. O marido de Tina conseguirá um emprego ganhando mais em uma plataforma offshore mais perto de casa e, depois de discutirem, eles levarão os filhos adormecidos para a perua no meio da noite. Quando Glory levar seu canivete, sua toalha e uma garrafa de Dr. Pepper gelada para a piscina novamente, Tina já estará de volta a Lake Charles. Porém, Glory jamais se esquecerá de sua bondade, ou de sua risada gutural, ou do calor escorregadio de sua mão contra a de Glory quando elas entrelaçaram os dedos e Tina perguntou, Quando foi que isso aconteceu?

*

Em fevereiro, quando Alma e Glory brigavam todos os dias por causa do dever de casa e de dinheiro. Quando Glory disse, Quero largar a escola e trabalhar, quero ter meu próprio dinheiro, e Alma balançou a cabeça com veemência. Era função dela trabalhar, a da filha, aprender. Quando os garotos às vezes paravam na ruazinha atrás do prédio delas e buzinavam até que Glory pegasse sua jaqueta de pele de coelho e saísse correndo pela porta, mas não antes que o sr. Navarro batesse na porta do apartamento e aos berros pedisse que Glory e Alma parassem de gritar uma com a outra. Na noite do Dia dos Namorados, quando sua mãe xingou em espanhol enquanto esperavam pela van que buscaria Alma e a levaria para o trabalho, e Glory entrou no quarto e foi até a cama de sua mãe por alguns segundos e depois casualmente, como se estivesse em cima de um canteiro de flores, apagou o cigarro na colcha nova. Não consigo te entender, *Alma*. Você não vai me ajudar a aprender e nem a escola, então fale inglês, cacete. E quando, duas horas depois, Glory deu uma longa e última olhada ao redor do estacionamento do Sonic e decidiu que não tinha nada a perder. Quando ela entrou na caminhonete de Dale Strickland e fechou a porta pesada. Quando a manhã ainda é um cadáver. Quando as ervas daninhas recém-arrancadas de suas raízes são arremessadas pela terra. Quando o vento aumenta, quando ele diz, Levante-se. E ela se levanta. Quando um galho de algaroba se quebra sob o peso de seu pé descalço e ela ouve a voz de seu tio no leve eco que se segue. Não faça barulho, Glory. Quando ela pensa que sentirá falta desse céu azul esticado bem acima do horizonte, porque não pode ficar, não depois disso. Quando o vento está o tempo todo empurrando e puxando, perdendo e ganhando, levantando e segurando e derrubando, quando todas as vozes e histórias começam e terminam da mesma maneira. *Escute, esta é uma história de guerra.* Ou, quem sabe, *esta seja a sua.*

Suzanne

Na manhã da primeira e da terceira sexta-feira de cada mês, Suzanne Ledbetter e sua filha vão de carro até a cooperativa de crédito para depositar o pagamento de Jon junto com o dinheiro e os cheques das vendas da Avon e da Tupperware. Para evitar a multidão de homens que trabalham na refinaria do outro lado da rodovia e passam lá no horário de almoço, elas chegam alguns minutos antes das nove. Enquanto Lauralee espera no carro ou fica parada no estacionamento girando seu bastão, Suzanne preenche as fichas com os dados dos variados depósitos a serem realizados na conta corrente e na poupança, referentes à aposentadoria deles, às férias, à faculdade e ao casamento de Lauralee, e também numa conta separada, quantia que sempre registra em seu caderno como *caridade*. Ela tem essa conta desde que trabalhava em tempo integral vendendo seguros de vida e ninguém, nem mesmo Jon, tem conhecimento dela. É sua rede de segurança. Se as coisas desandarem de uma hora para outra, ela terá alternativas.

Quando Suzanne entrega as fichas, os cheques e o dinheiro à caixa, a mulher fica maravilhada — como sempre acontece a cada duas semanas — com a caligrafia elegante e as pilhas de papel tão ordenadas. Acho que você é a mulher mais organizada que já vi, diz a outra, e Suzanne responde, Ah, mas você é uma querida, sra. Ordóñez, e vasculha sua bolsa em busca de um cartão de visita e uma amostra de perfume. Por preferir vender produtos que façam as mulheres se sentirem bonitas, ela não menciona o novo sistema de armazenamento de alimentos que tem no porta-malas do carro. Em vez disso, prende um catálogo no limpador de para-brisa da mulher ao sair.

É final de junho e o sol está escaldante. Os saltos de Suzanne afundam no asfalto preto e no cascalho enquanto ela caminha de volta para o carro, onde Lauralee a espera com os vidros abertos e o motor ligado, o cabelo caindo em mechas finas ao redor do rosto. A menina puxou os cabelos ruivos da mãe, da mesma forma que Suzanne puxou da mãe *dela*.

Quanto ganhamos esta semana?, pergunta Lauralee depois que Suzanne bate a porta e tira um lenço de papel da bolsa para enxugar a testa e as axilas.

Quarenta e cinco dólares. Vamos ter que nos empenhar no treino de hoje à tarde.

Você consegue, diz Lauralee. O bastão rola do assento e ela se inclina para pegá-lo, gemendo quando o cinto de segurança prende sua barriga, chutando o banco da mãe ao esticar os braços em direção ao bastão. Você é a melhor vendedora de Odessa.

Isso é porque nada é tão bom quanto ganhar seu próprio dinheiro, diz Suzanne. Suas entregas estão em pequenas sacolas brancas no banco do carona, e ela mantém as partes abertas apontadas diretamente para elas. Ela puxa um pequeno caderno espiral da bolsa e anota os saldos de suas contas. Está cinco dólares abaixo de sua meta quinzenal. Duas semanas atrás, estava dez. Suzanne dá um tapinha nas axilas com o lenço de papel uma última vez, depois coloca os óculos escuros e reforça o batom. Está na hora de fazer a entrega da Arlene, pensa, colocando de lado seu caderno e pegando o bloco onde escreveu sua lista de tarefas: levar Lauralee para a aula de piano, deixar a caçarola para Mary Rose, buscar Lauralee, pendurar os bordados no quarto da Lauralee, entregar as sacolas para as senhoras no centro de treinamento, ligar para a dra. Bauman, ir à cooperativa de crédito. *Feito*.

Estão atrasadas, então ela engata a primeira e sai do estacionamento cantando os pneus, e o sistema de transmissão zumbe tranquilamente. Estão a quase 100 quilômetros por hora quando pegam o sinal aberto no cruzamento da Dixie com a South Petroleum, mas mesmo assim são bloqueadas pelo trem. Suzanne encosta para uma parada breve e bate uma unha contra o volante enquanto elas observam os carros passarem pela Burlington Northern. Quando o trem desacelera e para completamente, ela mordisca a cutícula por um segundo, depois engata a marcha à ré e pega um trajeto diferente. Nunca dependa de um homem para cuidar de você, Lauralee, diz ela. Nem mesmo um tão bom quanto seu pai.

Pode deixar. Sua filha tem o cinto bem preso, uma pilha de livros de piano no banco ao lado dela. Suas sapatilhas de balé estão no porta-malas, junto com a bolsa de natação e uma grande banheira de plástico cheia de Tupperware.

Eu tive sorte porque seu pai era o melhor partido de Odessa, diz Suzanne, mas muitas não tiveram. Você vai conseguir tudo o que deseja na vida — ela tenta chamar a atenção da filha pelo retrovisor —, mas não pode tirar os olhos da bola, nem mesmo por um segundo. Quem tira os olhos da bola leva uma bolada na cara.

Suzanne acredita na sinceridade acima de tudo, e não se esconde atrás de mentiras inofensivas. Quanto antes Lauralee tiver uma noção completa da situação, melhor, então ela lhe diz, Um lixo, é como as pessoas se referem à minha família. Um lixo quando eram arrendatários na Inglaterra e lavradores na Escócia, um lixo quando eram meeiros, primeiro no Kentucky, depois no Alabama, e um lixo aqui no Texas, onde os homens se tornaram ladrões de cavalos e caçadores de bisões, membros da Klan e vigilantes, e as mulheres se tornaram mentirosas e confederadas. E é por isso, diz ela, que somos apenas nós três no jantar de Ação de Graças todos os anos. É por isso que ninguém virá à cidade para a comemoração do Bicentenário. Eu não receberia essas pessoas na minha casa nem se alguém apontasse uma arma para minha cabeça — o que não é impossível de acontecer.

Quando a filha for um pouco mais velha, Suzanne contará que, há menos de cem anos, eles ainda viviam em barracos, se escondendo de quem vinha lhes cobrar as dívidas e de agentes dos Texas Rangers, esperando que os Comanches aparecessem e os enchessem de flechas. Os familiares de Suzanne eram estúpidos ou alienados demais para saber que a Guerra do

Rio Vermelho havia acabado cinco anos antes, e que o que restava do povo Comanche, principalmente mulheres, crianças e velhos, estava confinado em Fort Sill. Até o dia de sua morte, o trisavô de Suzanne carregava uma sacola de tabaco feita do escroto de um apache Mescalero que ele assassinou em Llano Estacado. O primo de Suzanne, Alton Lee, ainda guarda o artigo em uma velha arca de cedro coberta de queimaduras de cigarro e adesivos de para-choque do Stars and Bars.

Não estou com vontade de ir para a aula de piano, diz Lauralee. É chato.

Suzanne range os dentes e morde a parte de dentro da bochecha. Menina, eu acho que você não me entendeu. Quando eu tinha sua idade, vi um garoto ser comido por um crocodilo. Tudo o que encontraram dele foi a camisetinha do Dallas Cowboys e um tênis.

Por que ele foi comido? Lauralee já ouviu essa história uma dezena de vezes e sabe que pergunta fazer a seguir.

Bem, ele não estava prestando atenção para onde estava indo. Quando as pessoas não olham para onde estão indo, são pegas pelos crocodilos. De todo modo, a mãe do menino — seu nome era sra. Goodrow e sua família vivia no leste do Texas desde que foram expulsos da Louisiana —, aguentou firme. Ela tinha outros oito filhos e não tinha tempo para pensar naquilo, mas o pai dele nunca mais foi o mesmo. Ou pelo menos é o que sua avó Arlene dizia a todas nós, crianças. Sua avó era capaz de vender um copo de água gelada para um urso polar. Ela era capaz de roubar a doçura de um cubo de açúcar. Além disso, ela era bonita como um campo de lupinos. Por cinco anos consecutivos, ela foi a rainha do rodeio do condado de Harrison.

Eu queria que ela estivesse aqui, diz Lauralee.

Todos nós, querida. Não curve os ombros desse jeito, grita ela enquanto Lauralee se afasta do carro, Você vai ficar corcunda. Aula de piano. *Feito.*

Arlene e Larry Compton costumavam arrastar Suzanne e seus irmãos por todo o oeste do Texas, perseguindo o crescimento econômico. Stanton, Andrews, Ozona, Big Lake — eles estavam sempre tentando economizar para o futuro, mas quando o preço do petróleo caía ou Arlene passava uma quantidade de cheques que acabava chamando a atenção do xerife, a família corria para colocar tudo no carro. Suzanne e seus irmãos iam atochados no banco de trás enquanto seus pais fumavam, discutiam e culpavam um ao outro. Se eles se apressassem, dizia seu pai, poderiam ver o sol nascer no pântano. Cacete, Suzie, dizia a mãe. Se você não parar de chutar o meu banco eu vou te esfolar.

De volta ao leste do Texas, encontrariam uma pequena cabana à beira da baía, em algum lugar onde o proprietário não reconhecesse o sobrenome deles — Os Compton estão de volta, não deixem os gatos do lado de fora, tranquem as portas e escondam o dinheiro, digam a suas filhas para tomarem cuidado — ou, caso isso acontecesse, não se importasse no fim das contas. Ninguém mais queria morar naquele buraco.

Sua mãe era tão imprevisível quanto os cães vadios que às vezes entravam sorrateiros no jardim nas ocasiões em que Suzanne deixava o portão aberto. Quando seu pai a mandava ir até lá fechá-lo, ela adentrava o jardim escuro, jurando que se lembraria de trancar o portão da próxima vez, torcendo para que as coisas que via se movendo durante a noite fossem apenas sombras da lua lançadas contra o chão de terra. Algumas manhãs, antes de ele sair de casa para procurar trabalho, quando os irmãos ainda dormiam ou não haviam voltado na noite anterior, o pai de Suzanne dava uma moeda de dez centavos a ela. Vá dar uma volta, ele dizia. Sua mãe precisa descansar.

Em dias como esse, ela ia até o centro de qualquer que fosse a cidade mais próxima ao local onde moravam e gastava o dinheiro, e quando o sol estava ameaçando se pôr ou quando sentia fome novamente, Suzanne ia para casa e ficava na varanda com a mão na maçaneta e um ouvido pressionado contra a porta, sentindo a madeira lascada e áspera em sua bochecha, o papel alcatroado que impermeabiliza a cabana batendo suavemente na parede ao lado da porta, enquanto tentava entender o que poderia estar esperando por ela do outro lado.

*

Considerando que o dr. Bauman é um médico confiável, a probabilidade de Suzanne um dia conseguir engravidar novamente não existia. Seu útero está repleto de miomas, diz ele, e abortos pesam para o corpo, para o espírito e para sua família. Eles podem muito bem operar e tirar tudo. Se você não vai mesmo usá-los, diz ele, encerre logo esse assunto. *Eles*, no caso, eram os ovários de Suzanne. O médico diz que ela dificilmente irá notar a diferença, tirando o fato de não menstruar mais todo mês. E não seria ótimo?

Quando Suzanne bate na porta de Mary Rose, está segurando uma caçarola King Ranch com a mão cujos dedos ela não rói. Ela admira o novo bebê, fazendo comentários a respeito de seu tamanho, peso e comprimento, e Mary Rose passa a criança para ela sem hesitar. Quando Suzanne menciona sua conversa com o médico, Mary Rose diz, Sinto muito em ouvir isso, mas seus olhos atravessam Suzanne, examinando o jardim e a rua. Elas não tinham se falado desde que Corrine Shepard praticamente acusou Suzanne de ser preconceituosa — uma ideia maluca plantada por Debra Ann Pierce, ou pelo menos foi o que Suzanne ouviu dizer.

Ah, não, diz Suzanne, eu estou *bem*. Há pessoas morrendo de fome no Camboja. Seu olhar contempla o corpo magro de Mary Rose, suas olheiras. Você parece estar morrendo de fome também.

Mary Rose encara a caçarola que percebeu estar segurando, e o bebê, preso pela dobra de seu outro braço feito uma sacola de mantimentos. Tudo bem, responde ela um tanto entediada, obrigada.

Eu colei um catálogo da Tupperware no fundo da panela.

Mary Rose passa o dedo no fundo da panela de vidro. Ah, sim.

Também dei um para uma amiga que trabalha na cooperativa de crédito. Suzanne repara em uma cutícula mastigada e rapidamente esconde a mão atrás das costas. Você conhece a sra. Ordóñez?

Nós usamos o Banco Cattleman, diz Mary Rose.

Bem, ela é simplesmente a mulher mais doce que eu conheço. Suzanne olha para o relógio. Se você preparar uma saladinha, terão uma refeição completa.

Caçarola, *Feito*.

Suzanne tem a melhor das intenções, mas não consegue parar de se perguntar em voz alta como algumas pessoas conseguem ser tão estúpidas. Em meio a qualquer situação desastrosa, ela quase sempre diz a coisa errada. Um ano antes, quando um tornado varreu um estacionamento de trailers no oeste de Odessa, matando três pessoas e ferindo mais uma dezena, ela se perguntou por que alguém escolheria viver em construções tão vagabundas. Os que sobreviveram, disse ela a Rita Nunally, deveriam ser processados por colocar em risco a vida de suas famílias. Mas aquelas caçarolas caseiras que significam que ninguém terá que preparar o jantar naquela noite? Isso ela pode fazer. Quando a receita pede uma lata de creme de cogumelos, ela refoga os cogumelos frescos e mistura uma lata de leite com uma colher de sopa de farinha. E embora suas caçarolas não sejam exatamente uma *quiche lorraine*, todas são sempre uma refeição completa — carne, legumes e uma massa ou grão.

Seus cookies de chocolate são preparados com manteiga de verdade, não margarina, e ela nunca economiza no açúcar mascavo. Tudo fresco, nada enlatado. Esse é o seu lema. Nada de feijão carioca nem *cornbread* para Lauralee, ela adora dizer aos vizinhos, nada de bebês antes de terminar a faculdade. Sua filha jamais comerá guisado de folhas de dente-de-leão, crocodilo, cascavel nem couve. Jamais comerá bagre, carpa nem qualquer outra coisa com nervo lateral que precise ser removido, e sempre haverá um prato de sobremesa depois do jantar, por mais simples que seja. Todas as noites, antes do jantar, ela acende duas pequenas velas e as coloca no meio da mesa da sala, depois se afasta para observar a cena. São lindas, diz a Jon e Lauralee. Elas fazem com que todas as noites pareçam especiais, mesmo as de quarta-feira. E naquela luz ninguém consegue ver o caroço vermelho e brilhante provocado por uma espinha que tenta brotar em seu queixo, o dente lascado de uma queda que sofreu aos 15 anos, as cutículas que ela não consegue parar de roer.

Quando eu era menina, diz a Lauralee, teria feito qualquer coisa para morar em uma casa com tapete e uma banheira grande o suficiente para deitar, e um piano que minha mãe havia comprado lambendo e enviando 456 *mil* selos promocionais da S&H. Seu pai e eu somos os primeiros em nossas famílias em cinco gerações a ter uma casa, mas algum dia sua casa será ainda melhor. Você vai se formar na faculdade e comprar uma ainda maior do que essa, com um segundo andar e muitas janelas, para poder olhar para fora e observar o mundo inteiro passando.

Elas voltaram da aula de piano, *Feito*, e Suzanne está pendurando um bordado sobre a cabeceira de vime branco de Lauralee. É o único projeto concluído da breve incursão de Suzanne em atividades manuais durante a primavera anterior após um aborto que ocorreu tão cedo que ela não tem certeza se foi outra gravidez que não durou ou apenas um período menstrual particularmente difícil e doloroso. Havia colocado o bordado em uma moldura de latão, e finas vinhas verdes e rosas brancas formavam uma corrente frouxa ao redor das palavras "Casa em dia, Vida em dia, Coração em dia". Pressionando o que restava de uma unha entre os caninos, ela fica de pé na cama de solteiro de Lauralee, batendo levemente na estrutura, primeiro em um canto, depois em outro, depois no primeiro novamente, até que ficasse perfeitamente reta. Ela volta para o centro da cama e examina sua arte, então se inclina para frente e empurra suavemente o canto superior direito. Perfeito.

Lauralee está sentada no tapete com as pernas cruzadas e os ombros curvados, ouvindo Gordon Lightfoot em sua pequena vitrola cor-de-rosa. Desde que o álbum dele foi lançado, algumas semanas antes, o maldito disco tem tocado o dia inteiro, todos os dias da semana, e Lauralee cai no choro toda vez que ouve a música sobre o navio que afundou no lago Superior.

Olhe só como esse bordadinho está pendurado perfeitamente, diz Suzanne, e estende a mão para tocar o cabelo fino da filha. Querida, por que você não desliga isso um pouco? É tão piegas.

Talvez ela e Jon possam pegar o carro e ir até Dallas para ouvir uma segunda opinião, de um especialista. Talvez eles possam adotar, ou da próxima vez que um de seus irmãos ou primos ligar e perguntar se Suzanne e Jon podem tomar conta de seus filhos por um tempo, apenas até que eles se resolvam, talvez Suzanne diga que sim, mas apenas se eles estiverem dispostos a deixá-los lá para sempre. Se ela decidir passar pelo procedimento, não contará a ninguém até que esteja concluído. Vai se internar no hospital, fará a cirurgia e estará de volta à sua cozinha antes da chegada de Lauralee, antes que a sirene da refinaria ressoe e Jon volte para casa.

    Suzanne dirige-se à mesa da cozinha para pegar seu bloco de anotações e as sacolas com as encomendas que trouxe do carro mais cedo. Quando olha pela janela da cozinha e vê Debra Ann Pierce andando de bicicleta em círculos na frente de sua casa, ela larga tudo e corre para fora, dizendo, Você aí, Debra Ann Pierce, venha já aqui. Quero falar com você. A criança solta um guincho agudo e sai pedalando rua abaixo, as pernas robustas se movendo como duas bombas de pistão. Ela desvia loucamente para se esquivar de um caminhão que avançou a placa de *Pare na esquina* e continua pedalando.

*

Para evitar serem atropeladas por algum jovem com o olho na bola, elas caminham pelo canto do centro de treinamento. Quando Lauralee começa a demorar muito, Suzanne a lembra de prestar atenção. Você para de prestar atenção e quando se dá conta, alguém veio e rebocou o carro da família, ou você chega da igreja um dia e encontra todos os móveis no jardim, afundados no pântano.

    Ela carrega um recipiente plástico de comida em uma mão e seis sacolas Avon na outra. Mais três sacolas estão escondidas na bolsa pesada pendurada em um dos ombros. Está quente como a axila do diabo, mas o cabelo ruivo de Suzanne está cuidadosamente preso atrás das orelhas. Sua calça capri laranja brilhante está bem-passada e sua blusa é tão branca quanto uma flor de magnólia. Mesmo aqui, em um campo de futebol quente e empoeirado, ela quer que seus vizinhos digam, Suzanne Ledbetter parece ter acabado de sair de um avião.

    Lauralee caminha alguns metros atrás da mãe com a cabeça baixa e o bastão aninhado na dobra do cotovelo. Ela tem pernas de lebre e seu rosto é tão coberto de sardas que é como se uma caneta vermelha tivesse explodido nele, e, embora Suzanne tenha enrolado o cabelo da garota novamente antes de saírem de casa esta tarde, os fios já estão escorridos. No meio de sua testa, um único e corajoso cacho resiste bravamente. Ajeite as costas, diz Suzanne, e Lauralee joga a cabeça para trás, avançando pelo gramado e segurando o bastão como se fosse a espada de Judite.

No campo de futebol, a equipe está fazendo sua primeira bateria de burpees. Quando chegam a cinquenta, Allen, o técnico, pede que repitam a série. O suor escorre pela testa dos meninos, e o uniforme está encharcado. Um garoto cai no chão e fica lá deitado. Quando alguém espirra água fria em seu rosto, os espectadores riem. Porra, na época em que eles jogavam bola, o técnico jogava um *balde* de *água gelada* na cara deles. Certa vez, viram um menino ter uma insolação e ele ser mandado para o vestiário. Ele seguiu na partida.

Suzanne e Lauralee sobem para as arquibancadas onde os torcedores estão sentados com cervejas ou xícaras plásticas de chá gelado presas entre os joelhos, e quando alguém diz baixinho, Que Deus a abençoe, Suzanne sabe que eles estão falando de Lauralee, que se aproximou da borda externa do gramado e começou a fazer oitos com seu bastão.

Bom trabalho, querida, diz sua mãe. Tente fazer um *reverse flash* seguido por um *Little Joe flip*.

Lauralee torce o braço para trás e gira o bastão que sai voando e aterrissa no chão de terra com um baque. Ela é tão talentosa, diz uma mulher. Mal posso esperar para vê-la no show do intervalo em alguns anos. E ela é *alta*, diz outra pessoa. Deus abençoe esse coraçãozinho. Tente um *pinwheel*, gire bem rápido, grita Suzanne. Tente um duplo giro. Lauralee arremessa o bastão na direção do sol, gira duas vezes e o observa rolar em direção à linha lateral.

Suzanne sobe nas arquibancadas e distribui sacolinhas rosa e branca da Avon. Cada uma delas contém o catálogo do próximo mês junto com batons e sombras, perfumes, cremes e loções. Cada item está embrulhado com um macio papel de seda cor-de-rosa e cuidadosamente amarrado com uma fita branca pouco mais larga que uma unha. Com um sorriso generoso e tendo o cuidado de agradecer a cada mulher individualmente, Suzanne desliza os cheques e as notas que recebe de cada uma delas para dentro de um pequeno envelope branco e o guarda na bolsa.

Muito provavelmente Suzanne tem um parente que deve dinheiro a pelo menos uma pessoa sentada do outro lado da arquibancada. Muito provavelmente, sua mãe passou um cheque sem fundo para os pais de pelo menos uma delas, lá nos velhos tempos. Jamais usariam isso contra ela, mas uma mulher poderia passar a vida inteira provando que todos estavam errados. Então Suzanne continua em atividade. Ela recolhe os pedidos, leva os produtos e os entrega. Ela se voluntaria, conta, planeja e cai de joelhos para recolher migalhas que ninguém mais é capaz de ver. Sempre há algo que precisa ser limpo — uma mesa, uma janela, o rosto da filha.

Bata nele com mais força, grita um torcedor. Vocês não vão vencer Midland Lee com essa atitude, diz outro. Dois meninos se chocam, produzindo um forte ruído, e ficam caídos no campo imóveis por alguns segundos. Ah, cacete, berra um dos espectadores da arquibancada de alumínio, vocês só estão um pouco tontos. Levantem-se, meninos, grita o técnico, e os garotos lentamente rolam de lado, ficam de joelhos e em seguida, de pé.

Depois que os produtos da Avon são distribuídos, Suzanne abre os fechos do recipiente plástico que mandou Lauralee buscar no carro. A tampa gira para cima revelando três dúzias de cupcakes de chocolate que ela fez para dar ao time quando o treino terminar. Uma das mulheres comenta sobre o recipiente e Suzanne distribui catálogos. Ela fará uma demonstração de alguns produtos na próxima semana. Eles deveriam ir até sua casa para comer sanduíches de queijo e tomar chá gelado. Tragam os talões de cheques, hein? Ela pisca para eles, assim como Arlene faria.

Em um dia bom, a mãe de Suzanne poderia transformar até mesmo um pepino em assunto. Todas as pessoas que cruzaram seu caminho sempre tiveram grandes expectativas em relação a ela. Ela era mestra em ler uma situação e se tornar quem precisava ser — adventista, uma trapaceira em um jogo de cartas, a mãe desesperada que precisava de uma ajudinha. Em Blanco, ela era católica praticante. Em Lubbock, falava dialetos e andava descalça sobre brasas. Por um tempo, quando eles moraram em Pecos, ela fez todo mundo acreditar que havia perdido a visão em uma explosão provocada por um vazamento de gás. A família riu até a divisa do condado por causa disso.

Todo o dinheiro vai para o fundo reservado para pagar a faculdade de Lauralee, diz Suzanne às mulheres, e embora não seja estritamente verdade, é verdade.

Tenho certeza de que ela terá muito sucesso em qualquer coisa que decidir fazer, uma das senhoras diz antes de se virar para comentar com a mulher sentada ao seu lado sobre o tempo, o time de futebol, o preço do petróleo. Quando uma mulher traz uma informação atualizada sobre o caso Ramírez, outra se pergunta em voz alta o que a mãe da menina estava fazendo enquanto a filha estava solta por aí. Bem, vou lhe dizer o que ela *não estava* fazendo, diz Suzanne. Prestando atenção.

Aham, diz outra mulher.

Podia ter sido qualquer uma de nossas filhas, diz uma terceira.

Não a minha, afirma Suzanne. Eu não tiro os olhos dela nem por um minuto.

E então, assim que um dos *linebackers* sai tropeçando em direção à linha lateral e começa a vomitar no gramado, Lauralee arremessa seu bastão para o alto, gira três vezes e olha para o céu com um largo sorriso no rosto. O bastão acerta seu olho com tanta força que até o técnico Allen engasga. Ela solta um berro que atravessa o campo como um redemoinho de poeira, um grito agudo que acerta em cheio a audição e a razão.

Suzanne desce correndo as arquibancadas de metal, cada fileira de alumínio tremendo enquanto ela pisa forte, sua bolsa batendo contra o quadril, os cupcakes esquecidos e derretendo na fileira de trás. Ela agarra a filha pelos ombros e a olha nos olhos. Quase não está vermelho. É improvável que sequer fique inchado.

Você está bem, diz ela à filha. Passe um pouco de terra. Mas Lauralee continua a chorar, e então todos param o que estão fazendo — o técnico Allen para de gritar com o time, as mulheres param de espiar dentro de suas sacolas, os torcedores param de dar ordem de seus lugares, até mesmo o time fica parado —, e todos eles, no que para Suzanne parece um movimento único e coordenado, olham para ela como se dissessem, Bem, faça alguma coisa.

Eu odeio esse bastão, grita Lauralee.

Ah, isso não é verdade. Suzanne morde o dedo e olha por cima do ombro para a fileira de espectadores, ainda sentados boquiabertos, ainda esperando que ela assuma o controle da situação. Ela não odeia o bastão, diz Suzanne para eles.

Lauralee grita de novo e depois cai no chão, rolando de um lado para o outro com a mão sobre um dos olhos, dizendo, Ai, ai, ai.

Pare com isso, sussurra Suzanne entredentes. Você quer que essas pessoas vejam você chorar? Ela levanta a filha, caminha depressa pelo campo e a enfia no banco da frente do carro, enquanto implora para que pare de chorar e para que aja como uma mocinha, pelo amor de Deus. Ela liga o carro e aponta a ventilação diretamente para o rosto da filha, e agora consegue ver que o olho da menina de fato começou a inchar. O olho dela vai ficar roxo, e do tamanho de uma noz.

Podemos ir para casa?, pergunta Lauralee baixinho.

Já, já, querida. Suzanne fecha a porta com cuidado e vai até a parte de trás do carro, onde se encosta no porta-malas e espera o treino terminar.

Poucos minutos depois, os meninos correm para o vestiário e os técnicos se dirigem para sua sala para assistir à gravação da partida. Os torcedores descem das arquibancadas e caminham até seus carros e caminhonetes, ainda falando sobre a temporada, o preço do petróleo e o concerto de Elvis no coliseu em março passado. E sua filha ainda chora. Quando três homens passam pelo seu carro, um após o outro, cada um parando sem jeito e olhando para o banco da frente, Suzanne pede desculpas pelo comportamento da filha e, em seguida, alcança sua bolsa e entrega a cada homem uma sacola — para a esposa, para uma namorada, para ele mesmo, embora ela nunca, jamais, diga uma palavra sobre isso. Ela sorri, pisca e enfia o dinheiro em seu pequeno envelope branco. Ela mostra a eles o Tupperware que está no porta-malas.

Algum dia Suzanne vai morrer e, quando isso acontecer, o que as pessoas dirão dela? Que ela morreu devendo dinheiro a metade da cidade? Que ela era uma bêbada malvada? De jeito nenhum. Que ela morreu sem um penico onde mijar ou uma janela para atirar o conteúdo fora? Não. Eles vão dizer que Suzanne Ledbetter era uma mulher boa, uma mulher de negócios, inteligente, que não saía da linha. Ela foi um anjo aqui na Terra, dirão, e nossa cidade sofreu uma grande perda com a partida dela. Ela olha a lista, suspira, pega a caneta e estica o braço para dar um tapinha nas costas da filha. Você nunca pode deixar que eles vejam você chorar, querida. Foi só isso que eu quis dizer.

Lauralee se senta e passa as costas da mão no nariz. Eu sei.

Você tem que ser mais forte do que eles.

Antes de conhecer Jon, a própria Suzanne certamente se esquivou de um soco aqui outro ali, ou um tapa. Ela se esquivou de dedos agarrando sua bunda, subindo em suas costas, alisando seus ombros. Ela tinha 12 anos quando um menino apertou seus seios pela primeira vez, mas não contará os detalhes a Lauralee — ainda não, ela ainda é muito pequena. Por enquanto, tudo o que vai dizer à filha, quando elas se sentam juntas no carro com o ar-condicionado ligado no máximo, é o seguinte:

Uma vez, um garoto tentou me agarrar, eu era um pouco mais velha que você. Ele veio até mim, na frente de Deus e de todo mundo, e colocou as mãos em mim.

O que você fez?

Bem, eu peguei um pedaço de pau e o acertei bem na cabeça. Ele desmaiou imediatamente. Passou três dias desacordado. Precisou levar pontos também — quinze, ou talvez vinte, não me lembro.

Você se meteu em confusão?

De jeito nenhum. A mãe dele tentou mandar o xerife vir me perguntar o que tinha acontecido, e quando eu contei para ele, sabe o que ele me falou? "Da próxima vez, certifique-se de pegar um pedaço de pau que tenha alguns pregos enferrujados, depois peça a um de seus irmãos para arrastá-lo até o pântano e deixá-lo lá para os crocodilos." Então ele me deu um dólar — o equivalente hoje a uns cinco dólares. Ele me deu um tapinha na cabeça e disse à minha mãe que ela precisava ir à delegacia no dia seguinte para conversar com ele sobre um assunto não relacionado. Suzie Compton, ele me disse, você é o que há de melhor neste lugar. E você sabe o que eu fiz com aquele dólar?

Comprou doce?

Não, senhora. Coloquei-o em uma caixa com cadeado e usei essa chave pendurada no pescoço até sair de casa para nunca mais voltar.

Corrine

Quando Debra Ann pergunta se pode pegar emprestada a antiga barraca que Potter usava no exército — já há vinte anos enchendo de poeira na garagem —, Corrine diz à garota que ela e Potter passaram muitas noites felizes naquela barraca, caçando veados-da-virgínia em Big Bend ou observando as estrelas nas Montanhas de Guadalupe. A primeira vez que tiraram férias em família de verdade foi no verão de 1949, os três contemplando o Grand Canyon, Potter e Corrine segurando os dedos de Alice com força até ela uivar de dor. No caminho de volta para o camping, Alice foi sentada entre os dois no carro, balançando de um lado para outro nas curvas, e toda vez que atingiam um buraco, eles riam e jogavam os braços na frente da filha, dizendo, Não seria engraçado se Alice saísse voando pela janela? Quando ela desceu do banco e adormeceu no chão entre os pés de Corrine, Potter desligou o rádio e reduziu a velocidade até poder carregar a filha para a barraca e colocá-la no saco de dormir no meio deles dois.

Debra Ann boceja e esfrega os pés, coça os olhos e puxa a sobrancelha. Tá bem, sra. Shepard. Posso pegar emprestada?

É isso que uma pessoa faz quando fica velha como eu, se lembra do máximo de coisas que consegue, o tempo todo. Como você está, srta. Pierce?, pergunta Corrine, e Debra Ann sorri. É o primeiro sorriso sincero que Corrine viu desde que o Quatro de Julho veio e se foi sem nenhum sinal de Ginny.

Estou boa, responde a menina. Vou ajudar meu amigo Jesse a voltar para casa no Tennessee.

Quem?, Corrine começa a questionar, já que Debra Ann é grandinha demais para ter amigos imaginários, mas decide deixar para lá. Vai saber que história Debra Ann está inventando neste verão, que tipo de narrativa complicada ela criou. Quem é capaz de dizer o que acontece na mente de uma criança?

Você está *bem*, querida? O que aconteceu com Peter e Lily?

Eles não são de verdade. O Jesse é uma pessoa de verdade.

Aham. Corrine estende a mão e afasta o cabelo da garota dos olhos. Venha aqui amanhã que eu vou aparar essa franja para você.

Depois que Debra Ann saiu arrastando a barraca rua abaixo, segurando um sanduíche de manteiga e açúcar em sua mão livre, Corrine se serviu de um copo de leitelho e fez um sanduíche de ovo frito enquanto meio que assistia, meio que ouvia as notícias. Jimmy Carter, vazamento de gás próximo a Sterling City, petróleo em alta, gado em baixa, nem uma palavra sobre Gloria Ramírez nem sobre o julgamento agendado para dali a menos de um mês, mas naquela noite houve uma nova história de horror. O apresentador corta para um repórter parado ao lado de um campo de petróleo perto de Abilene. O corpo de uma mulher local tinha sido encontrado, o quarto nos últimos dois anos. O que o boom do petróleo é capaz de provocar em uma cidade, Corrine costumava dizer a Potter com amargura. Traz desequilibrados do pior tipo. E se é mesmo possível acreditar nos prognósticos, este boom está apenas começando. Ela desliga a televisão e sai para mudar a posição do irrigador.

O verão vem sendo extremamente seco e Corrine criou uma rotina de ligar os irrigadores pela manhã e movê-los lentamente pelo jardim. À tarde, ela come um sanduíche e toma chá gelado com uísque, depois pega o carro e vai até o Strike-It-Rich para comprar cigarros. Algumas semanas antes, ela colocou a caminhonete de Potter dentro da garagem de uma vez por todas. Entrar e sair de táxis estava acabando com seus joelhos, e ela sentia falta do rádio FM e do estofamento de veludo molhado vermelho-escuro de seu Lincoln, da sensação de estar dirigindo um iate pela Rua

Oito. Às vezes, ela coloca alguma bebidinha no porta-copos e dirige pela cidade com as janelas abertas, enfrentando motoristas de fora do estado e caminhões que a cortam quando ela tenta mudar de faixa. Ela pode odiar o petróleo, mas adora o calor e a terra, sua beleza simples e o sol implacável. Era algo que compartilhava com sua avó, junto com preferir uma xícara de café e um donut de chocolate à comida no jantar.

E isso também faz parte da rotina de Corrine: todas as noites depois das nove, quando finalmente escurece, ela se senta na caminhonete de Potter com as chaves na ignição e a porta da garagem fechada. Por uma hora ou mais, ela fica lá, desejando ter coragem. Quando volta para dentro de casa, deixa as chaves na ignição. Prepara outra bebida, acende outro cigarro e vai para a varanda. Quase cinco meses desde que Potter *se foi* — ela odeia essa expressão, como se ele simplesmente tivesse pegado o carro e se embrenhado no deserto, e logo pudesse perceber o erro, fazer o retorno e voltar para ela.

Alice liga todos os domingos e fala sobre ir até lá para ver como ela está. Ela adoraria que Corrine refletisse sobre se mudar para o Alasca. Estou muito preocupada com você, disse à mãe no final de julho.

Se eu for morar no Alasca, você irá ao *meu* enterro?

Mãe, isso é tão injusto. Você não tem ideia de como é minha vida aqui.

Mas Corrine não será capaz de esquecer isso por um bom tempo, talvez até anos. Acho que não. Tchau, querida.

*

Ao longo dos quase trinta anos em que deu aulas de inglês, no início de todos os anos letivos, dentro de uma sala de aula quente demais cheia de jovens da fazenda, líderes de torcida e aspirantes a operários do campo de petróleo cheirando a loção pós-barba, Corrine era capaz de identificar pelo menos um desajustado ou sonhador na lista de chamada. Em um bom ano, poderia haver dois ou três deles — os párias, os esquisitos, os violoncelistas, os gênios, os tocadores de tuba cheios de acne, os poetas, os meninos cuja asma os impedia de ter uma carreira no futebol e as meninas que não haviam aprendido a esconder sua inteligência. Histórias salvam vidas, dizia Corrine àqueles alunos. Para os outros, ela dizia, Eu te acordo quando acabar.

Enquanto um circulador de ar, junto com a pequena abertura — mais parecida com a janela de uma prisão — que ela abria todas as manhãs trabalhavam heroicamente para tirar o cheiro de suor, chiclete e malícia da sala de aula, Corrine deixava seu olhar vagar, avaliando as reações de seus inúmeros desajustados. Invariavelmente, algum merdinha iria estourar uma bola de chiclete, arrotar ou peidar, mas um ou dois desses jovens se lembrariam de suas palavras para sempre. Eles se formavam e davam o fora de Dodge, e lhe enviavam cartas da universidade ou do exército — e uma vez chegou uma da Índia. E levando em consideração a maior parte de sua carreira enquanto professora, isso tinha sido o suficiente. Quando eu digo histórias, diz àquelas almas atormentadas, também me refiro a poemas e hinos, o canto dos pássaros e o vento que bate nas árvores. Refiro-me ao clamor, ao chamado e à resposta, e ao silêncio em meio a tudo. Refiro-me à memória. Então, pense nisso da próxima vez que alguém bater em você depois da aula.

Histórias podem salvar sua vida. Nisto, Corrine ainda acredita, mesmo não tendo sido capaz de se concentrar em um único livro desde que Potter morreu. E a memória vagueia, às vezes uma rajada de vento em uma planície sem árvores, às vezes um tornado no final da primavera. À noite, ela se senta na varanda e deixa que essas histórias a mantenham viva por mais algum tempo.

Houve muitos meses e anos na vida de Corrine tão insignificantes ou desagradáveis que ela não consegue se lembrar de quase nada a respeito deles. Ela não se lembra, por exemplo, do nascimento de sua filha no inverno de 1946, nem grande coisa do mês seguinte, mas se lembra de cada detalhe de 25 de setembro de 1945, o dia em que Potter voltou do Japão, intacto, exceto pelos terrores noturnos e por sua nova aversão a voar. Três anos na cabine de um B-29 foi o bastante, disse ele a Corrine, nunca mais vou pisar em um avião. Já se passaram cinco meses desde que Potter morreu, e sua voz ainda é tão nítida e clara para Corrine como um trovão.

*

Ele está em casa em uma licença de três dias e eles fizeram amor pela primeira vez no banco de trás do Ford do pai dela. Os dois estão sentados um de frente para o outro, sorrindo, ensanguentados e doloridos para cacete. Bem, isso foi terrível, diz Corrine. Potter ri e promete a ela algo melhor da próxima vez. Ele beija seu ombro sardento e começa a cantarolar, algo que lembrava "The Great Speckeld Bird", um hino do sul dos Estados Unidos. *What a beautiful thought I am thinking, concerning that great speckled bird... and to know my name is written in her holy book.*

*

Corrine tem 10 anos e está sentada na primeira fila do velório da avó. Quando seu pai começa a chorar tanto ao ponto de passar a elegia ao pastor, ela finalmente compreende a proporção daquela perda.

Ela tem 11 anos e vê um bezerro nascer pela primeira vez, com as pernas trêmulas e berros sofridos, e imagina o quanto sua avó teria adorado ver aquilo.

Ela tem 12 anos e seu pai chega em casa da plataforma com uma garrafa de aguardente e dois dedos a menos. Não chore, minha menina, diz ele. Eu nem precisava daqueles dois dedos. Agora, se fossem *esses* aqui — ele ergue a outra mão e balança os dedos, e os dois caem na gargalhada, mas naquele momento ela está pensando no que a avó disse na primeira vez que viram petróleo jorrando de um poço. Que Deus nos ajude.

Ela tem 28 anos e um encarregado liga para dizer que houve uma explosão no poço de Stanton. Ela pega o carro e vai até o hospital com Alice dormindo ao seu lado no banco da frente, convencida de que Potter já está morto, tentando pensar em como vai encarar a vida sem o marido. Mas lá está ele, sentado na cama com um sorriso babaca no rosto. Queimaduras feias mancham seu rosto e seu pescoço. Querida, diz Potter, eu caí da plataforma um pouco antes de ela explodir. Então seu sorriso se apaga. Mas alguns dos outros caras não.

É outubro de 1929 e o pai de Corrine está em casa para o almoço. Um homem que geralmente odeia conversa fiada — tagarelice, como ele chama —, hoje mal consegue parar de falar por tempo suficiente para mastigar o sanduíche. O poço de Penn tinha começado a produzir, uma explosão tão poderosa na superfície que pedaços de tubos de perfuração, caliche e rocha haviam sido lançados quinze metros acima do chão. O poço explodiu às nove horas daquela manhã e ainda está esguichando petróleo bruto. Quem sabe quantos barris estão jorrando pelo deserto? O responsável pela perfuração não faz ideia de quando será capaz de tapar o poço. Este é um dia histórico, diz Prestige a Corrine e à avó dela, Viola Tillman. Isso vai colocar Odessa no mapa.

Corrine e Viola já estão pegando seus chapéus e suas luvas quando Prestige balança a cabeça e mete o resto de seu sanduíche de ovo frito na boca. Poço de petróleo não é lugar para garotinhas — ele olha para Viola — nem para velhas. Fiquem em casa. Estou falando sério.

Corrine é alta para sua idade, mas ainda precisa se sentar na ponta do banco do motorista para alcançar o acelerador do Ford Modelo T de seu pai. Elas atravessam a região do Llano Estacado, a garotinha e a velha se sacudindo alucinadamente no banco do carro enquanto algumas das vacas Hereford de Prestige olham atentas, suas mandíbulas mastigando sem parar. O poço de Penn ainda está a um quilômetro e meio de distância quando o céu fica preto e o chão sob o carro começa a tremer. O ar fica tão cheio de detritos que elas precisam cobrir a boca com lenços. Que Deus nos ajude, diz Viola.

À medida que o petróleo cai de volta no chão, ele se espalha pela terra e cobre tudo em seu caminho — a sálvia roxa que Viola tanto ama, as gramíneas que batem quase na cintura de Corrine. Uma família de cães-da-pradaria está parada a cerca de trinta metros do buraco que cresce no chão, seus rostos erguidos enquanto latem uns para os outros. Uma pequena fêmea corre até a beira de uma toca e espia dentro, e Corrine imagina cada buraco, cada covil em um raio de oito quilômetros ocupados por criaturinhas confusas que jamais saberão o que os atingiu. Mas os cerca de cinquenta homens e meninos em volta do local não estão olhando para a grama, nem para os bichos, nem para a terra. Eles olham para o céu, seus rostos extasiados. Isso vai matar todos os seres vivos, diz Viola.

Corrine franze o cenho e funga o ar enquanto sua avó encosta na porta do passageiro. O rosto de Viola está pálido, seus olhos turvos. Ela tosse e cobre a boca e o nariz com a mão. Esse cheiro, diz, é como se todas as vacas no oeste do Texas peidassem ao mesmo tempo. E nossas árvores?, pergunta-se ela às lágrimas, avistando agora um grupo de nogueiras-pecã ainda jovens bem no caminho de um rio de petróleo. O que será delas?

Mas isso vai colocar o oeste do Texas no mapa, diz Corrine, e papai diz que essa terra não vale nem um centavo furado mesmo. Viola Tillman encara a neta como se nunca a tivesse visto na vida. Llano Estacado talvez não tenha nenhuma serventia a não ser as estrelas, o espaço e o silêncio, os pássaros canoros de inverno e o cheiro forte de cedro, mesmo depois de chover um pouco, mas ela ama esse lugar. Juntas, a velha e a garotinha conduziram seus cavalos por riachos secos e florestas de graxeira, depois se sentaram em silêncio e observaram uma família de taiaçuídeos procurando comida em um canteiro de opúncias. Juntas, elas descobriram e deram nome à maior árvore em sua propriedade — seu tronco felpudo as fazia lembrar do famoso casaco de pele de guaxinim usado pelo jogador de futebol Red Grange, e por isso a chamaram de *Galloping Ghost*. Agora o rosto de Viola está da cor de cinzas e suas mãos estão tremendo. Leve-me para casa, diz à neta.

Sim, senhora, responde Corrine.

Você pode me levar de volta para a Geórgia?

Em três meses, Viola estará morta e, a essa altura, sua neta terá visto o suficiente do boom do petróleo para odiar cada um deles pelo resto de sua vida.

Por três dias, o poço de Penn lança um fluxo descontrolado de petróleo bruto no ar. Uma piscina do tamanho de uma casa se forma em questão de horas e então rapidamente começa a vazar pelas laterais, destruindo tudo em seu caminho. Mais de trinta mil barris de petróleo se espalham pela terra antes que os homens consigam controlar o poço. E quando finalmente o fazem, sobem na plataforma escorregadia, com as mãos e os rostos manchados de preto. Eles gritam, apertam as mãos e dão tapinhas nas costas uns dos outros. Conseguimos tapá-lo, dizem uns aos outros. Nós conseguimos.

*

Desde que Potter morreu, Corrine passou a conhecer o céu noturno da mesma forma que conhecia os contornos do rosto dele. Esta noite na Rua Larkspur, a lua crescente rasteja rumo ao meio do céu, onde permanecerá por uma ou duas horas antes de começar seu longo deslize em direção ao oeste do horizonte. Apenas um punhado de estrelas continua lá — "A noite ferve com onze estrelas" —, e faz duas horas que os bares estão fechados. A rua está escura, exceto pela casa de Mary Rose, iluminada como uma plataforma de perfuração no meio de um mar negro.

Corrine ouve Jon Ledbetter antes de vê-lo. Seu carro ignora a placa de Pare na esquina da Custer com a Rua Oito, depois entra voando na curva fechada. As janelas estão abertas e a música no último volume, a voz grossa e embriagada de Kris Kristofferson sacudindo violentamente os alto-falantes do carro. Um copo de chá gelado transpira, deixando um anel escuro no chão de concreto da varanda. Corrine está velha demais para passar tanto tempo sentada no chão com as pernas cruzadas e quase quebra o vidro ao tentar se levantar para poder atravessar a rua e pedir que Jon Ledbetter desligue o maldito rádio.

Ela está na metade do caminho quando Jon abaixa o som, e a rua fica silenciosa de novo. O rosto de Mary Rose aparece brevemente na janela, a luz da cozinha fazendo com que seu cabelo pareça branco. Ela fica lá por alguns segundos, então se inclina para frente e fecha a cortina. A perna de Corrine ainda está um pouco dormente, e ela sente cada gota de uísque que adicionou ao chá gelado, mas por fim consegue atravessar a rua, onde Jon está sentado no banco do motorista com as mãos no volante, uma canção triste tocando no rádio.

Corrine mal conhece esse jovem vizinho, o marido de Suzanne, que está sempre trabalhando, sempre pegando o carro e indo para a refinaria no meio da noite logo depois que o apito soa, mas ela reconhece a inclinação de seus ombros e as manchas em suas mãos. Foi exatamente desse jeito que Potter ficou algumas vezes, nas semanas e meses após retornar da guerra.

Ao se aproximar do carro, ela toma cuidado para não tocá-lo. Mantendo a voz baixa, pergunta se ele gostaria de vir se sentar um pouco com ela na varanda, talvez tomar um copo de água gelada ou algo mais forte. Ela tem esse mesmo álbum e vai colocá-lo para tocar, se Jon achar que gostaria de ouvi-lo mais uma vez.

*

O grande boom do pós-guerra está apenas começando, e a guerra já está distante o suficiente para que as pessoas comecem a olhar adiante. Corrine e Potter caminham de mãos dadas pela nova loja de carros na Rua Oito. Eles chutam alguns pneus e fazem alguns test drives, em seguida, pagam em dinheiro vivo por uma caminhonete Dodge nova, e não poderiam estar mais satisfeitos consigo mesmos. É um belo motor, um novo modelo da Pilothouse, seis cilindros e válvulas laterais. Potter convence Corrine a gastar uma quantia extra com a caçamba mais comprida, para que eles possam fazer viagens longas e ficar lá deitados, olhando para a Via Láctea.

*

No minuto em que a barriga de Corrine começa a aparecer, o diretor a manda para casa com um aperto de mão e um pote do *chow-chow* de sua esposa, localmente famoso. O que vou fazer em casa pelos próximos seis meses, ela se pergunta aos prantos na secretaria da escola, botinhas de tricô? A secretária já viu aquela história antes. Seus filhos já saíram de casa há dez anos e, embora os ame profundamente, ela ainda acorda todas as manhãs e dá graças a Deus por não precisar preparar o almoço de ninguém, nem ajudá-los a encontrar o dever de casa. Querida, diz ela, você vai ficar fora por mais de seis meses.

Alice, quando bebê, chora todas as noites da meia-noite às três. Potter e Corrine não sabem por quê, e não conseguem fazê-la parar. Eles estão tão cansados que Potter desenvolve um tique no olho esquerdo e começa a ouvir coisas que não existem. Corrine chora e depois se odeia por chorar, porque — até se tornar mãe — ela nunca chorava, nunca, nunca, nunca.

*

Corinne diz a Jon que, em noites como aquela, ela não aguenta ficar em lugar nenhum dentro de casa. Nem na sala, nem na cozinha, definitivamente não no quarto. Ela não consegue mudar nada de lugar — nem a pilha de guias de programação da TV apoiadas ao lado da cadeira dele, nem a toalha que ainda está pendurada em um gancho no banheiro. Ela ainda pode ver no carpete a marca da lata de rapé sobre a qual passou quarenta anos reclamando. Ainda consegue ver a digital do polegar do marido na velha capa do volante e a suave impressão de seu corpo no colchão. Os sapatos dele estão por toda parte. Ela não consegue mudar a televisão de canal.

Será que Jon gostaria de beber alguma coisa? Porque ela com certeza sim.

Jon pega um pequeno livro de poemas que ela deixou na varanda. Ele o segura com cuidado entre o polegar e o indicador, como se o objeto pudesse explodir em sua mão. Viver ou morrer. Ele ri. É sério essa pergunta?

Com certeza, responde ela. Você quer um cigarro?

*

Potter e Corrine só têm dois assuntos: dinheiro e o bebê. Adquiriram o hábito de deitar na cama todas as noites e falarem sobre tudo que os tem irritado. Ela está enlouquecendo de passar o tempo inteiro em casa. Ele está trabalhando sessenta horas por semana e não consegue entender por que Corrine não vê como ela é sortuda por não precisar fazer o mesmo. Ela descobriu que estava completamente despreparada para o quão entediante é a maternidade. Acha que cuidar de Alice e da casa deveria ser bom o suficiente para ela. Por que não tenta encontrar outras mães jovens, vai às reuniões da igreja ou algo do tipo? Corrine bufa e revira os olhos. Bem, isso vai ocupar pelo menos *duas* horas do meu dia, diz ela. Toda essa palhaçada de as mulheres ficarem em casa com seus bebês, se é que elas aguentam fazer isso, é uma bobagem sem tamanho. Potter diz que não consegue imaginar o que dirá aos colegas se sua esposa sair para trabalhar. Corrine não dá a mínima para o que esses caras pensam. Eles rolam para o lado e ficam de frente para paredes diferentes. E assim seguem.

*

O operador da doca perdeu o equilíbrio, diz Jon a Corrine. Talvez ele estivesse cansado. Talvez tivesse brigado com a esposa antes de sair para o trabalho, ou uma das crianças estivesse doente, ou talvez alguma dívida estivesse tirando seu sono durante a noite. Talvez ele estivesse trabalhando dobrado porque outro funcionário ligou dizendo que estava doente e o operador já tivesse experiência suficiente para saber que o boom do petróleo não duraria para sempre. Quando se tratava de horas extras, sua filosofia era simples. Faça enquanto puder.

Talvez seja simples assim: ele escorregou, caiu. Porque era um trabalho que o operador já havia feito centenas de vezes, e que conseguia fazer de olhos fechados, a verificação de rotina em uma fileira de navios petroleiros estacionados ao lado da doca de carregamento no campo de olefina, a última etapa antes de começarem a encher os tanques com etileno líquido para enviar para a Califórnia. Ele já estava de pé no degrau superior da escada de aço, disseram os outros homens a Jon, quando um engenheiro sei lá onde deu sinal verde para adicionar um vagão extra, e o acoplamento malfeito provocou um pequeno solavanco que fizeram com que as mãos e os pés do operador se soltassem, fazendo-o rolar para baixo do trem. E em qualquer outro dia ele poderia ter conseguido se livrar das rodas pesadas antes que elas passassem por cima de suas coxas. Poderia. Mas pensar nisso acaba com Jon, e isso não importa agora, não para o homem que morreu esta noite sob o comando de Jon. É meu trabalho mantê-los seguros, diz ele a Corrine.

*

Alice tem seis meses e não dorme. Corrine está embaixo do chuveiro quente e se inclina em direção à parede, batendo a cabeça contra o azulejo com força suficiente para doer. Ela não dorme, ela não dorme, ela não dorme.

*

A nova caminhonete deles parece um sonho, diz Potter enquanto luta para afrouxar o câmbio da marcha. E será que ela não poderia apreciar aquele rádio? Aquilo é que é alta fidelidade! Ele gira o botão de volume totalmente para a direita. Quando Hank Williams e seus Drifting Cowboys ressoam, ele dá um tapa no volante e comemora. *I been in the doghouse so doggone long, that when I get a kiss I think that something's wrong* — Potter fica em silêncio.

Aham, diz Corrine.

Quando eles chegam em casa, ela o manda comprar algo na rua e deixa Alice chorando no berço por alguns minutos. Ela liga para o diretor da escola. Está havendo um boom, diz ela, e eu imaginei que vocês pudessem estar precisando de ajuda por aí. Corrine está certa, as matrículas dobraram e eles estão desesperados atrás de um professor de inglês. O que Potter acha sobre ela voltar ao trabalho?, a secretária quer saber. Talvez Corrine pudesse pedir a ele para ligar para o diretor?

Eles não trepam há meses — meses! —, e é culpa de Potter. Ele se deixou levar, na opinião dela. Depois que o bebê nasceu, Corrine deve ter caminhado oitocentos quilômetros para recuperar seu peso. Vivendo à base de alface americana e maçã, quando o que realmente queria era um bife e uma batata assada com todos os acompanhamentos. Fumando um cigarro quando preferia uma barra de chocolate. Mas Potter é diferente. Ele engordou alguns quilos durante a gravidez — treze, para ser exato —, de todas aquelas noites deitados na cama, dividindo com Corrine um pote de sorvete Blue Bell enquanto Alice esmurrava a barriga dela. Ele ainda gosta de tomar sorvete todas as noites, leva a tigela direto para o quarto e deita na cama com ela.

E Corrine culpa o bebê. Ela ama Alice com uma ferocidade que a abalou profundamente nos dias e semanas após as enfermeiras permitirem que eles a levassem para casa. O fato de qualquer um os deixar sair do hospital com algo tão frágil e importante como um bebê por si só parecia algo milagroso e absurdamente imprudente para Corrine e Potter. Porém, no que diz respeito a Corrine, há uma linha ininterrupta de causa e efeito entre o nascimento da filha e o fato de não transar. Ela sente falta de Potter segurando-a pelos quadris e olhando para ela, sente falta de seu dedo correndo ao longo da mancha vermelha que aparece em seu pescoço quando ela goza, a forma como se aprofunda e cresce, cobrindo seu queixo e suas bochechas.

O bebê está na cama e eles estão sentados em suas poltronas, ouvindo Bob Wills no rádio. Corrine tenta ler um livro, mas está o tempo todo atenta ao bebê. Isso é algo que eu costumava fazer, pensa ela, ler. Eu costumava decorar poemas e chegava às lágrimas ao recitá-los. Eu costumava sair pela porta e fazer um longo passeio de carro sempre que sentia vontade. Eu costumava ter meu próprio salário.

Potter está fazendo palavras cruzadas. Ele pousa o lápis e observa a esposa por alguns minutos. Ei, diz ele baixinho, posso te perguntar uma coisa, Corrine?

Mmm. Talvez.

Do que você precisa?

Do que eu *preciso*?

Sim. Do que você precisa, Corrine, para ser feliz comigo e com a Alice?

Ela não hesita. Eu preciso voltar a trabalhar, Potter.

Querida, você *trabalha*, cuidando da Alice e de mim.

Sim, é verdade. Mas prefiro dar aulas de inglês para uma turma cheia de caipiras fervilhando em hormônios.

Acho que dar aulas vai ser um pouco demais para você.

No segundo em que as palavras saem de sua boca, Potter deseja poder trazê-las de volta. E, com certeza, Corrine soltará fogo pelas ventas. Potter, você está de sacanagem? Você só pode estar brincando. Eu vou te dizer o que preciso, Potter. Eu *preciso* que as pessoas parem de falar comigo como se eu tivesse me tornado uma completa idiota desde que tive um bebê. Preciso que as mulheres de Odessa parem de me dizer que o que realmente deveria fazer é providenciar outro bebê. Rá! Ela fecha o livro com força e o ergue acima da cabeça, e Potter se dá conta de que ela vai se inclinar para frente e acertá-lo com o livro.

Eu preciso voltar a dar aulas, diz Corrine, porque gosto de manter um bando de adolescentes como reféns dentro de uma sala de aula enquanto leio *My Antonia* da srta. Willa Cather em voz alta para eles. Deixe que outra pessoa venha até aqui passar oito horas fazendo uma carinha melosa para a Alice todos os dias — *todo santo dia*, Potter. Você nunca parou de trabalhar, então por que não tira um minuto do seu dia para pensar em como é passar por isso?

Você era uma ótima professora, diz ele, mas quem vai cuidar da Alice?

Eu *sou* uma ótima professora.

Eles ficam sentados ouvindo o tique-taque do relógio. O cachorro de um vizinho late. Na cozinha, o motor da nova geladeira liga, um zumbido constante que atinge todos os cantos da casa. Até o dia de sua morte, Potter vai desejar não ter dito aquilo, mas ele tem a melhor das intenções quando coloca suas palavras cruzadas na mesinha e caminha na direção da esposa para se sentar no carpete ao lado da poltrona dela, e se pergunta em voz alta, É muito cedo para começar a pensar em ter outro bebê?

*

Alice é a primeira coisa em que pensa todas as manhãs, a última antes de pegar no sono por algumas horas à noite, e durante todo o tempo entre um momento e outro. Ela é um relâmpago e suas consequências, um incêndio que atinge um bosque de zimbro e algarobeiras. Ela é amor, e Corrine está completamente despreparada para isso. Eis uma pessoa que é, e sempre deve ser, aquela para quem o mundo inteiro foi feito, e sem a qual esse mesmo mundo se torna inimaginável. Se algo acontecer a Alice, se ela ficar doente, se houver um acidente, se uma cascavel cruzar o quintal rastejando enquanto Alice está do lado de fora em sua manta — tudo isso é o suficiente para levar uma mulher diretamente para os braços da igreja mais próxima ou, no caso de Corrine, da biblioteca móvel que alguém estacionou na semana passada no terreno baldio a menos de um quarteirão de sua nova casa.

*

Também faz parte do trabalho de Jon dirigir até a casa do operador das docas no meio da noite, bater à porta e ficar parado na varanda até que a esposa do homem apareça. A mulher não queria acordar as crianças, ele conta a Corrine, então eles ficaram sentados juntos no sofá enquanto esperavam a irmã dela chegar. Ele manteve as mãos cruzadas no colo e as unhas escondidas. Mais cedo, na refinaria, ele havia tomado banho e vestido a camisa limpa que mantém no escaninho. Só que sangue é uma coisa perniciosa e, sentado na sala da casa do operador, Jon notou que as unhas e as rugas dos nós dos dedos ainda estavam manchadas. A esposa fez algumas perguntas e ele contou algumas mentiras — foi tudo muito rápido, ele não sofreu, ele sequer entendeu o que tinha acontecido. Jon observou a esposa do homem cruzar as mãos uma sobre a outra e pressioná-las com força contra a boca. Uma verdade que ele podia dizer a ela: ele não estava sozinho quando tudo aconteceu, e não estava sozinho quando morreu. Jon estava lá, segurando o rosto do homem com as mãos, dizendo-lhe que tudo ficaria bem.

*

Alice já está andando quando eles decidem pegar a estrada com a caminhonete, dar a partida no motor e ver o que ele era capaz de fazer. Potter liga para o sogro e pergunta se ele pode passar a noite com o bebê. Ouvi falar bem das montanhas perto de Salar, diz a Corrine. Há alguns campings por lá, mas eles precisam ir agora, antes que a primavera chegue e fique quente demais.

Potter põe sua velha barraca do exército para arejar no quintal e verifica as costuras enquanto Alice, cambaleante, entra e sai da cabana de lona pesada, repetindo sua única frase completa. E eu? E eu?

Corrine enche o cooler com cerveja, frango frito gelado e salada de batata, e em seguida coloca três galões de água na parte de trás da caminhonete. Potter guarda uma garrafa de uísque, uma lanterna, dois sinalizadores de emergência e seu revólver de serviço no porta-luvas. Corrine leva também sua pistola de bolso. Potter enfia preservativos na carteira. Corrine coloca seu diafragma, um pouco de creme espermicida e um chumaço de lenços de papel na bolsa.

Enquanto Potter dá comida a Alice, Corrine está parada ao pé da cama, se lembrando de uma camisola de chiffon preto transparente que costumava usar antes de ter bebê. Deve servir, mas parece ridículo levar uma roupa dessas para acampar. Depois de vestir um casaquinho e uma saia evasê vermelha logo abaixo dos joelhos — Potter ama essa saia — ela procura seus sapatos pretos de salto dentro do armário, que ao menos consegue usar para dirigir. Depois coloca as botas ao lado de sua bolsa de mão. No último segundo, Corrine tira a calcinha, preferindo usar por baixo da saia apenas meias-finas pretas e uma cinta-liga. Em quase trinta anos de vida, Corrine nunca saiu de casa sem roupa íntima. É uma delícia. Ela coloca seus óculos novos, tira, e estreita os olhos em direção ao espelho da cômoda. Põe os óculos de volta e entra na sala. Tcharam! Ela joga um braço no ar.

Os olhos de Potter se arregalam. Ele dá uma risada e estende os braços para ela. Uau! Querida, você parece uma bibliotecária.

O braço de Corrine desaba ao lado do corpo. Muito obrigada.

Não, Corrie! Querida, eu quis dizer...

Mas Alice começa a chorar, cambaleando em direção à mãe e com os braços erguidos como um ladrão apanhado pelos faróis do carro do xerife. No momento em que a esposa passa ao seu lado, Potter toca levemente a manga do suéter dela. Macio, diz ele, mas ela não ouve. Em vez disso, sai para acalmar o bebê enquanto ele fica parado na porta, uma mão ainda estendida para a esposa.

Eles beijam a filha, fazem carinho e falam com ela como se estivessem partindo em um cargueiro com destino a Camarões, depois a entregam ao avô com uma folha de papel que traz uma série de instruções. Prestige olha a lista, dobra-a ao meio e a enfia no bolso da camisa. Então, está bem. Divirtam-se. Não se apressem em voltar.

Eles pegam a nova estrada norte em direção a Notrees, passando pelos acampamentos só de homens que surgiram no estacionamento do coliseu enquanto as pessoas aguardam até que mais casas sejam construídas. Nos acampamentos familiares, espalhados em terrenos de terra atrás do coliseu, crianças magras e sujas de poeira brincam, brigam e se esparramam no chão. Corrine os observa e morde a unha do polegar. A maioria provavelmente não está sequer matriculada na escola. Isso é um absurdo, diz ela. Uma vergonha.

Por quê? Potter está mexendo em seus faróis novos, ligando-os, desligando-os e depois ligando-os novamente. As pessoas têm que ganhar a vida.

É uma vergonha termos pessoas morando em barracas no meio de terrenos baldios, Potter. Essas empresas deveriam estar proporcionando algo melhor para elas.

Imagino que provavelmente estejam fazendo o melhor que podem, dadas as circunstâncias. Tem muita gente chegando, muito rápido.

Ah, porra nenhuma. Essas empresas de petróleo não se importam com ninguém, e você está querendo se enganar se pensa diferente. Além disso — ela procura um batom e um pó compacto dentro da bolsa —, você não fica incomodado com o que eles estão fazendo com a terra aqui?

Potter pisa no acelerador. Me incomodaria muito mais se eu não pudesse colocar comida na mesa para você e para a Alice, se eu não pudesse guardar um trocado caso a nossa filha queira ir para a faculdade, como a mãe fez.

Corrine passa um batom vermelho vivo no lábio inferior, em seguida, verifica os dentes no espelho. Ela pensa na calcinha que não está usando. A sensação do assento de couro contra a parte de trás dos joelhos é deliciosa. Cuidado, diz ela. Não queremos sofrer um acidente.

Tudo bem, Corrine. Potter liga o rádio e cada um acende um cigarro. Filetes de fumaça saem de suas janelas conforme eles passam por caminhonetes com as caçambas cheias de homens. Alguns olham para você bem nos olhos. Outros desviam o olhar, como se estivessem fugindo de alguma coisa — da polícia, da máfia, das esposas e dos filhos em Gulf Shores, Jackson ou alguma outra cidadezinha deplorável onde falta trabalho e não há perspectivas.

Eles passam por rolos de arame farpado e pilhas de vigas de aço na lateral da estrada. Quinhentos metros à frente, uma caminhonete para e duas mulheres saltam da parte de trás. Elas ficam paradas no acostamento acenando loucamente por um ou dois minutos e, quando outra caminhonete para, elas entram. Os homens comemoram. Corrine franze a testa e enfia as mãos atrás dos joelhos. O forro da saia está grudando em sua bunda, e suas coxas estão suadas. O que Alice está fazendo agora?, pergunta-se. Provavelmente quicando em cima da barriga do avô. Ele ficará dolorido por dias.

Quando chegam a Mentone, o sol arde no horizonte. Eles param próximo a uma mesa de piquenique em uma escarpa na margem do rio Pecos, então raso e lento. Vinha sendo um ano muito seco e era impossível alguém se afogar ali, mesmo que tentasse. A luz difusa do sol deixa a água com a cor da casca de algarobeira e surgem cirros lá no alto. Eles se revezam para fazer xixi, Corrine cambaleando pelo matagal, saltos altos afundando na terra, enquanto bate palmas ruidosamente para espantar as cobras. Ela pensa em como foi uma tolice não ter calçado as botas, e quando sai tropeçando de trás de um aglomerado de algarobeiras, a saia balançando ao redor dos joelhos, Potter assobia.

Olá, sra. Shepard, diz ele. A mulher dos meus sonhos.

Pela primeira vez ao longo daquele dia inteiro, talvez pela primeira vez em semanas, o rosto de Corrine se abre em um largo sorriso. Olá, sr. Shepard.

Depois de um jantar tranquilo de frango frito e cerveja, eles seguem rumo ao norte. A noite já chegou, mas é possível ver chamas de gás natural dos dois lados da rodovia. Potter diz que em algumas noites as empresas queimam tanto gás que é possível dirigir de Odessa a El Paso sem acender os faróis nenhuma vez. As chamas são tão confiáveis quanto o sol do oeste do Texas, diz ele.

Gostaria que o cheiro fosse melhor, diz Corrine. Gostaria de saber o que tem lá.

Quando saem da rodovia principal e pegam uma estradinha de terra em direção às montanhas, ele desliga os faróis e eles seguem no escuro. É possível ver as chamas à distância. Ele olha para a esposa. Os olhos dela brilham à luz do gás, uma sarda em sua bochecha fica dourada e ele começa a cantar baixinho. *Frankie was a good girl, everybody knows. She paid one hundred dollars for Albert's suit of clothes. He's her man, and he did her wrong.* Quando ele estende o braço e toca o joelho de Corrine, ela dá um pulo. Eles não haviam se tocado, nem mesmo um carinho de leve, desde que entregaram o bebê ao pai dela horas antes.

Corrine põe a mão em cima da dele e esfrega suavemente as juntas de seus dedos. Você por acaso está tentando flertar comigo?

Potter ri. Sim, talvez, um pouquinho.

Bem, diz ela, respirando profundamente. Tudo bem.

De repente, ele pega outra estrada de terra e segue em direção ao deserto. Eles sacodem por alguns minutos, suas cabeças parecendo flutuadores de pesca, enquanto Potter observa as estradas de acesso dos dois lados, pouco mais largas do que a caminhonete. Corrine se inclina para frente e olha pelo para-brisa. Aonde estamos indo?

Aqui costumava ter uma colina. Um ótimo lugar para ver a lua e as estrelas nascendo. Quer parar um pouco e sair da caminhonete?

Pode ser.

Poucos minutos depois, ele para ao lado de uma floresta de algarobeiras. Aqui parece bom.

Eles ficam sentados na porta da caçamba por alguns minutos, os pés balançando enquanto fumam e observam algumas estrelas despontarem no céu. Uma lua sorridente paira logo acima do horizonte, e eles podem ver a linha do trem cortando o deserto, embora esteja longe demais para que seu apito seja mais alto do que um leve gemido. Potter se levanta num pulo e enfia a mão pela janela do passageiro, e Corrine o ouve abrir o porta-luvas. Vamos atirar um no outro?, pergunta ela.

Ha, ha. Engraçadinha. Ele volta com o uísque e se apoia na porta da caçamba ao lado dela, a garrafa presa entre as coxas. Os pés dele levantam um pouco de poeira. Há milhares de coisas que Potter poderia dizer para Corrine agora, e ela pensa, não pela primeira vez, que talvez devesse ter se casado com Walter Hendrickson, um garoto da cidade que cresceu e virou compositor de músicas country, e *além do mais* é pago para isso.

Eu queria muito que você conseguisse ser feliz ficando em casa, diz Potter.

Corrine se levanta e se afasta da caminhonete a passos largos. Quando ela se vira, seu rosto está tomado pela fúria. Vai se foder, Potter.

Potter parece querer sair correndo em direção ao matagal. Talvez ela tenha sorte e ele caia em um poço abandonado ou na toca de uma cascavel.

Eu vou dizer uma coisa, Potter. A única coisa que eu odeio mais do que ficar em casa com a Alice o dia inteiro é me sentir culpada por não querer fazer isso. A voz de Corrine falha e ela pressiona o punho contra sua boca. Ela está tentando não chorar, e isso a deixa ainda mais furiosa.

Ele tira a tampa do uísque e toma um longo gole, depois outro. Em algum lugar no matagal, uma perdiz-da-virgínia começa a cantar e, à distância, outra responde. Estrelas cadentes desabam no céu — ali, depois desaparecem rapidamente. Ele estende a garrafa para Corrine, mas ela balança a cabeça e acende outro cigarro. Ele a observa fumar por alguns minutos e então se levanta e apoia a garrafa na porta da caçamba. Ele pega a esposa pelos ombros. Corrine é uma mulher alta e curvilínea, mas mesmo assim é quase trinta centímetros mais baixa que o marido. Ele se abaixa e olha diretamente em seus lindos olhos. Corrine, me desculpe.

Se ele tivesse acabado de confessar ser um espião soviético, ela não teria ficado tão surpresa. Ela nunca pede desculpas a ninguém por nada, é uma de suas falhas de caráter, mas Potter também não costuma ser o melhor nisso.

Corrine toca o rosto dele, sua mão grande e quente contra a bochecha do marido. Há meses ela não o toca dessa maneira.

Potter, quando você estava no Japão pilotando aviões, eu dava aulas de inglês o dia inteiro e depois pegava o carro até os campos com um grupo de outras mulheres e ajudava a colocar o gado dentro dos trens de carga. Todas as noites eu estava destruída — cansada mesmo, Potter, completamente exausta. Até meus seios doíam no final do dia. Mas eu também me sentia *forte*. E então vocês todos voltaram para casa e nós tivemos que engravidar o mais rápido possível e voltar para a cozinha como um bando de vacas velhas em direção ao celeiro. E talvez não tenha problema nenhum nisso. Acho que muitas mulheres estão satisfeitas com esse arranjo, ou talvez elas apenas reclamem menos do que eu. Corrine desce da caçamba da caminhonete e dá alguns passos em direção ao deserto. Ela se vira e encara o marido. Eu amo a Alice. Ela é a melhor coisa que você e eu já fizemos juntos. Mas me escuta, Potter. Eu estou enlouquecendo.

Ela caminha de volta até ele, e eles ficam lado a lado, próximo à porta da caçamba. Algumas das labaredas de gás se apagaram e o céu está novamente tomado de estrelas. Corrine está rígida ao lado do marido. Suas costas estão eretas como sempre, mas as mãos estão tremendo.

Assim que chegarmos em casa, diz ele, vamos começar a procurar alguém para cuidar da Alice, uma daquelas viúvas do campo de petróleo de quem você vive falando.

Bem, *finalmente*. Obrigada. Ela apaga o cigarro no para-choque da caminhonete. Posso pedir uma outra coisa?

Querida, se o diretor da escola me perguntar — e você sabe que ele vai fazer isso —, pode deixar que eu garanto a ele que nós conversamos sobre isso e concordamos que você deveria voltar ao trabalho.

Ela ri amargamente e revira os olhos. Ele tem razão, é claro. Ela vai precisar da permissão do marido e, mesmo assim, pode ser que eles não a contratem. Essa ideia faz Corrine querer cuspir ou quebrar uma garrafa na cabeça de alguém. Não é isso, Potter. Eu quero que você converse comigo.

Como assim, conversar?

Como você costumava fazer, antes da Alice. Como se fôssemos uma novidade um para o outro. Ela observa o rosto dele com atenção, pensando que ele talvez estivesse mais entusiasmado se ela tivesse pedido que ele arrancasse um dos próprios dentes com um alicate.

Ah, pelo amor de Deus. Deixa para lá. Corrine vira o cigarro em direção a uma graxeira, se senta na porta da caçamba com um baque e balança as pernas para a frente e para trás.

Potter dá algumas voltas ao redor da caminhonete. Depois da terceira, ele para na frente da esposa. Suavemente, ele impede que as pernas dela continuem a balançar. Sra. Shepard, gostaria de beber alguma coisa?

Sim. Acho que sim. Corrine pega a garrafa, tira a tampa e dá alguns longos goles. Um pouco de uísque escorre pelo queixo dela.

Ela tem um pescoço adorável, longo, fino e levemente sardento. Ele o toca com um dedo, maravilhando-se em voz alta com a suavidade de sua pele, uma nova linha que atravessa sua garganta. Eu já te disse que você tem um pescoço lindo?

Ultimamente, não.

Você tem. Ele se inclina e toca a ponta da língua no uísque que brilha na clavícula de Corrine. É uma bela palavra, essa. Clavícula.

Corrine se inclina na direção dele e olha para as estrelas. Você acha que alguém pode nos ver aqui?

Não, vamos vê-los se aproximar a quinze quilômetros de distância.

Esposa e marido se encaram. *Fale*, pensa ela.

Deixa eu sentir o seu gosto, diz ele, e pressiona os lábios contra a boca dela. Linda, com seus óculos novos e o cabelo amarrado com um nó. Doce Corrine, com a boca quente de uísque.

Corrine começa a tirar os óculos.

Não tire. Por favor.

Ela olha para ele por vários segundos e então toma outro gole de uísque, sua garganta se movendo um pouco enquanto ela engole. Podemos acabar nos deixando levar e nos esquecendo de ficar atentos aos faróis.

Talvez você precise de mais um gole, diz ele. Coragem líquida.

Ela bebe mais um pouco. Devolve a garrafa ao marido. À coragem.

À coragem, repete ele. Ele pousa a garrafa e pega a mão dela, pressionando-a primeiro contra o coração e depois contra a parte da frente de sua calça jeans. Mais duro que isso, impossível.

Ela dá uma risadinha e ele abre as pernas dela suavemente, alisando sua meia com a palma da mão, arregalando os olhos no momento em que seu dedo encontra a pele nua da esposa.

Por que você não se levanta, Corrine, e deixa eu dar uma olhada nessas meias pretas?

Ela sai andando em direção à planície, o rosto e os cabelos iluminados pela lua, sapatos pretos de salto alto e um meio sorriso, os dedos erguendo delicadamente a saia.

Meu Deus, querida. Venha aqui. Ele a senta na porta da caçamba, a parte de trás dos joelhos dela batendo levemente contra o aço, e em seguida lhe dá um puxão. Deite-se, Corrine.

*

Jon não fuma um cigarro desde que esteve no exterior e prometeu a si mesmo que nunca mais o faria novamente, mas quando puxa a fumaça para dentro dos pulmões, pode sentir seu peito se expandir, crescer, e é tão bom, é um alívio do cacete, ele acha que vai chorar. O que dizemos a um homem que está morrendo em nossos braços? Não tenha medo. Você não está sozinho.

O álbum para de tocar. Jon e Corrine ouvem o clique enquanto o braço da vitrola se ergue e em seguida se acomoda no suporte.

Corrine, diz ele, você gostaria de ouvir mais um pouco?

Música?, pergunta ela.

Sim.

Você pode ir lá virar o disco?

Quando Jon tenta se levantar, tropeça no escuro e cai em cima do ombro de Corrine. Ele tenta se endireitar, mas ela agarra a camisa dele e o puxa em sua direção, como se ele fosse uma criança que escorregou e caiu de um deque, ou como se ela fosse um navio prestes a afundar, ou como se ambos fossem péssimos nadadores em um mar agitado. Corrine pega a mão dele e a pressiona em seu rosto e depois de alguns segundos, ele faz o mesmo. Eles se sentam juntos e observam a última das estrelas se apagar. O sol nascerá em breve, diz um deles. Melhor ir para casa.

*

No caminho para casa na tarde seguinte, Corrine tira a mão quente do Potter do câmbio e a pressiona gentilmente contra sua saia, então a guia para cima e para baixo, passando por um pequeno hematoma em seu joelho direito, pousando-a sobre sua coxa nua. Eles estão exaustos, de ressaca e totalmente doloridos — e nunca chegaram às montanhas. Corrine joga o pescoço para o lado e coloca a cabeça para fora da janela, tentando se ver no espelho retrovisor. Quando chegarem em casa, todos os seus problemas ainda estarão lá. Eles ainda serão dois jovens que passaram pela pior guerra de suas vidas apenas alguns anos antes, cheios de preocupações e medos, e uma garotinha para alimentar e amar. Eles vão brigar por dinheiro e sexo, e sobre de quem é a vez de cortar a grama, lavar a louça, pagar as contas. Em alguns anos, Corrine ameaçará jogar tudo fora quando se apaixonar pelo professor de estudos sociais, e alguns anos depois, Potter fará algo semelhante. E em todas as vezes eles sentirão raiva, e aguardarão até que sejam capazes de amar um ao outro novamente, e quando isso acontecer, será uma maravilha. Nesta manhã, o cabelo de Corrine esvoaça selvagemente para fora da cabine da caminhonete, e há uma leve mancha avermelhada em seu adorável pescoço. Querida, diz ele, você não poderia ser mais bonita.

Debra Ann

As histórias de Jesse são muito melhores do que as dela. Ele esteve no exército e serviu no exterior. Quando foi para casa, no leste do Tennessee, manteve a documentação de sua baixa no bolso da camisa por um tempo, como se a qualquer momento alguém pudesse pedir para vê-los, como se talvez apenas voltar para casa vivo fizesse dele um criminoso. Ele disse que consertaram seus dentes quando ele entrou para o exército e que, depois disso, sua mãe passou a cobrir a boca quando ria, suas mãos grandes arranhadas, as articulações dos dedos deformadas e em carne viva, cheias de cicatrizes provocadas por martelos, ganchos de carne e máquinas de costura industriais.

A festa de boas-vindas foi no trailer da família e Jesse viu as pessoas sorrirem e apertarem as mãos. Tentou mantê-los do seu lado direito, mas ainda assim perdeu muito do que era dito. Jesse acenava com a cabeça, sorria e deixava que eles enchessem seu copo, e quando alguém perguntava por onde ele tinha andado, respondia, Caramba, eu nem sei, nunca consegui aprender a pronunciar o nome daquele lugar, então pensava nos dois meninos que havia matado. As tias falavam sobre colher algodão ou trabalhar em fábricas de tecelagem. Os tios falavam sobre ir para o leste do Kentucky a fim de trabalhar na mina, seus olhos suavizando quando viam Jesse observando-os. Você escolheu uma péssima hora para voltar a Belden Hollow, diziam. Não tem *nada* acontecendo aqui.

Foi então que chegou seu primo Travis, estacionando o Ford F-150 novinho em folha que havia comprado no Texas. Paguei em dinheiro vivo, disse ele. Ele usava botas novas e tinha um novo apelido — Boomer, disse ele, porque quase tinha voado pelos ares em sua primeira semana de trabalho.

Como Debra Ann ainda é criança, além de ser uma menina, Jesse não lhe conta o que seu primo disse depois. Você não precisa saber porra nenhuma sobre petróleo. Faça o que eles mandam e receba seu pagamento todas as sextas-feiras. Trezentos por semana, e todas as bocetas do oeste do Texas que você for capaz de aguentar. Encha a mala de preservativos, meu irmão. Prepare-se para a festa.

Em vez disso, Jesse diz a Debra Ann que deixou o Tennessee em janeiro, com seu equipamento no banco da frente de sua caminhonete, o número de telefone de Boomer no bolso e uma espécie de voz ecoando na cabeça, do tipo dá-um-jeito-na-sua-vida-Jesse. Ele conta que, quando as árvores desapareceram do outro lado de Dallas, perguntou-se como era possível que um lugar fosse tão marrom e cheio de poeira. Até mesmo o céu azul brilhante ficou da cor da terra quando o vento soprou com força. Às vezes, ele mal conseguia distinguir uma coisa da outra; céu e chão, terra e ar.

E aí você veio para Odessa, diz Debra Ann.

Isso mesmo. O encarregado do local onde Boomer trabalhava olhou para mim e começou a gargalhar. Você não se importa com lugares pequenos, não é, baixinho?, ele me perguntou. Quando eu contei para ele que durante a guerra havia passado muito tempo dentro de túneis, o sr. Strickland me deu uma nota de vinte para ir comprar umas botas e me disse para levar uma muda de roupa limpa no dia seguinte.

Logo depois que eu nasci, o meu pai limpava tanques de água salgada, diz Debra Ann. Ele conta que a primeira vez que entrou em um tanque com a máscara e uma vassoura, e um raspador de metal da altura dele, quase teve um infarto de tão pequeno e escuro que era lá dentro.

Eles estão sentados lado a lado na saída do duto, ambos com os joelhos dobrados na altura do peito, tentando não deixar que a pele nua toque o concreto escaldante. Quando entrei naquele tanque, disse Jesse, eu parecia um homem. Quando saí, era mais para uma daquelas estátuas de ônix que costumava ver nos mercados lá fora. Eu estava coberto de petróleo da cabeça aos pés. Levei vinte minutos no chuveiro do campo para tirar tudo aquilo da minha pele.

Meu pai odiava. Ele dizia que ficava enjoado.

É um pouco isso mesmo, diz Jesse e depois fica em silêncio. Em sua cidade natal, não havia nada a fazer a não ser pescar no rio Clinch e procurar ágatas em Paint Rock ou em Greasy Cove. Talvez pegar o carro e ir até o hospital de veteranos uma vez por semana para ver se sua audição melhorou. Mas aqui em Odessa, ele trabalha. Como um homem. Jesse pega um pequeno pedaço de giz e o usa para desenhar no concreto.

Estou economizando quase tudo que ganho, diz ele a Debra Ann, graças à sua hospitalidade. Daqui a mais ou menos um mês, eu vou ter juntado o dinheiro do Boomer, e ele vai ter que devolver a minha caminhonete.

De vez em quando, Jesse vê Boomer no clube de strip, sentado no bar com os mesmos homens que o atiraram da caminhonete. Eles bebem e assistem às mulheres, e quando veem Jesse varrendo um copo quebrado ou limpando vômito com um esfregão, tapam a boca com as mãos e riem, mas nunca falam com ele, nunca perguntam onde ele está morando.

Debra Ann mostra a ele o cartão postal que chegou logo após o Quatro de Julho. Ela passa o postal para ele, que olha a frente e o verso, depois devolve para ela. Uma escultura de um caubói, com o chapéu puxado para baixo cobrindo os olhos, inclinado contra uma placa que diz GALLUP, NOVO MÉXICO.

Mas o carimbo do correio é de Reno, diz Jesse.

Eu sei, diz Debra Ann. Não faço a menor ideia de onde minha mãe está. Ela arranca o cartão postal da mão do amigo e sai correndo pela encosta íngreme sem se despedir. Se apressa em se afastar dele para chegar a algum lugar privado onde ninguém possa vê-la chorar.

*

Debra Ann nunca andou de avião, nem sequer saiu do Texas, mas ela e Ginny costumavam ir ao oeste de Odessa todo mês para visitar a bisavó de Debra Ann por uma ou duas horas. Ginny se sentava em uma ponta do sofá e Debra Ann na outra, enquanto a velha senhora as servia mais uma vez de chá gelado e falava sobre o retorno do Salvador. Quando estavam voltando para o carro, Ginny às vezes agarrava a mão da filha. Por que não vamos até Andrews e compramos uma casquinha no Dairy Queen?, dizia ela. Ou você quer pegar o carro e ir até as dunas ver as estrelas surgirem no céu, depois talvez ir para Monahans e comer um cheeseburguer no drive-in?

    Elas se sentavam no capô do carro e ficavam ouvindo o vento soprar forte ao ponto de sentirem o gosto da areia na boca e de, mais tarde, encontrarem sujeira no fundo da banheira, e, para Debra Ann, era como se todas as estrelas do céu surgissem apenas para elas duas. Lá está o cinturão de Órion. Ginny apontava para o sul. Ali estão as Sete Irmãs. Dizem que são sete, mas são nove, e há outras milhares de estrelas que nem conseguimos ver.

    E uma noite, quando elas viram uma caminhonete descendo a mesma estrada de terra por onde haviam passado, Ginny se endireitou, observando, os olhos cinzentos se estreitando e o corpo pronto para agir.

    Devemos ir embora?, perguntou Debra Ann.

    Não, respondeu Ginny. Temos tanto direito de estar aqui quanto qualquer outra pessoa. Ela desceu do capô e se inclinou pela janela aberta do carro para pegar algo do porta-luvas, então ligou o rádio do carro e subiu de volta no capô. Quando a programação de jazz começou na estação universitária, elas ouviram Chet Baker e Nina Simone, a trompa, o piano, as vozes vagando pela areia e desaparecendo atrás das dunas.

    Tente se lembrar desta noite, disse Ginny. Ela tinha lágrimas nos olhos. A lua nasceu laranja e imensa, a quilômetros de areia clara naquele canto vazio do mundo. Ela sorriu para a filha e lhe entregou as chaves do carro. Quer ir dirigindo de volta até a rodovia, Debra Ann? São cerca de quinze quilômetros de estrada de terra antes de chegarmos ao asfalto.

*

Ele conta para ela que uma vez um garoto saiu de um túnel lateral e parou bem na frente dele. Eles estavam em uma câmara subterrânea tão próxima do lençol freático que Jesse podia sentir o cheiro dos minerais. Ficou surpreso que um menino tivesse se materializado no escuro daquele jeito, embora não devesse ter ficado. Eles ficaram parados, se encarando, dois meninos assustados e boquiabertos, e Jesse não tinha visto o segundo garoto até que ele deu uma coronhada em sua orelha esquerda com um fuzil.

Ele não diz a Debra Ann que o eco de seu revólver ainda ricocheteava nas paredes de terra quando ele se levantou e olhou para os dois garotos com buracos idênticos no peito, que ele havia sacudido a cabeça por conta do estranho embotamento em seu ouvido sangrento, como se alguém de repente tivesse erguido uma parede de tijolos entre ele e o mundo. Não seria certo contar para ela que ele acorda todos os dias pensando naqueles dois. Será que eram irmãos? E se fossem, será que a mãe deles passava a noite inteira acordada, esperando que eles voltassem para casa e se perguntando o que aconteceu?

Jesse já economizou quase o suficiente para recuperar sua caminhonete e está começando a acreditar que talvez consiga voltar para casa antes do inverno, quando uma das dançarinas lhe conta que Boomer deixou a cidade. Ela entrega a ele um guardanapo com o novo número de telefone e o novo endereço de Boomer. Ele pediu que Jesse fosse até lá quando tivesse o dinheiro.

Jesse analisa o número de telefone escrito logo abaixo do logotipo do clube, a silhueta de uma mulher com seios grandes e orelhas de coelho saindo de sua cabeça. *Penwell, Texas, trailer atrás do antigo posto de gasolina.*

Como eu vou chegar a Penwell?, pergunta ele à mulher.

Fica só a uns vinte quilômetros daqui. Ela alisa suavemente o braço dele. Sinto muito, querido, eu ajudaria se pudesse. E apesar das más notícias, Jesse sente o calor do toque dela por horas.

*

Faz nove meses que não chove e os irrigadores funcionam dia e noite. Debra Ann se vangloria, para quem quiser ouvir, de não tomar um banho de verdade desde meados de junho. Ela simplesmente atravessa o irrigador mais próximo e pronto. É a melhor coisa de não ter a mãe por perto, confessa a Aimee, que diz que a mãe não tira os olhos dela em momento nenhum.

Aimee é quinze centímetros mais baixa do que Debra Ann e tem cílios tão claros que são praticamente invisíveis. Juntas, as meninas correm em meio aos irrigadores do quintal de Aimee enquanto seus rostos queimam, enchem de sardas e descascam. Quando a franja de Debra Ann cresce ao ponto de cobrir seus olhos, ela fica de quatro e finge ser um cão pastor correndo atrás de Aimee pelo jardim. Elas compartilham batatas fritas, histórias fantásticas, carrapatos e micoses o tempo todo. As picadas de insetos que cobrem seus braços e pernas se transformam em feridas, casquinhas e cicatrizes. Quando seus ombros ficam da cor de um tomate, elas se sentam à sombra da cerca de concreto e ignoram a mãe de Aimee, que aparece na porta dos fundos a cada poucos minutos para ansiosamente dar uma olhada no quintal. Aimee diz que o telefone nunca para de tocar na casa dela. No dia anterior, ouviu a mãe perguntar a alguém se ainda não haviam se cansado daquilo e, em seguida, desligar o telefone com tanta força que provavelmente arrebentou o tímpano de quem havia ligado.

Na piscina da Associação Cristã de Moços, a sra. Whitehead se senta na beirada de uma espreguiçadeira com o bebê nos braços e o corpo rígido, observando Aimee pular de uma plataforma pela primeira vez. Quando chega sua vez, Debra Ann passa alguns segundos parada na beira da plataforma — trêmula, magricela e apavorada —, mas então olha para baixo e vê Aimee boiando na parte funda da piscina, incitando-a, e então arremessa seu corpo no ar. Durante alguns segundos após atingir a água, antes de voltar à tona, ela sente que é capaz de fazer qualquer coisa. Aimee diz que se sente da mesma maneira.

A fé das duas meninas está enraizada em seus corpos, músculos, tendões e ossos, que as mantêm unidas e ordenam que elas se *movam*. São estrelas do atletismo, ginastas e nadadoras olímpicas que conquistam medalhas de ouro no salto ornamental e no nado sincronizado. Enquanto a sra. Whitehead troca a fralda do bebê e tenta fazê-lo pegar a nova mamadeira, elas atiram água uma na outra e pulam da lateral da piscina. Descem até o fundo e se sentam com as nádegas pressionadas contra a superfície áspera enquanto olham para cima, para cardumes de crianças, braços e pernas magricelos projetando longas sombras na água. Elas prendem a respiração o máximo que conseguem, e quando saem da água, ofegando e cuspindo, a sra. Whitehead está parada à beira da piscina aos berros, pedindo que alguém as ajude. Qual o seu problema?, grita Aimee. Ela respira fundo e mergulha novamente, as pernas finas chutando com força, afastando-a da mãe.

Nós estamos bem!, diz Debra Ann. Só estamos brincando.

A sra. Whitehead muda o bebê para o outro lado do quadril e ajeita o chapéu. Quero vocês duas fora da piscina. Venham aqui se sentar um minuto, diz ela a Debra Ann. Agora mesmo, por favor.

Aimee lê a entrevista de Karen Carpenter na *People* e promete beber pelo menos oito copos de água por dia e, quando estão prontas para sair da piscina, ela leva suas roupas para uma cabine fechada para se trocar. Debra Ann está preocupada e diz que seu pai está trabalhando demais, que acredita não estar preparando jantares bons o suficiente para ele. Macarrão com queijo não é uma refeição equilibrada. Aimee diz que sua mãe não dorme à noite, e toda vez que seu pai vai até a cidade, eles ficam na cozinha gritando sobre o julgamento. Na semana passada, um deles quebrou uma luminária.

Papai quer que voltemos para a fazenda *agora mesmo*, conta a Debra Ann. Ele diz que não vai mais pagar o aluguel *nem* a hipoteca. Minha mãe às vezes é mesmo uma vadia. Aimee diz a última palavra lentamente, Debra Ann nota, desenhando-a e deixando-a pairar no ar entre elas como o cheiro de algo maravilhoso, pipoca com muita manteiga ou uma barra de chocolate.

*

Quando ela pergunta a Jesse por onde ele tem andado ultimamente e por que ele não tem tido vontade de ter companhia, ele diz que não sabe. Talvez seja o calor, mas ultimamente tem ouvido um zumbido persistente em seu ouvido bom, uma dorzinha que permanece mesmo depois que o bar é fechado e o segurança desliga a música.

Ele não conta a ela que o ruído está presente quando uma das dançarinas tira alguns dólares de seu rolo de gorjetas e diz, Obrigado, Jesse, você é mesmo um amor. Está presente quando ele esfrega o chão e joga o lixo no contentor, quando recebe seu pagamento e diz boa noite ao barman, também um veterano, que deixa Jesse entrar antes que as dançarinas cheguem para poder usar o chuveiro do camarim. E Jesse é bastante grato por isso, de verdade. Mas mesmo assim ele gostaria que o homem o convidasse para sentar e tomar alguma coisa com o resto da equipe no final de um dia longo de trabalho.

Ele não diz a Debra Ann que o ruído o segue até em casa e se deita com ele na cama enquanto espera o gato entrar e se aninhar ao seu lado, que ainda está lá pela manhã quando ele e o gato acordam, se espreguiçam e se maravilham com o calor, com sua mesquinhez e sua persistência. Em vez disso, ele diz que se deu conta de que seria capaz de dormir em qualquer lugar depois de estar no exterior, mas que sua cama está mais dura do que há um mês, e algumas manhãs ele acorda achando que nunca voltará para casa. O verão chegou, e ele ainda não foi pescar no rio Clinch. Sua irmã Nadine não gritou com ele para que colocasse um chapéu para não morrer de insolação. São milhares de quilômetros daqui até em casa. Acho que estou só muito cansado, diz ele.

Eu entendo, diz Debra Ann, por acreditar que é isso que um adulto diria. Eu também me sinto assim. Ela coça ferozmente uma erupção horrorosa no tornozelo. Quando começa a sangrar, Jesse se levanta e vai até seu esconderijo pegar um lenço de papel. Ela não tem permissão para entrar. Jesse explicou que não seria adequado que ela visse as cuecas dele caídas no chão, ou o kit de barbear espalhado sobre o engradado que usava de mesa. Eu já vi, ela poderia dizer se quisesse. Às vezes, quando você está no trabalho, eu e o gato entramos e tiramos uma soneca na sua cama.

Você não deve cutucar essa micose, diz ele. É assim que se espalha. O fungo entra embaixo das suas unhas e contamina tudo que você toca.

Debra Ann afasta a mão da perna e encara as unhas por alguns segundos. Conte-me uma de suas histórias, diz ela. Conte-me sobre a vez em que você pegou um bagre de duas cabeças. Conte sobre a sua irmã, Nadine, e como ela foi batizada duas vezes, só porque achou que a primeira vez não tinha funcionado. Conte-me sobre Belden Hollow e trilobitas.

Porém, Jesse não está com vontade, não tem vontade há algumas semanas. Quem sabe da próxima vez Debra Ann possa trazer mais alguns dos tomates que a sra. Ledbetter planta em casa, talvez mais alguns comprimidos para dormir que a sra. Shepard guarda na gaveta da cozinha. Talvez ele se sentisse melhor se pudesse ter uma noite de sono decente.

Talvez, diz Debra Ann, mas acho que não vai dar mais tomates esse ano. Ela não conta ao amigo que está pensando em parar de roubar desde que o cartão-postal de Ginny chegou, desde que ela percebeu que poderia ser uma garota melhor, que poderia cuidar de cada desconhecido que se encontrasse preso no oeste do Texas, e que isso não faria diferença nenhuma. Ginny não vai voltar para Odessa, pelo menos não tão cedo.

Eles estão deitados em um local sombreado no fim do canal, mergulhando pedaços de pano em um balde de água gelada, torcendo-os e colocando-os sobre o rosto. Se você precisar ir para Penwell, diz ela casualmente, eu posso levar você até lá.

Você é muito nova para dirigir. Jesse ri. Ele pega um cubo de gelo do balde e o coloca na boca. Debra Ann enfia a mão no balde e tateia em busca do maior pedaço de gelo que consegue encontrar. Ela o atira longe o mais forte que consegue, e o cubo de gelo desliza no chão e derrete quase imediatamente.

Espere aí, diz Jesse, e se mete em seu esconderijo por alguns minutos. Quando ele volta, carrega um maço de notas — setecentos dólares. Ele precisa de mais cem, e então poderá ir para Penwell buscar sua caminhonete.

Posso segurar?, pergunta ela, e quando Jesse lhe entrega o dinheiro, ela começa a pular, dizendo, Estamos ricos, estamos ricos, estamos ricos.

Ele estende a mão e ela devolve as notas com relutância. Posso trazer um elástico para amarrar tudo isso, diz ela. Quando você volta para o Tennessee?

Não há emprego por lá, responde ele, mas quando eu pegar minha caminhonete, posso ficar aqui mais um pouco e ganhar muito dinheiro trabalhando em uma plataforma.

O que ele não diz: se voltar de mãos vazias para Nadine e sua mãe, será apenas mais uma merda em uma vida de merdas.

Eles ficam em silêncio por alguns minutos, levantando-se de vez em quando para molhar a toalha no balde, torcer e colocar sobre qualquer que fosse a parte do corpo que estivesse pior no momento. Testa, pescoço, tórax.

Faz alguns dias que não vejo nosso gato, diz Jesse. Devemos dar um nome para ele.

Tricky Dick?, sugere Debra Ann. Elvis? Walter Cronkite?

Não, você não pode dar um nome humano a um gato, diz Jesse. Ele é um ótimo caçador. Que tal algo que tenha a ver com isso?

Arqueiro?, diz Debra Ann. Bom de mira?

Arqueiro, concorda Jesse. Esse vai ser o nome dele.

Ela envolve o punho com o pedaço de pano, o deixa lá por cinco segundos e, em seguida, envolve o outro.

É fim de tarde e a sombra se moveu um pouco mais para baixo no canal. Jesse chega para o lado e passa alguns minutos sentado em silêncio. Sua mãe nunca soube o que ele e Nadine faziam quando eram crianças. Contanto que eles aparecessem para o jantar, ela não se importava. Debra Ann era uma criança durona, ele pensa. Vai sentir falta dela quando voltar para casa.

Ela o observava atentamente, analisando a sequência de emoções em seu rosto estreito. Minha mãe costumava me deixar dirigir pelo Hell's Half Acre, diz ela.

Mentira, diz Jesse. Você não consegue nem alcançar os pedais.

Ah, consigo sim. Tenho que sentar na ponta do banco, mas consigo alcançá-los sim. Mais uma vez, ela tateia o balde de água, mas todo o gelo derreteu. Ela tira o dedo e traça um coração no concreto quente. Ele desaparece quase que imediatamente.

Se você precisar de alguém para te ajudar a ir para Penwell, diz ela, eu posso pegar a caminhonete da sra. Shepard emprestada por uma hora. Você nos leva até lá, nós pegamos a sua caminhonete, e depois eu vou seguindo você na caminhonete da sra. Shepard. Se escolhermos o momento certo, tipo quando ela estiver fazendo algumas coisas na rua, ela nem vai saber o que aconteceu.

Se ela não souber o que aconteceu, isso é roubo, diz Jesse.

Não é roubo se você devolver.

E eu jamais me perdoaria se você sofresse um acidente dirigindo a caminhonete de volta para a cidade.

Eu não vou bater com o carro.

Talvez se você fosse um pouco mais velha... Uns 13 ou até 12 anos.

Debra Ann se levanta e vai até ele. Ela cruza os braços e estreita os olhos. Bem, acho que tenho idade suficiente para ter ajudado você o verão inteiro. Acho que tenho idade suficiente para não contar a ninguém que tem um homem morando aqui, que come as caçarolas da sra. Ledbetter e trabalha no bar de strip.

*

As quatro garotas encostam uma velha escada de alumínio na nova cerca de concreto de dois metros de altura que Mary Rose instalou e, por ter os pés menores e ser boa na trave de equilíbrio, é Casey quem posiciona os alvos. A cada sessenta centímetros, ela se curva com cuidado e apoia uma lata vazia de Dr. Pepper no topo. Depois de alinhar uma dúzia de latas, ela caminha até o fim da cerca e se senta com as pernas penduradas no concreto. As meninas assistem ao treino de Aimee. A cada tiro, uma lata sai voando da cerca e cai no beco. Quando a última lata cai, Lauralee as reúne, sobe na escada e as entrega a Casey. Então elas fazem tudo de novo.

Aimee é generosa com sua espingarda de chumbinho, mas Casey tem medo dela, e a sra. Ledbetter diz que Lauralee não deve encostar um dedo em uma arma de fogo. Por isso, Lauralee é a recordista: todos os tiros disparados se convertem em buracos nas latas. É a vez de Debra Ann, mas quando ela atinge a parede em vez das latas, e o projétil ricocheteia tão violentamente no concreto e no chão que Casey fica enroscada em sua saia comprida e cai da cerca, Debra Ann decide que apenas ficará observando Aimee.

A cada dia, Aimee se distancia mais dos alvos e a cada dia ela atira melhor. Aimee diz a Debra Ann que algumas noites, depois que as outras vão para casa, ela e a mãe ficam no quintal e praticam até escurecer e não conseguirem enxergar as latas.

Todas as manhãs, enquanto as outras garotas estão na natação ou na colônia de férias da igreja, Debra Ann leva comida para Jesse e pergunta se ele ganhou dinheiro suficiente para voltar para casa. Todas as tardes, ela observa Aimee colocar a espingarda no ombro e atirar em fileiras e fileiras de latas até que todas saiam voando da cerca.

No início de agosto, Mary Rose está no quintal e observa Aimee acertar quarenta latas seguidas para fora da cerca. Ela entra em casa por alguns minutos e volta com dois emaranhados de linha de crochê velha e um pequeno furador de madeira. As garotas formam uma linha de montagem improvisada — Debra Ann faz um furo no fundo de cada lata, Lauralee passa o fio pelo buraco e o sacode até que saia pelo topo, Casey dá um nó para evitar que a lata escorregue pelo fio, e assim por diante. É uma guirlanda de Natal feita de latas de alumínio, diz Casey quando elas já têm um cordão com vinte. Elas passam metade do fio por cima dos galhos mais baixos do pequeno olmo que Mary Rose plantou na semana em que se mudaram para a casa. O resto do fio oscila no ar. Debra Ann sai correndo, empurra o fio com força e sai da linha de fogo. As meninas assistem a Aimee atirar em cada uma das latas até os projéteis acabarem. Enquanto Aimee descansa o dedo que usa para puxar o gatilho, Debra Ann recolhe as latas e conta os buracos. Cinco tiros, diz ela a Lauralee, cinco buracos em uma única lata. Cinco latas, cinco tiros, um buraco em cada lata. Lauralee anota em seu caderno.

Você é uma atiradora de elite, diz Debra Ann a Aimee. Quem sabe no próximo verão você me ensina a fazer isso também.

*

Eu tenho uma história muito boa que a minha mãe costumava contar para mim, diz Debra Ann quando Jesse fala que está cansado demais para sair e sentar ao lado dela em seus engradados. Se estiver tudo bem para você, diz ele com uma voz fraca do fundo do duto, vou só ficar aqui deitado na minha cama e ouvir você contar.

Está tudo bem com o dinheiro?, pergunta ela e ele diz que sim, que em breve o terá, mas que esta tarde está muito cansado. Está quente demais durante a noite e ele tem sentido dor no ouvido. Debra Ann se levanta e caminha até a entrada do duto. Posso sentar aqui na beirada?, pergunta ela. Você vai conseguir me ouvir melhor.

Jesse fala muito baixo. Está bem, mas não entre aqui. Não quero companhia agora.

A boca do cano é cerca de quinze centímetros mais alta do que Debra Ann. Ela dá um passo para dentro da borda de concreto e desliza pelo lado curvo para se sentar com as costas contra a parede. É início de agosto e o dia está devagar, quase imóvel. Mesmo na sombra, o ar queima seu rosto, pescoço e ombros.

Havia a esposa desse velho fazendeiro que morava perto do rio Pecos, conta ela, na época em que ainda se criava ovelhas nesta parte do Texas. Ela era uma mulher bonita com cabelos tão grossos e ruivos que, quando ficava sob o sol, às vezes parecia estar em chamas.

Mas ela não teve sorte. Uma nevasca caiu de repente enquanto seus filhos estavam pela fazenda consertando as cercas, e todos eles morreram congelados. Os responsáveis pela busca encontraram as crianças no leito de um rio, amontoados junto com seus cavalos. O marido estava apenas a alguns passos com a cabeça apoiada contra a cerca de arame farpado que a mulher havia ajudado a construir apenas algumas semanas antes.

Por três anos, ninguém a viu. Ela não foi à cidade, nem mesmo para tomar um café. O chefe da estação de trem guardava sua correspondência em uma velha caixa de madeira atrás do balcão e, embora alguns homens às vezes falassem sobre ir até lá para ver como ela estava, ninguém queria se envolver com seu sofrimento. E, além disso, os dois últimos anos tinham sido bem ruins. Estavam todos ocupados por conta do Big Die-Up e da proibição na venda de gado proveniente do Texas e, de todo modo, eles imaginavam que ela provavelmente estaria morta.

Por fim, alguém teve a ideia de sortear no palito e mandar o perdedor até lá para descer o corpo dela de uma corda ou espantar os urubus de sua carcaça, mas quando o menino de 16 anos que tirou o menor palito chegou à casa da mulher, ele a encontrou muito viva, trabalhando em seu jardim. Ela estava esquelética e tinha a pele queimada, e suas mãos estavam cobertas de cicatrizes e manchas de sol. Suas sobrancelhas e cílios estavam tão desbotados que eram praticamente brancos.

Mas que belo jardim ela tinha! O menino nunca tinha visto nada parecido. Havia três anos que não chovia decentemente, mas a mulher tinha plantas que ninguém jamais tinha visto desde que deixaram Ohio ou Louisiana — pessegueiros e meloeiros, pés de milho e tomates. Havia uma madressilva abaixo da janela da cozinha e, em um lado do jardim, um canteiro com flores silvestres. Os colibris iam de flor em flor. O jovem ficou olhando para os lados, tentando entender, e depois de um tempo notou uma vala profunda correndo entre o jardim e o rio Pecos. Por conta própria, a mulher havia mudado o curso do rio!

Ela o mandou de volta à cidade com duas cestas, uma cheia de melões, a outra com pepinos, e todos que por acaso estavam próximos à estação de trem quando o menino voltou tiveram a oportunidade de desfrutar de um banquete espontâneo e alegre. Um homem pegou sua faca e cortou todos os pepinos. Outro pegou um facão e partiu os melões ao meio, depois em quartos. Os homens retiraram a polpa tenra da laranja com as próprias mãos e comeram até o queixo ficar pegajoso e as camisas, encharcadas de suco. Eles se deleitaram. E por um tempo todos admiraram a mulher por sua mão boa e sua coragem. Como era possível ter um jardim daqueles no meio do deserto?

Uma noite, enquanto os homens estavam sentados próximo à estação tomando o uísque caseiro de alguém e saboreando uma cesta cheia de pêssegos que a mulher havia mandado para a cidade, um deles brincou que talvez ela fosse uma bruxa. Quem sabe ela teria feito um feitiço e mudado a direção do rio Pecos. Ou talvez tivesse cavado uma vala, gritou um velho de sua mesa no canto, mas todo mundo sabia que ele era mentiroso e lunático, e ninguém lhe deu ouvidos.

Meses se passaram e cada vez que um homem ia até lá para ver como ela estava, a mulher mandava uma cesta de frutas e legumes para a cidade com ele.

E então, como era de se prever, houve um surto de gripe.

Como era de se prever?, pergunta Jesse. Sua voz está rouca e baixa, quase um sussurro.

Sim, responde Debra Ann. Era exatamente essa expressão que minha mãe usava sempre.

Como era de se prever, diria Ginny — e o que ela queria dizer é que toda história fantástica precisa ter alguma tragédia.

E como os homens não conseguiam acreditar que se tratava de mero azar, ou resultado de sua própria estupidez, começaram a correr atrás de alguém para culpar. Como uma mulher podia cultivar um jardim tão maravilhoso sozinha? Como ela tinha conseguido mudar o curso de um rio? Como ela era capaz de suportar viver sem o marido e os filhos? Qualquer mulher que se preze teria se matado, disse um homem, ou no mínimo voltado para o Meio-Oeste.

Quando vários bebês e crianças pequenas adoeceram e morreram, o destino da mulher foi selado. Se ela estava mesmo causando a morte da prole dos moradores, concluíram cinco dos homens da cidade, eles queriam ver por si mesmos.

Eles tinham começado a beber antes do pôr-do-sol e eram um tanto idiotas.

Deixaram a estação depois da meia-noite, e foram quase imediatamente atingidos pelo azar. Um homem estava tão bêbado que caiu do cavalo, bateu a cabeça em uma pedra e morreu sufocado no próprio vômito. Outro quis fazer um desvio e mostrar aos demais os estranhos bolsões de gás entre as rochas onde você poderia jogar um fósforo aceso e ver as chamas dançarem sobre as pedras, mas havia mais gás do que ele esperava acumulado nas fendas das rochas e ele foi consumido pelo fogo.

Sobraram apenas três homens, que cavalgavam até a casa da pobre mulher para perguntar se ela era uma bruxa. Quando uma tempestade repentina atingiu o local, como se tivesse saído do nada, um homem e seu cavalo foram atingidos por um raio. Quando um dos dois homens restantes tentou salvá-lo — nenhum deles era inteligente o suficiente para entender como funciona a eletricidade —, ele também morreu.

E então, depois de tudo isso, apenas um homem bêbado, assustado e irritado conseguiu chegar até a porta da mulher.

E você sabe o que aconteceu? Debra Ann faz uma pausa.

O que aconteceu? A voz de Jesse está tão baixa que ela se inclina para frente e repete a pergunta. Sabe o que aconteceu?

O que aconteceu? Ele soa como se estivesse tentando falar mais alto, mas é um esforço triste, e Debra Ann se pergunta se seu amigo está bem, se o calor, a solidão e a vida aqui levaram ele ao limite, se talvez ela não seja suficiente para ajudá-lo a se firmar novamente.

Bem, disse ela, o homem bateu na porta dela, bateu com muita força, e gritou para ela abrir, abrir a maldita porta!

O que aconteceu com ela?, perguntou Jesse baixinho. Alguma coisa ruim?

Era exatamente o que eu costumava perguntar à minha mãe.

O que sua mãe dizia? Jesse quer saber e Debra Ann fecha os olhos.

Ginny faz uma pausa e se levanta da cama da filha, depois se aproxima e pega uma pilha de roupas do chão. A mulher pegou sua lanterna e abriu a porta, a mãe conta, e na luz amarela bruxuleante, seu cabelo parecia uma fogueira.

Debra Ann pode ver os círculos sob os olhos da mãe, as unhas que ela roeu até o sabugo. O que a mulher fez depois disso?

Ginny ri baixinho. Bem, ela atirou nele e arrastou seu corpo até o limite de sua propriedade. Ela vai até a cama de Debra Ann e afofa o cobertor ao redor de suas pernas e seus braços.

Depois disso, ninguém a incomodou mais. A mulher passava os dias trabalhando no jardim, embora nunca mais mandasse cestas à cidade para os homens desfrutarem. À noite, ela se sentava na varanda e observava todas as estrelas surgirem no céu, uma por uma. Ela viveu até os 105 anos e morreu pacificamente durante o sono, e quando alguém teve a ideia de ir até lá para ver como ela estava, ela não era nada além de uma pilha de ossos empoeirados em cima da cama.

E o jardim?, pergunta Debra Ann à mãe. O que aconteceu com aquilo tudo?

Acho que provavelmente morreu, responde Ginny dando de ombros, mas foi inesquecível enquanto durou.

Ouve-se um farfalhar no duto e o gato sai da escuridão, arqueando as costas e se esfregando na perna de Debra Ann. Depois de alguns minutos, Jesse aparece e se senta ao lado dela com os braços ao redor dos joelhos. Sob o sol forte da tarde, seus olhos estão brilhando. É uma ótima história, diz ele. Sinto muito que sua mãe tenha ido embora.

Debra Ann dá de ombros e começa a ficar preocupada com a micose que se espalhou do tornozelo até a panturrilha. Seja lá qual for o motivo, eu realmente não dou a mínima. Ela puxa vários fios pretos da sobrancelha. E a sua caminhonete? Quando você vai pegar ela de volta?

Jesse tira o guardanapo do bolso e mostra a ela. Acho que Boomer mora aqui agora, diz ele.

Isso é bem no interior. Debra Ann agarra o gato e o vira de costas. Muito longe para ir andando.

Você vai dar uma olhada nas fuças desse cara? Ela ri e Jesse se balança ligeiramente, tentando rir junto com ela. Ele se inclina e acaricia a barriga do gato, e eles ficam sentados em silêncio até a hora de Jesse ir trabalhar e Debra Ann ir para casa começar a preparar o jantar.

Mary Rose

Não são nem nove da manhã e já está tão quente que penso que deveria ter deixado de lado a meia-calça, mas não consigo entrar em um tribunal com as pernas de fora. Quando Aimee e eu atravessamos a rua até a casa de Corrine, a parte de baixo do meu torso parece um embutido. Aimee fica alguns passos atrás de mim, irritada porque achou que também fosse depor hoje. Ficou sentada com Gloria Ramírez na cozinha, ela me lembra. Ligou para o xerife e não consegue entender por que ninguém quer ouvir o que ela tem a dizer. Porque um tribunal não é lugar para uma menininha, digo a ela pela enésima vez. Porque vou contar a história por nós duas.

Quando entrego o bebê para Corrine, ela se inclina e olha nos olhos dele por alguns segundos, então faz uma careta e o passa para Aimee. Ela ainda está de camisola e uma das laterais de seu cabelo fino está espetada para o lado, perpendicular ao resto da cabeça. Obrigada por tomar conta deles, Corrine, digo. A bebê da Karla está com gastroenterite.

Aimee levanta um dedo para dar um peteleco na testa do bebê, mas quando Corrine lhe promete um suprimento infinito de Dr. Pepper, televisão e Debra Ann Pierce se ela não o acordar, minha filha gira sobre os calcanhares e desce o corredor até a sala de estar sem sequer se despedir. O bebê está pendurado no ombro dela feito um saco de batatas, sua cabecinha sacudindo feito um carretel, e abro a boca para gritar, Cuidado! Em vez disso, corro de volta para o outro lado da rua para buscar a bolsa de fraldas.

Quando conto a Corrine que Keith Taylor diz que provavelmente devo passar a maior parte da manhã fora, ela estreita os olhos e inclina a cabeça para o lado. Seu olhar é penetrante como o de um falcão, como se estivesse se perguntando onde Robert está em um dia como hoje, por que ele não está aqui para me levar ao tribunal, para me ajudar a enfrentar tudo isso, e tenho vontade de dizer a ela que não preciso da ajuda dele. Já tínhamos problemas muito antes de Gloria Ramírez aparecer em nossa casa. Porém, aquele ressentimento todo por eu ter aberto a porta para aquela criança? A maneira como ele a culpa pelo que aconteceu? Seu ódio e seu preconceito? Acho que nunca percebi isso antes, mas agora não consigo pensar nele sem me lembrar da menina. Gostaria de falar sobre isso com Corrine, mas aqui estamos nós, paradas na varanda dela nesse calor, e meus filhos já estão roubando um pouco do seu dia.

Eu não sei o que faria sem você, Corrine, digo. As vacas estão caindo feito moscas lá na fazenda. Moscas varejeiras, sabe?

Os lábios de Corrine se curvam para cima, seu rosto repleto de linhas complexas que me lembram da minha varanda na fazenda feita de nogueira-pecã, ou dos riachos secos que cortam nossa propriedade. Só que, quando analiso seu rosto um pouco mais, vejo que é um sorriso fino, um sorriso quase imperceptível que diz, Ah, deixe disso, Mary Rose. Você e eu sabemos que ele está punindo você só por concordar em depor.

Minha jovem, diz ela em vez disso, você parece exausta.

Jura?, digo, Porque você está maravilhosa.

Ela ri delicadamente. Justo.

Eu estou bem — pego a sacola de fraldas, retiro um lenço de papel e limpo o suor que ameaça estragar minha maquiagem. Ansiosa para ver a justiça sendo feita.

É mesmo? Corrine enfia a mão no bolso do roupão e já estou pensando em fumar um cigarro, mesmo que isso signifique ficar parada no calor por mais alguns minutos, mas então ela dá de ombros se desculpando. Ando perdendo as coisas a torto e a direito, diz ela. Cigarros, fósforos, remédios para dormir. Caramba, consegui até perder uma caçarola e um pote de *chow-chow*. Acho que sofrer deixa a gente meio burra. Ela pisca para mim, mas não está sorrindo quando pergunta novamente como tenho dormido.

Eu poderia contar a ela sobre o telefone tocando dia e noite, as mensagens sendo deixadas na minha nova secretária eletrônica e o bebê querendo mamar a cada duas ou três horas. Quando ele volta a dormir, tiro meu mamilo de sua boca e me levanto da cama para verificar as portas e acender as luzes. Examino as janelas mais de uma vez, ouvindo atentamente cada pequeno ruído, o vento tateando a tela de uma janela, ou uma caminhonete a toda velocidade depois que o bar fecha, ou o uivo solitário do apito da refinaria. Às vezes, acho que ouvi uma janela sendo aberta do outro lado da casa e tenho certeza de que alguém está vindo para nos fazer mal. E todas as noites penso a mesma coisa — assim que Dale Strickland for condenado e enviado para a penitenciária em Fort Worth, tudo isso vai acabar. As pessoas ficarão entediadas e as ligações noturnas vão parar, e eu terei feito a minha parte a fim de que as coisas se resolvam para Gloria.

Entrego a bolsa de fraldas para Corrine e digo a ela que não tenho dormido bem, mas espero começar a fazê-lo em breve. E, a propósito, também estou perdendo coisas a torto e a direito. Latas de comida, caixas de fósforos, aspirinas e até toalhas de banho.

Deve ser alguma coisa na água, diz ela.

*

No estacionamento do lado de fora do tribunal, Keith Taylor me entrega um copo de papel cheio de café que parece espesso o suficiente para entupir um ralo. Sabe o sr. Ramírez, o tio? Ele me ligou de novo esta manhã, diz ele. Ela não vem, Mary Rose.

Isso não deveria me surpreender — há semanas Keith vem me avisando que desde junho Victor não deixa ninguém do escritório falar com a sobrinha, que não conseguem nem saber ao certo onde ela está morando —, mas mesmo assim pergunto, Por que não?

Dois homens parados ao lado de um caminhão de reboque olham para nós. Usam casacos esportivos sobre camisas brancas, chapéus de caubói e botas de couro de cobra. Eles param de falar para nos observar por alguns segundos, e então o de chapéu branco se inclina para a frente e diz algo baixinho no ouvido do outro. O homem acena em nossa direção e eu luto contra a vontade de gritar, Vocês querem me dizer alguma coisa? Por acaso os dois babacas têm telefonado para a minha casa tarde da noite?

Mary Rose, eu avisei que isso poderia acontecer, diz Keith. O sr. Ramírez não quer que ela passe por isso e eu não o julgo. Ele ergue o copo de café e levanta um dedo em direção aos homens, uma pequena saudação. Ele é alto e bonito, conhecido localmente por seu comprometimento inabalável em levar todos os casos a julgamento e em permanecer solteiro. É pelo menos dez anos mais velho do que eu, mas esta manhã parece ser dez anos mais jovem e sentir metade do meu cansaço.

Ela precisa depor, digo a ele. Ficamos juntos sob o sol, eu lutando contra a vontade de dar um puxão no cós da minha saia jeans, o concreto quente abrindo um buraco em meus sapatos. Quando a sra. Henderson, a estenógrafa, passa por nós dois com os braços carregados de pastas de documentos, Keith acaricia suavemente o bigode loiro com o dedo indicador e estufa o peito.

Quando ela entra no tribunal, ele solta o ar e deixa seus ombros caírem em sua leve curvatura habitual.

Olha, Mary Rose, essa garota perdeu tudo, até a mãe, e o sr. Ramírez sabe que algumas pessoas na cidade vêm falando sobre isso, com certeza ele sabe, e talvez acredite que ela já sofreu o suficiente. Talvez ele não queira expô-la a mais escrutínio.

Eu mal posso acreditar no que estou ouvindo. É isso então? Você vai deixar ele fazer isso?

Keith ajeita a calça e enxuga um pouco do suor da testa. Ele olha para o sol como se quisesse ser capaz de explodi-lo. Honestamente, diz ele, eu não o julgo nem um pouco.

Ela deveria estar naquela sala, dizendo a eles o que aquele desgraçado fez com ela. Você não pode obrigá-la a testemunhar?

Não, Mary Rose, eu não posso obrigá-la a testemunhar.

Mas, como assim? Como nós vamos conseguir fazer justiça?

Nós? Keith ri. Nós quem? Ele fica parado por tanto tempo que várias moscas do tamanho de amendoins pousam em sua camisa. Suas mãos são grandes e ligeiramente sardentas e, quando ele dá um tapinha nas moscas, o ar quente se move suavemente entre nós.

Você sabe o que eu mais odeio no meu trabalho?

Perder um caso?

Humpf! Até poderia ser, mas não, senhora. Ele sorri e acena com a cabeça novamente para os dois homens que começaram a caminhar em direção às portas do tribunal. O que eu mais odeio, Mary Rose, é quando alguém joga pimenta no meu rabo e tenta me convencer de que é água gelada. Perdoe o palavreado.

Keith toma um gole de café e franze a testa — Isso está muito ruim —, e em seguida toma outro. A equipe de limpeza para quem a sra. Ramírez trabalhava? Há anos eles limpam prédios comerciais da cidade, sem que ninguém peça para ver seus cartões de segurança social. Caramba, elas passaram três anos esfregando o chão e esvaziando as latas de lixo do tribunal até que o conselho municipal descobrisse e fizesse alguma coisa. E cinco semanas depois de a filha dela bater à sua porta, a imigração está esperando a sra. Ramírez no portão da refinaria bem no final do turno dela? É muita escrotidão, diz ele. Perdoe o palavreado.

Ele bebe o resto do café em um longo gole e atira o copo de papel no chão. Temos o relatório do xerife, diz ele, e o relatório do hospital, e temos você. Isso terá que ser o suficiente.

Dou uma boa olhada para ele e me aproximo para pegar o copo, fazendo uma cena ao colocá-lo dentro da lata de lixo que está a pouco mais de um braço de distância dele. Eu me pergunto, não pela primeira vez, se deveria contar a ele sobre os telefonemas asquerosos que venho recebendo todos esses meses — Você gosta mesmo de *chicanos*, não é, sra. Whitehead? Sabe o que acontece com quem trai a sua própria gente, Mary Rose? Talvez eu vá até aí e estupre você, sua vagabunda.

Eu sei que não estão falando sério, são apenas um bando de bêbados intolerantes, e Keith provavelmente me lembraria de que estamos em um país livre, as pessoas podem *dizer* o que quiserem. E não quero pedir ajuda, nem a Keith nem a ninguém. O que eu quero é ficar sozinha com Aimee Jo e o bebê. E quero estar preparada caso alguém apareça na minha porta.

Estou pronta, digo a Keith.

Ótimo. Vamos entrar e ficar embaixo do ar-condicionado por uns minutinhos. Ele pressiona suavemente uma mão contra minhas costas e cruzamos o estacionamento. Jesus Cristo Todo-Poderoso, diz ele, está muito quente. Olá, Scooter, diz ele quando o advogado de defesa passa por nós dois na escada.

Keith me avisou sobre o advogado de Strickland na semana passada, quando estávamos ensaiando meu depoimento. Ele ficou sentado na sala de jantar e fez perguntas pela porta vai e vem enquanto eu amamentava o bebê na cozinha.

Esse cara é um ambicioso de merda, disse Keith depois que soltei o bebê e preparei um copo de chá gelado para nós dois. Perdoe o palavreado — ele piscou para Aimee, que se escondeu atrás de mim, um picolé pendurado na boca. Ela olhava para ele como se já estivesse planejando o casamento. Vou ser advogada como você, disse ela. Garota esperta, respondeu ele. Vá para a Universidade do Texas e se especialize em direito societário. O crime vai partir seu coração.

Quando ele esticou a mão para roubar o nariz dela, Aimee afastou a mão dele e revirou os olhos. Sou muito velha para isso, sr. Taylor.

Acho que é mesmo. Enfim, disse ele, Scooter Clemens é natural de Dallas. Highland Park. Ele usa um chapéu de caubói branco tão limpo que daria para comer um sanduíche na aba. Só usa o chapéu, não cria gado. Keith se inclinou para frente e me olhou bem nos olhos. A família está no Texas desde sempre. Provavelmente no sótão dele tem um baú de cedro cheio de capuzes brancos.

Como assim?, perguntou Aimee, e Keith titubeou um pouco antes de responder, Ué, para o Halloween, é claro.

Aimee, esse picolé está derretendo em cima do carpete, falei. Vá comer no quintal.

Ela suspirou e fez um bico, e notei que ela estava cogitando discutir, mas quando Keith ofereceu a ela uma moeda de um dólar se ela nos desse um minuto para conversar, ela saiu correndo da sala de jantar. Ouvimos quando a porta da cozinha se fechou atrás dela.

Scooter Clemens é um assassino a sangue frio, disse Keith. Há trinta anos que ele livra a cara desses sujeitos. Mantenha suas respostas curtas. Não deixe que ele a irrite e, aconteça o que acontecer, não olhe para Dale Strickland quando o levarem para a sala de audiências.

*

O juiz Rice é um velho do interior, de pescoço grosso, sobrancelhas densas e brancas e ombros largos como os de um *linebacker*. Ele me lembra o buldogue que costumava perseguir meu irmão e eu sempre que voltávamos da escola. Quando não está no tribunal, cria gado nas terras da família que vão de Plainview, no Texas, a Ada, em Oklahoma.

Quando os oficiais de justiça trazem Strickland, ouço-os levá-lo até sua cadeira, mas mantenho os olhos voltados para baixo. Scooter pergunta se podem lhe tirar as algemas — Ele não vai a lugar nenhum, diz o advogado, com seu sotaque de caubói —, e sinto um pouco de ar saindo do meu peito. Mas o juiz Rice responde, De jeito nenhum, este homem está sob custódia até que seja declarado inocente ou culpado. Solto o ar pelo nariz. Tente não olhar para ele.

Depois de todos fazermos um juramento coletivo e a oração, o juiz Rice saca uma pistola de dentro de sua toga e a coloca sobre a mesa. Esse é o martelo do oeste do Texas, diz ele. Bem-vindos ao meu tribunal. Eu me viro para ele, mas o juiz está olhando por cima de todos nós. Façam um bom trabalho, diz ele, e aponta o martelo para o fundo da sala.

Eu me levanto e faço o juramento, enquanto olho para o rosto de Keith. Olhe para mim, repetiu ele diversas vezes enquanto praticávamos. Olhe para mim, diz ele agora. Me conte o que você viu. Conto minha história e fazemos uma pausa de quinze minutos. Além do júri, há uma meia-dúzia de pessoas no tribunal, todos homens de várias idades, alturas e formas. Keith aponta para um jovem sentado sozinho na última fileira. Ele usa uma camisa social branca e uma gravata preta lisa, e seus braços estão cruzados sobre o peito largo. Tem um bigode bem aparado e seu cabelo é tão curto que consigo ver as divisões de seu crânio por baixo. Keith se inclina. Aquele é o tio da garota, sussurra, e eu sinto vontade de pular da cadeira, correr até ele e perguntar como ela está, onde está, por que não está aqui.

Depois de um minuto, consigo voltar para o banco das testemunhas, e me lembro da conversa que tivemos na minha casa e da última coisa que Keith me disse antes de arrumar sua pasta e admirar o bebê, que estava acordado de novo, chorando e se contorcendo. Não olhe para Strickland, Mary Rose. Olhe para qualquer outra pessoa na sala, mas não para ele.

Então eu fico olhando para a sra. Henderson até que ela olhe para cima e pisque para mim. A meia-calça pressiona minha barriga com força, mas em vez de enfiar os dedos por dentro na saia, cruzo as mãos no colo e tento dar um sorriso na direção do juiz.

Como você está hoje, sra. Whitehead? Scooter Clemens olha para seu bloco de anotações como se estivesse analisando-o cuidadosamente.

Bem, estou bem, respondo. Obrigada por perguntar.

Ouvi dizer que a senhora tem passado por momentos difíceis. Está se sentindo bem?

Sim, estou, respondo novamente, mas fico me perguntando o que ele ouviu por aí.

Como estão as coisas na fazenda? Vocês estão perdendo muitas vacas para as vespas?

Moscas varejeiras, eu o corrijo.

Ah, perdão, sra. Whitehead. Moscas varejeiras.

Meu marido perdeu quase todas as cabeças.

Ui! Clemens tira um lenço do bolso e enxuga a testa. Sinto muito. Por favor, mande meus cumprimentos a Robert. É bem desagradável isso, esses insetos — ele dobra o lenço, enfia-o no paletó e depois sorri para mim —, imagino que você e as crianças estejam sendo um verdadeiro consolo para ele. Aposto que ele adora voltar para casa à noite e admirar sua linda esposa. Clemens dá um tapa na testa e olha na direção do júri. Eu também olho para eles e percebo com um sobressalto que há apenas duas mulheres na sala — a sra. Henderson e eu. Não pertencemos a esse lugar, penso. Este lugar não foi feito para nós.

Ah, peço desculpas, sra. Whitehead, diz Clemens. Esqueci completamente que você e as crianças estão morando na cidade agora.

Sim, respondo. Mudamos para a cidade em abril. Só viemos para a cidade por causa *dele*, digo aos presentes. Explico que ver Dale Strickland e o que ele fez com Gloria Ramírez me fez querer pegar minha filha e ir embora. Então menciono Ginny Pierce, que talvez tenha ido embora para sempre. Falo sobre Raylene McKnight, que juntou metade das economias da família, duas malas e o filho de 10 anos, e entrou em um avião de Midland para Dallas, depois para Atlanta, Londres e por fim Melbourne, na Austrália. Imagine todas essas paradas, digo ao tribunal antes que o juiz Rice me peça para, por favor, prosseguir com o meu relato. Minha jovem, diz ele, eu não gosto de historinha, e o que isso tem a ver com a tarefa de hoje? A resposta é nada — isso não tem nada a ver com Gloria Ramirez. Mesmo assim, sinto meu rosto ficar quente e penso, Esta é a minha história, seu velho escroto. Vocês podem sentar e ouvir por alguns minutos. Em vez disso, digo, Sim, senhor, e ajeito o cós da saia.

Bem, é uma pena deixar que esse pequeno mal-entendido a tenha expulsado da sua própria casa, diz Scooter. Quando este assunto for resolvido, espero que você sinta que pode voltar para lá e estar com seu marido, onde é o seu lugar.

Dr. Clemens, não sei se isso é realmente da sua…

Keith balança a cabeça levemente, e imagino o que ele diria se estivesse ao meu lado. Não deixe que ele tire você do sério, Mary Rose.

Como está seu novo bebê?

Bem, obrigada.

Você está gostando da sua nova casa aqui na cidade — ele olha para o bloco de anotações —, na Rua Larkspur?

Diante da menção à minha rua, me viro bruscamente na direção da mesa da defesa. Strickland mantém os olhos voltados para a mesa à sua frente, mas há um leve sorriso em seu rosto. Assim que tiver a oportunidade, ele irá direto até a minha casa. Ele vai estacionar a caminhonete na minha garagem e, desta vez, não vai sequer ter tempo de tirar a mão do volante antes que eu atire na cara dele.

Rua Larkspur, diz Clemens. Não é lá que mora Corrine Shepard?

Para um homem que não vive aqui em Odessa, digo a ele, você parece conhecer tudo e todos.

Ele ri, e eu quero partir-lhe os dentes.

A Corrine tem estado ocupada?

Acho que sim.

Ouvi dizer que ela é uma figura, sempre cortando as pessoas no trânsito, criando caso com as mulheres na igreja, mas acho que a família dela está aqui desde que Odessa era apenas um lugar onde as pessoas paravam para ir ao banheiro, então é melhor deixar ela onde está. Ele olha para o júri. Vários homens sorriem e balançam a cabeça.

Como você tem se saído com sua nova vizinhança, sra. Whitehead?

Depois dessa, Keith Taylor suspira alto e se levanta. Excelência, há algum sentido nesta linha de interrogatório?

O juiz Rice está sentado com a cabeça apoiada em uma das mãos e os olhos fechados. Agora ele se endireita na cadeira e olha para mim. Ouvi dizer que você se estranhou com Grace Cowden na igreja, não faz muito tempo, diz ele.

Os ombros de Keith estão praticamente em volta do pescoço, e ele franze a testa para o bloco de anotações à sua frente.

Minha esposa ainda fala sobre isso. O juiz ri. Ah, garotas, vocês, hein?! Estão sempre atrás de confusão. E por falar na minha esposa, dr. Clemens, já é uma da tarde, e eu vou me encontrar com a sra. Rice para almoçar no Country Club. O doutor tem alguma pergunta pertinente para a sra. Whitehead?

Scooter Clemens assente solenemente. Sim, Excelência, obrigado. Sra. Whitehead, você pode nos dizer a que distância fica sua casa da rodovia 182?

A antiga estrada da fazenda?, pergunto.

A estrada da fazenda, repete ele. Não, senhora, estou falando da FM182.

Que seja, respondo, dando de ombros. Todo mundo aqui a chama de estrada da fazenda.

Bem, o juiz Rice não. E nem eu. Ele olha para o júri como se eles tivessem acabado de compartilhar uma piada interna, e minha meia-calça de repente parece apertada demais contra minha barriga, ainda frouxa por conta da gravidez. Penso em Aimee Jo e em meu bebê, de apenas quatro meses, ambos em casa com a sra. Shepard para que eu pudesse vir cumprir meu dever cívico, falar sobre esse horror. Eu não pedi para passar por nada disso. Isso veio para mim. Eu não fui atrás de confusão. Então, meus seios começam a coçar e a arder, porque já faz quatro horas que não amamento o bebê, e começo a me preocupar com a possibilidade de me sentir constrangida na frente desses homens se meu leite vazar pelo lenço de papel que enfiei no sutiã. Por fim, digo a Scooter que eu não chamo a rodovia de FN182. Que todo mundo chama de estrada da fazenda, a menos que a pessoa seja de outro lugar, que acredito ser o caso dele, já que suas botas parecem não ter pisado em bosta de vaca nem uma única vez. O júri começa a rir e eu lembro a todos eles que fui a primeira a ver Gloria Ramírez viva naquela manhã de domingo.

Estrada da fazenda, diz Clemens. Muito bem. Sra. Whitehead, na manhã que a *mexicanazinha* — ele olha para o bloco —, Gloria Ramírez, bateu na sua porta, o que foi que ela disse?

Disse?

Sim, senhora. O que ela disse para você?

Bem, ela não disse nada, respondo.

Nem uma palavra? O dr. Clemens volta a olhar para o júri e eu faço o mesmo. Reconheço três dos doze homens. Eles parecem amáveis e confusos, como se sentissem pena de mim.

Ela pediu um copo d'água, respondo, e disse que queria a mãe.

Ela tinha bebido na noite anterior? Ela estava de ressaca?

Duvido muito, dr. Clemens. Ela é uma criança.

Bem, ela tem 14 anos...

Sim, eu o interrompo, e isso faz dela uma criança.

Clemens sorri. Bem, uma garota de 14 anos pode parecer ter 17, pelo menos é o que meu velho pai sempre dizia.

Quero pular do banco das testemunhas, pegar uma cadeira e parti-la na cara dele. Mas fico sentada, escutando, e contorço minhas mãos em nós complicados.

Ela disse para você que foi molestada?

Perdão?

Estou tentando ser delicado, sra. Whitehead. Gloria Ramírez disse que tinha sido estuprada?

Eu *vi*. Eu *vi* o que ele fez com ela.

Mas a jovem lhe disse que tinha sido estuprada, sra. Whitehead? Ela usou essa palavra?

Aquela criança não tinha nem sapatos. Ela caminhou por cinco quilômetros descalça, apenas para fugir dele. Jesus Cristo, ele bateu nela com tanta força que rompeu seu baço.

O juiz Rice se inclina para a frente e me diz baixinho, Senhora, por favor, não diga o nome do Senhor em vão no meu tribunal.

Você está de sacanagem?, quero perguntar a ele. Você só pode estar de sacanagem. Mas olho para baixo e tento não puxar minha meia-calça. Sim, senhor, digo.

Diz aqui — Scooter consulta o seu maldito bloco mais uma vez — que a srta. Ramírez tinha perfurações e escoriações nas mãos e nos pés que eram compatíveis com quedas. Ela poderia ter lesionado o baço quando caiu?

Em vez de esperar minha resposta, ele me lembra que jurei dizer a verdade, toda a verdade etc., e, para ter certeza de que está tudo muito claro, fala bem devagar, como se eu fosse uma criança. Sra. Whitehead, estou lhe fazendo uma pergunta simples, sim ou não. Ela disse que ele a estuprou?

Sim, respondo. Ela disse.

Ela usou essa palavra?

Sim, usou.

Keith Taylor belisca o lábio inferior com o polegar e o indicador e começa a puxá-lo. Ele parece que está prestes a chorar. Eu olho para o fundo da sala de audiências onde o sr. Ramírez está sentado, mas ele está olhando para baixo.

Bem, perdão, Mary Rose, diz Clemens, mas não foi isso que você disse em nenhum depoimento até agora. Você está mentindo para nós?

Não, respondo. Eu não tinha me lembrado até este minuto.

Entendo.

Nesse momento, Keith se levanta e pede para falar comigo em particular. O juiz Rice nega o pedido — está ficando tarde e ele precisa ir ao banheiro dos meninos —, mas diz que Keith pode se aproximar se quiser. Keith cruza a sala em cerca de quatro passadas largas e fica na minha frente. Mary Rose, sussurra ele, Você tem que dizer a verdade.

Ela não usou exatamente essas palavras, digo ao tribunal. Mas ela não precisava. Era óbvio para qualquer pessoa com dois olhos que pudessem enxergar.

Clemens sorri como se tivesse acabado de ganhar o bolão do futebol no trabalho. Então você mentiu *sim*. E este cavalheiro sentado aqui? Sr. Strickland.

Você o viu naquela manhã?

Sim, ele veio até a minha porta também.

O que ele queria?

Ele estava procurando por ela.

Ele estava preocupado com a namorada?

Ela não era namorada dele. Ela é uma criança e ele um homem adulto.

Mmm, diz Scooter. Acho que a srta. Ramírez nunca disse a ele sua idade. Ele expõe o sobrenome dela, enquanto olha para o júri, certificando-se de que todos o ouçam.

Então ele estava procurando pela jovem com quem tinha saído na noite anterior?

Ela estava morrendo de medo quando apareceu na minha porta. Ele a teria matado.

Como você sabe? Ela te contou essas coisas?

Não era necessário. Eu *vi* como ela estava.

O sr. Strickland ameaçou você?, pergunta Clemens.

Ele gritou para que eu entrasse e fosse buscá-la. Ele me chamou de vadia.

Sra. Whitehead, diz o juiz Rice, *por favor*, não use esse palavreado aqui.

Então ele estava de ressaca — Clemens olha novamente para o júri, como se fossem todos irmãos de uma fraternidade —, como eu imagino que alguns de nós já estivemos, na manhã seguinte ao Dia dos Namorados. E ele ficou um pouco mal-humorado porque eles tinham brigado e a namorada dele foi embora?

Protesto, diz Keith Taylor.

Não, Keith, responde o juiz Rice. Por favor, você é um cara inteligente.

Protesto, Excelência! Ele está tentando criar uma história diferente.

Essa é a sua objeção, Keith? Clemens sorri, mas seus olhos não acompanham. Ele é uma cobra. Se alguém ligasse o ar-condicionado numa temperatura baixa demais, a frequência cardíaca dele cairia. Não é isso que fazemos?, diz ele. Não ponderamos se há evidências suficientes para tomar uma decisão *além de qualquer dúvida razoável* antes de arruinar a vida de um jovem?

Mas para mim já era o suficiente.

Ela é uma criança, seu merda, digo. Clemens se afasta, senta-se à mesa e põe a cabeça entre as mãos. O juiz Rice bate na mesa com a coronha do revólver e fala tão baixinho que todos na sala precisam se inclinar para tentar ouvir. Sra. Whitehead, está claro para mim o quão difícil isso tem sido para você e sua família, mas estou lhe dizendo, se você xingar no meu tribunal mais uma vez, vai passar a noite em uma cela. Entendido?

Sim.

Sim, o quê? Sob as sobrancelhas brancas, o juiz Rice está vermelho feito um tomate.

Sim, respondo.

Sim, *o quê*?

Eu sei o que ele quer. Quando eu era uma menina apenas alguns anos mais velha do que Aimee é atualmente, houve um tempo em que me envolvi em uns bate-bocas acalorados com meu pai, principalmente porque vivia discutindo com ele por qualquer bobagem. Um dia, nós dois chegamos no limite. Ficamos parados um na frente do outro na entrada da garagem, ele fazendo perguntas e eu o encarando. Eu ainda estava um tanto impressionada por ser alta o suficiente para olhar nos olhos dele, e cruzei os braços sobre o peito quando ele fez uma pergunta.

Eu disse, Sim.

E ele, Sim, o quê?

Sim, disse com um sorriso de escárnio.

Ele deu um tapa na minha cara. Sim, o quê?

Sim.

Ele me bateu novamente. Sim, o quê?

Sim.

Quando ele me deu o terceiro tapa, eu disse o que ele queria ouvir — Sim, *senhor* —, mas jamais me esqueci e nunca o perdoei de fato. E jurei que jamais bateria nos meus filhos. Agora eu olho ao redor da sala, procurando por alguém que me apoie e me ajude a atravessar esta manhã. O sr. Ramírez acena levemente com a cabeça e me pergunto como tem sido sua vida aqui em Odessa desde que isso aconteceu. Eu me pergunto sobre a mãe de Gloria e quanto tempo levará até que ela veja a filha novamente. Nada é mais importante do que isso, muito menos o meu orgulho. Então eu olho para o juiz, franzo os lábios e sorrio. Sim, *senhor*.

Mas ele ainda não terminou. É triste ver uma jovem — uma mãe — usar esse palavreado em um tribunal, diz ele.

Sim, senhor.

Obrigado. Aquele jovem ameaçou você?

Excelência, ele estava agindo de um jeito... que eu nunca tinha visto antes. Foi como se o próprio diabo tivesse pisado no meu jardim. Eu nunca vi tanta maldade na minha vida.

Clemens está de pé novamente. Protesto! É uma pergunta de sim ou não.

Ele ameaçou você, Mary Rose, ou sua família?

Não. Senhor.

Boa menina, diz Clemens, e o juiz Rice se recosta na cadeira. Ele cruza as mãos atrás da cabeça.

Dr. Clemens, o senhor tem mais alguma pergunta para esta jovem?

Só mais uma. Sra. Whitehead, você apontou uma arma para o Sr. Strickland?

Vejo Keith suspirar na cadeira, mexer em alguns papéis e se inclinar para frente. Só que eu não olho para Strickland. Sim, apontei.

*

Victor Ramírez já está ao lado de seu carro com a mão na porta quando me vê correndo pelo estacionamento. Temos dez minutos antes de voltarmos à sala de audiências e, embora a distância atravessada tenha sido de pouco mais de alguns metros, estou sem fôlego. Olho para baixo, apenas para me certificar de que minha blusa não está molhada de leite, e então me aproximo do sr. Ramírez, como se ficar perto dele pudesse fazer com que eu me sentisse melhor.

Perdão, digo. Eu quero ajudar a Gloria.

Glory, diz ele e fica parado olhando em direção ao céu, como se eu não tivesse dito nenhuma palavra.

Eu posso vê-la? Conversar com ela, saber se ela está bem?

Uma leve risada sobe em sua garganta. Não, senhora, responde ele. Não pode, não. Ele abre a porta do motorista e se senta. Quando tento agarrar a porta, ele afasta delicadamente a minha mão.

O senhor está indo embora?

Sim, senhora.

Por favor, sr. Ramírez, faça com que ela venha depor.

Vocês não estão aqui para ouvir o que a *Glory* tem a dizer. Você entende isso, sra. Whitehead? Então ele fecha a porta, liga o carro e vai embora.

*

Keith se levanta e dá alguns puxões na gola da camisa. Mary Rose, você pode descrever para nós mais uma vez como era a aparência de Gloria Ramírez quando ela apareceu na sua porta naquela manhã?

Posso sim.

Bem, vamos ser rápidos, disse o juiz Rice. Se eu deixar a patroa esperando e a costela especial acabar, esta noite vou ter que dormir ao ar livre junto com meus cavalos. O tribunal explode em gargalhadas. Dale Strickland ri, de um jeito falso e tão sem vida que me incomoda. Até a sra. Henderson abre um sorriso. Eu e Keith Taylor somos as únicas duas pessoas na sala que não estão rindo.

No caminho de volta para o meu lugar, Strickland estica o braço e pressiona o polegar levemente contra minha mão. Os pelos dos meus braços se arrepiam. Uma porta se abre na parte de trás da sala do tribunal e um fino facho de luz ilumina as partículas de poeira flutuando no ar entre nós.

Keith está vindo depressa até nós, mas o restante da sala está em silêncio ou não presta atenção. Ou talvez haja muito barulho e todos estejam vendo, mas é assim que vou me lembrar: um silêncio que me dá vontade de gritar por dias.

Mary Rose — Strickland fala tão baixinho que mal consigo ouvi-lo. A unha de seu polegar roça suavemente na palma da minha mão. As mãos dele ainda estão algemadas e eu sinto o metal contra meu pulso. Mary Rose, diz ele — como odeio que ele saiba meu nome —, quero lhe dizer o quanto lamento os problemas que trouxe para você e sua família. Ele sorri, a boca fechada, lábios contraídos com força. Quando tudo isso acabar, continua, espero vê-la novamente em circunstâncias melhores do que essa, talvez em sua fazenda ou aqui na cidade.

Ele fala tão baixo que não consigo sequer ter certeza se ouvi direito. Mas estou prestes a aprender algo mais sobre Dale Strickland — ele é mais inteligente do que eu. Porque quando lhe respondo, certifico-me de que todos na sala de audiências ouçam. Bem, apareça, digo a ele. Estou ansiosa para estourar a porra dos seus miolos.

Ela é maluca, alguém diz, e então todo mundo começa a falar ao mesmo tempo, um murmúrio veloz atravessa o tribunal como um trovão. Dale Strickland sorri para mim, e então o juiz Rice bate com a coronha de sua pistola contra a bancada. Seus lábios parecem uma costura apertada. Espero que seu marido seja capaz de cuidar do bebê sem você esta noite, sra. Whitehead, diz ele, porque a senhora está presa.

Tudo bem, respondo, não tenho medo de você, seu velho. E o oficial de justiça me leva embora.

Não vou passar a noite na prisão — apenas seis horas. Tempo suficiente, diz o juiz Rice quando passa pela cela depois que o tribunal fecha às quatro da tarde. Você está pronta para ir para casa, mocinha? Você aprendeu sua lição?

Sim, digo a ele.

Sim, o quê?

Sim.

Ele me olha por um bom tempo e me pergunto se estamos prestes a ter outro impasse, mas ele balança a cabeça e se retira.

Quando eles encontram as chaves e me deixam sair, minha blusa está encharcada, meus seios tão pesados de leite que mal consigo ficar em pé direito. Pressiono minha bolsa com força contra a blusa quando passo pelo policial sentado à mesa, e posso ouvi-los rindo ao longo de todo o corredor. Eles ainda estão dando risada quando eu saio da delegacia, fecho a porta e cruzo o estacionamento até o meu carro.

*

No momento em que chego à casa de Corrine, o bebê está tão desesperado que arrebento um botão da blusa, tentando acomodá-lo. Ele grita e me bate, suas unhas afiadas deixando longos arranhões em meus seios. Quando ele pega o peito, nós dois suspiramos e fechamos os olhos, nossos corpos relaxando.

De volta a casa, minha filha não diz uma palavra enquanto abro algumas latas e preparo o jantar, nenhuma palavra enquanto dou de mamar ao bebê pela segunda vez em duas horas. Quando fico parada na cadeira enquanto o telefone toca e o pai dela deixa uma mensagem na nova secretária eletrônica, ela fica quieta também. Logo estariam dormindo.

Ao anoitecer, Corrine atravessa a rua e nós nos acomodamos. Preparo uma jarra de *salty dogs* e levo, junto com a vodca, para o pátio. Corrine pega um cinzeiro. Apagamos a luz da varanda e deixamos a porta dos fundos aberta, sentamos no quintal sob o céu escuro. Está tingido de roxo, um sinal de que talvez haja uma tempestade de areia vindo em nossa direção.

Então, diz Corrine, onde você esteve a tarde toda? Ela risca um fósforo e seus olhos brilham na luz breve. Há um vento fraco esta noite e ele não consegue decidir em qual direção deseja soprar ou quão forte deseja ser. Cada fósforo que acende e se apaga parece ter personalidade própria, como um punho se fechando.

Bem, acho que esta é a minha chance de sair da escuridão e contar a verdade a alguém. Mas a história que conto a Corrine é uma comédia sobre uma senhora com seios vazando que se engraça com um juiz e acaba caindo na armadilha. Descrevi a cena para ela, eu dizendo a Strickland que adoraria atirar na cara dele, Keith Taylor dizendo, Merda, e o juiz Rice batendo o revólver contra a bancada com tanta força que pensamos que a madeira fosse quebrar, e conto a história tão bem que Corrine ri sem parar. Essa é uma das melhores histórias de tribunal que já ouvi, diz ela. Vou me lembrar disso até o dia da minha morte.

Assim como todo mundo nesta cidade, digo.

Ela me entrega a garrafa e eu coloco um pouco de vodca em um copo meio cheio de suco de toranja. Não se preocupe com isso, diz ela. A vida segue.

Ah, com certeza. As pessoas vão esquecer tudo em uma ou duas semanas. Nós duas rimos. Ambas sabemos que isso vai me perseguir por anos, e Aimee também. Ela será a garota que tem a mãe maluca que passou uma tarde na prisão. Este dia mudará nós duas. Agora, quando jogarmos cartas, farei com que ela lute por todas as vitórias e, quando perder, me certificarei de que ela saiba o porquê — e nem sempre da maneira mais gentil. Passaremos horas no quintal atirando em latas, derrubando-as da cerca, e quando ela começar a reclamar que está cansada, que quer ir brincar com Debra Ann ou uma das outras garotas da rua, direi para ela correr até o beco e recolher as latas. Coloque-as na cerca e atire mais uma vez. Atire de novo, direi. De novo. De novo! Você deve ser capaz de acertar seu alvo no primeiro tiro.

Farei o pai dela dirigir até a cidade quando quiser vê-la, e vinte anos se passarão até que eu pise novamente nas belas terras da fazenda, até me sentar na minha velha varanda e ver o sol se pôr, nada além de uma estrada de terra entre mim e o céu, o único ruído proveniente das vacas e dos pássaros, eventualmente de um coiote. E em alguns anos, quando eu pegar Aimee saindo furtivamente de casa à noite e indo de carro com os amigos para o campo de petróleo, vou dar um tapa com tanta força nela que a marca vermelha ainda estará lá quando ela acordar na manhã seguinte. Passarei anos sem me desculpar e, quando estiver pronta para dizer que sinto muito, todas as palavras trocadas por nós duas serão como uma bala na câmara.

O céu está preto agora, e o quintal está escuro, exceto pelos nossos cigarros e pela luz difusa da cozinha pairando na borda do concreto.

Você vai atender?, pergunta Corrine quando o telefone toca.

De jeito nenhum, respondo. Comprei uma máquina que faz isso por mim. Custou-me quase duzentos dólares e tive que mandar trazer de Dallas.

Ouvimos quando a máquina liga e minha voz se espalha pelo quintal.

Meu Deus, diz Corrine. Há sempre algo novo e maravilhoso no mundo. Nunca mais teria que atender o telefone. Ela agarra meu mata-moscas, bate contra a mesa — Peguei — e depois alcança a vodca.

O vento muda de direção e a refinaria deixa de ser algo possível de esquecer. Nós nos sentamos eretas, tapamos nossos narizes e aguardamos para ver o que o vento fará a seguir. A voz arrastada de Keith Taylor perfura a escuridão. Aqui é Keith Taylor, ele começa, e nós duas sorrimos. Ah, garota, Corrine diz com o polegar e o indicador ainda apertando o nariz, *Se eu fosse trinta anos mais jovem*. Ai, ai! E começamos a rir. Eu rio tanto que posso sentir meus ombros se soltando, as escápulas relaxando.

Eu tenho notícias. Keith faz uma pausa e ouvimos quando abre uma cerveja. Ele fica quieto por tanto tempo que começo a me perguntar se apoiou o telefone na mesa e foi embora, ou se a máquina não está funcionando.

Às quatro da tarde a sessão já tinha acabado, diz ele. Lesão corporal. Liberdade condicional e multa a pagar à família Ramírez. Esses casos são difíceis, diz ele. Sinto muito, Mary Rose. Ele foi solto por volta das cinco. A secretária desliga.

Corrine e eu ficamos lá sentadas no escuro sem dizer nada, mas posso adivinhar o que ela está pensando. Será que alguém acreditou por um minuto que ele seria condenado? Alguém além de mim?

Sinto muito, diz ela, mas já estou de pé, e entro para verificar as janelas e as portas, e meus filhos. No caminho de volta, pego a Velha Senhora do armário do corredor, me certifico de que está carregada. Quando volto para o pátio e Corrine me vê segurando a espingarda, se levanta com um gemido. Ela tira dois cigarros do maço e os coloca na mesa.

Se você tem algo a me dizer, então vá em frente, digo a ela. Mas não se atreva a me pedir para não ficar puta da vida.

Claro que não, diz Corrine. Fique puta. Tenho certeza de que é a única coisa que me tira da cama pela manhã.

O vento começa a aumentar e, pela primeira vez, me pergunto se vai chover nos próximos dias. Corrine põe a mão na Velha Senhora e esfrega suavemente o polegar na coronha de nogueira. É uma bela espingarda, Mary Rose. Potter tinha uma assim. Mandei para Alice quando ele morreu. Às vezes elas são tão bonitas que a gente esquece o que elas são capazes de fazer. Enfim, é difícil ficar sozinha com duas crianças o dia inteiro, todos os dias. Peça ajuda se precisar.

Eu ri. Você pediu?

Perdão?

Em algum momento você pediu ajuda?

Não, responde Corrine. O vento pega vários fios soltos de seu cabelo fino e os sopra em direção ao rosto. Ela se vira para ir para casa, cambaleando contra a mesa e quase tropeçando em uma extensão.

Seguro o fio e peço para ela esperar. Vou até a tomada e ligo. A luz inunda todos os cantos do quintal. Meu Deus! As mãos de Corrine voam para seu rosto e ela pisca com força. Isso aqui parece um pátio de presídio.

Seis extensões brancas cruzam o quintal, cada uma delas conectada a um refletor de alumínio. Luzes de prata, era como minha avó costumava chamá-las. Ela as colocava do lado de fora quando os coiotes comiam as galinhas. Meu quintal está cheio de grandes círculos de luz, a escuridão mal aderindo às bordas. Eu posso ver tudo.

Depois que Corrine volta para casa, eu fico lá fora, com a luz fluindo através da minha saia. Sei que não posso atirar com a Velha Senhora aqui no quintal, não a esta hora da noite, então pego a espingarda de Aimee.

Alinho as latas de Dr. Pepper na cerca dos fundos e fumo um dos cigarros de Corrine. Em seguida, atiro nas latas uma a uma, ouvindo cada uma delas atingir o chão de terra do beco. Quando o gato de Debra Ann aparece, eu o vejo pela mira. Ele está perseguindo um gafanhoto ao longo da cerca de blocos de concreto, golpeando-o com a pata até que ele cai no beco. Tiro a trava de segurança e me pergunto como seria destruir algo só porque eu posso. Depois que o gato vai embora, fico parada ali no escuro olhando as estrelas e ouvindo o vento aumentar, e quando o bebê acorda e começa a chorar de novo com fome, coloco a arma no chão e vou até ele.

Debra Ann

O céu fica da cor de um hematoma antigo, e eles podem ver a nuvem de poeira vindo a oitenta quilômetros de distância, soprando pelas ruas principais de cidades ainda menores que Odessa, lugares como Pecos, Kermit e Mentone. A névoa vermelha se apodera de bolas de feno, pequenas pedras e pardais, qualquer coisa capaz de ser apanhada e arrastada por um tempo antes de ser atirada de volta à terra. Quando o vento sopra forte nessas planícies sedentas, o sol desaparece e a nuvem cobre tudo — tanques de água e currais, as torres de resfriamento do campo de petróleo, poços e bombas de sucção, os campos de sorgo divididos ao meio por estradas agrícolas não pavimentadas. Fora da cidade, o gado se amontoa enquanto vacas de olhos arregalados gritam por bezerros cujos odores foram levados embora pelo vento. Na refinaria, os homens descem das torres e correm como loucos para o barracão de convivência. Operários deixam suas plataformas de perfuração e se encolhem em suas caminhonetes, três homens sentados coxa com coxa no banco da frente. Se são novos no trabalho, os mais jovens na equipe ou, ainda, mexicanos, deitam sob uma lona pesada jogada às pressas sobre a caçamba de uma caminhonete, quatro ou cinco homens esmagados juntos, bunda de um no saco de outro, fazendo um grande esforço para não se roçarem.

Na Rua Larkspur, Debra Ann está no jardim observando uma nuvem de trezentos metros se erguer da terra. Bolas de feno e folhas de jornal rolam com violência pela rua. Galhos são arrancados das nogueiras e os fios elétricos sacodem como se estivessem nas mãos de um titereiro louco. Uma tela voa da janela do quarto da sra. Shepard, cai sobre um canteiro de amores-perfeitos da casa ao lado, então levanta voo novamente e desaparece no final da rua. Debra Ann caminha até a casa de Aimee, e elas ficam no jardim com Lauralee e Casey, seus olhos e cabelos cheios de areia, as roupas pressionadas contra o corpo. Mais tarde, elas descobrirão que cinco pessoas morreram quando um tornado atingiu um estacionamento de trailers no oeste de Odessa. Na refinaria, onde o sr. Ledbetter está de plantão, um homem caiu de uma torre de resfriamento, quebrou o pescoço e morreu quase instantaneamente.

A poeira escurece o sol e a cor do céu muda de um hematoma antigo para uma ameixa madura. A tempestade atinge as garotas, e elas ainda estão do lado de fora, no jardim. A sra. Shepard abre a porta e grita, Qual é o problema de vocês, meninas? Entrem! E elas continuam lá. Mas quando sentem uma ligeira pausa no vento e tudo fica imóvel, quando olham para cima e veem o céu ficando lilás — um céu de tornado pintado à mão, como diz a sra. Ledbetter —, quando os pássaros param de cantar e o vento começa a soar como um trem vindo depressa na direção delas, elas correm para a casa de Aimee.

Ontem Jesse recebeu o que faltava da quantia de que precisava para pegar sua caminhonete de volta, e Debra Ann lhe disse que tudo que eles precisavam era do momento certo. Agora ela olha pela janela da cozinha de Aimee e se pergunta o que ele está fazendo neste segundo, se está pensando o que ela está pensando. Lauralee liga para casa e escuta por um ou dois minutos a mãe gritar com ela. Haverá uma surra esperando por mim quando isso acabar, diz ela às outras garotas. Casey liga para a pista de boliche para avisar a mãe onde está, e Debra Ann liga para o guarda que toma conta do portão da refinaria de olefina onde seu pai acabou de conseguir um emprego. Ele vai receber um pouco menos, ela sabe, mas chegará mais cedo e terá folga aos sábados, na maioria das vezes. Talvez isso melhore as coisas, diz ela às meninas, e elas acenam com a cabeça. Talvez.

Elas se amontoam na cozinha de Aimee, espiando pela janela, procurando por nuvens-funis e comendo tudo o que conseguem encontrar. Quando o telefone toca, a mãe de Aimee corre para a cozinha e atende. Já estão na metade do dia, mas ela ainda veste uma camisola. Ela agarra o telefone e escuta, enrolando o fio em um dedo até ele ficar vermelho escuro. Acabou, diz ela sem qualquer emoção na voz. Por que você ainda está me ligando? Ela coloca o fone suavemente no gancho.

Do outro lado da casa, o bebê começa a se agitar, mas a sra. Whitehead não faz menção de ir até ele. Em vez disso, puxa um cigarro do bolso da camisola e o acende. Pelo jeito que a sra. Whitehead olha para as meninas, incluindo sua própria filha, elas parecem completas desconhecidas, pensa Debra Ann. A menina verifica o relógio do fogão. Pouco mais de uma da tarde.

Mamãe, diz Aimee, por que você não gritou por mim? É uma tempestade muito forte. Talvez até um tornado.

A Sra. Whitehead vai até a pia da cozinha, puxa a cortina e espia pela pequena janela. É mesmo, diz ela, e fecha a cortina com firmeza. É mesmo. Ela observa o cigarro por alguns segundos e bate a cinza na pia. Pega um copo e serve um pouco de chá gelado de uma jarra sobre a bancada.

Você está doente?, pergunta Casey, se balançando de um lado para o outro, sua saia comprida quase tocando o chão da cozinha.

Não, responde a sra. Whitehead. Ela toma um gole do chá e fica olhando para o copo. Seu cabelo é escorrido e rente à cabeça; seus olhos, luminosos e rodeados de sombras. Não é diferente de como a mãe de Debra Ann às vezes ficava quando estava tendo uma semana ruim, quando Debra Ann a seguia de um cômodo a outro, fazendo perguntas. Quer ouvir uma piada? Quer ver TV, sentar no quintal ou deitar na cama enquanto leio um livro para você? Dependendo do quão ruim fosse, Ginny era capaz de ficar em absoluto silêncio. Podia passar horas na banheira, abrindo a torneira de vez em quando para manter a água quente, virando lentamente as páginas de sua National Geographic, suspirando alto o suficiente para que Debra Ann conseguisse ouvi-la através da porta fechada. Hoje a mãe de Aimee parece um bambu em uma tempestade de vento, pensa Debra Ann, torcendo para que ela seja capaz de envergar o suficiente para sobreviver.

Talvez eu esteja doente. A sra. Whitehead solta uma risada curta e ruidosa. Talvez eu só esteja exausta.

Aimee olha para as outras garotas e elas levantam as mãos com as palmas para cima. O que aconteceu, mamãe?

Ela conta às meninas que o juiz Rice proferiu a sentença ontem à tarde. Um ano de liberdade condicional, diz ela, e cinco mil dólares para a família daquela garota.

Todas as meninas engasgam. Cinco mil dólares?, diz Debra Ann. Isso é uma fortuna.

Sim, diz Casey, ele vai sentir *no bolso*.

Meninas, diz a ara. Whitehead, parem já com isso. Vocês não têm a menor ideia do que estão falando.

A justiça foi feita, grita Debra Ann. Ha!, Lauralee ri, e todas comemoram.

Ah, calem a boca. Todas vocês, *calem a boca*.

Um ano de liberdade condicional, diz ela, e sua voz falha. Cinco mil dólares. Meu Jesus do céu, puta merda.

Se uma cascavel tivesse aparecido embaixo da mesa da cozinha, as garotas não teriam ficado tão chocadas. Aimee dá dois passos para trás com as mãos no ar, como se a mãe fosse atirar nela. Mamãe, isso é heresia.

Ah, querida, não é, não. É uma blasfêmia. E, na verdade, quem se importa?

Ela arremessa o copo de chá gelado do outro lado da cozinha, onde ele bate contra a parede e se estilhaça de maneira espetacular. Riachos de chá gelado rolam pelo papel de parede florido e se acumulam no linóleo. O bebê começa a berrar do outro lado da casa e ela desliza para o chão como se alguém tivesse roubado sua coluna vertebral. Não sei o que fazer comigo mesma, diz ela.

Debra Ann também não sabe o que fazer, nenhuma delas sabe, mas elas têm idade suficiente para saber que não é certo ficar olhando. Então elas se viram, quatro garotas girando quase ao mesmo tempo para encarar a parede. Elas aguardam, e quando alguns minutos se passam e a sra. Whitehead ainda não saiu do lugar no chão da cozinha, Debra Ann pega o telefone para ligar para a sra. Shepard. Ela coloca o ouvido no fone e depois toca o receptor algumas vezes. O telefone está mudo, diz ela. O vento deve ter derrubado a linha.

Não está, não, diz a mãe de Aimee. Estava funcionando agora mesmo.

Não, senhora. Está mudo agora.

Os olhos azuis de Aimee estão arregalados e suas bochechas, brancas como uma folha de papel. O que nós vamos fazer?

O grito do bebê perfura o ar e se desintegra em um lamento constante e triste que faz Debra Ann querer tapar os ouvidos com as mãos. Vou atravessar a rua para buscar a sra. Shepard, diz ela. Ela vai até Aimee e a abraça com força. Eu vou para Penwell com meu amigo, mas volto em breve.

Depois que Debra Ann vai embora, Aimee se ajoelha ao lado da mãe. Você consegue se levantar do chão, mamãe? Quem sabe beber alguma coisa? Mas Mary Rose mantém as mãos fortemente pressionadas contra as coxas. Acho que não, querida.

E quando a sra. Shepard entra pela porta alguns minutos depois, ainda de pantufas, olha ao redor da cozinha, seus olhos observando o vidro quebrado, o chá gelado escorrendo pela parede e pelo chão, e as três garotas assustadas encostadas no batente da porta enquanto o bebê uiva como se alguém tivesse ateado fogo nele. A sra. Shepard bate palmas com força. Vocês aí, vão buscar esse maldito bebê e levem-no para o quarto da Aimee. Ela se abaixa até ficar ao nível dos olhos de Mary Rose, que está chorando tanto que seu corpo inteiro treme.

Nenhuma das meninas jamais viu uma mulher adulta chorar tanto, nem mesmo em um velório, e todas são muito jovens para reconhecer aquilo como raiva.

A sra. Shepard esfrega o braço da jovem e pousa uma das mãos no meio de suas costas. Muito bem, diz ela, agora você vai se levantar e vir se sentar à mesa da cozinha.

A mãe de Aimee balança a cabeça.

Querida, eu não posso ficar curvada desse jeito por mais um minuto. Agora levante-se.

Sem dizer uma palavra, Mary Rose se levanta e caminha até a mesa da cozinha. Ela se senta e encosta a cabeça no linóleo, seus ombros sacudindo junto com os soluços. Corrine limpa o chá da parede e varre o copo para um canto. Por enquanto, diz ela, vamos limpar tudo. Depois de servir dois copos de chá gelado e levá-los para a mesa, ela olha e vê as meninas ainda paradas na porta boquiabertas. O que ainda estão fazendo aqui?, pergunta Corrine. Vão buscar esse maldito bebê antes que ele rompa um vaso sanguíneo.

As meninas descem o corredor até o quarto de Aimee, o vento sacode a casa como se quisesse atirá-las pelas janelas em direção ao quintal. Elas se sentam no chão e olham para o bebê, e Casey sugere que elas brinquem de *Poderosa Ísis* porque Ísis é capaz de dominar o vento, e Lauralee diz que elas deveriam brincar de *O Incrível Hulk*, porque ele consegue transformar sua raiva em uma força para o bem. Aimee não quer brincar de nada. Ela apenas se senta e olha para a janela, depois para o irmão mais novo e de volta para a janela. Ela diz às outras meninas que tem pensado no que significa liberdade condicional — ou no que ela acha que significa. Dale Strickland ainda pode ir a qualquer lugar que quiser, pode tomar sorvete quando quiser e ir assistir a um jogo de futebol. E quanto a Glory Ramírez? O que acontece com ela? E com elas?

Meia hora se passará antes que Corrine entre no quarto de Aimee com uma mamadeira para o bebê. Ela olha ao redor, três rostos redondos e pálidos e o bebê agarrando o cabelo da irmã. Onde é que está a Debra Ann?, pergunta às meninas. Por que ela não está aqui com vocês?

Corrine

Em meio ao vento soprando e ao choro do bebê, o ar tomado por uma quantidade de poeira suficiente para sufocar um touro e Mary Rose se recusando a abrir suas malditas cortinas nem por dois minutos sequer a fim de que o sol entrasse um pouco, era impossível que Corrine tivesse ouvido ou visto Jesse e Debra Ann abrindo a porta da garagem e tirando a caminhonete lá de dentro. Agora ela está parada sobre o concreto empoeirado com os punhos cerrados e as axilas suadas, olhando para o espaço vazio onde a caminhonete de Potter costumava ficar. Tudo o que resta é uma poça de óleo fresco.

Mary Rose atravessa a rua correndo, ainda abotoando a blusa, a bolsa batendo no osso do quadril. Seus cadarços estão desamarrados e ela não está usando meias. Ao ver Corrine parada na garagem vazia, ela para abruptamente. Onde está a caminhonete de Potter? Onde está Debra Ann?

Eu não sei. Ainda com ressaca por conta dos *salty dogs*, Corrine pressiona os dedos com tanta força contra as pálpebras que vê estrelas. Ela tenta se lembrar da última vez que se sentou na caminhonete. Quando foi a última vez que ouviu Bob Wills no rádio e colocou o carro em ponto morto antes de girar a chave e torcer para que a coragem durasse o tempo realmente necessário? Quando foi a última vez que passou um ou dois minutos olhando para os medidores antes de suspirar e desligar a caminhonete, e entrar para preparar um copo de chá gelado? Duas noites atrás. E então, como sempre, ela deixou a chave na ignição.

Mary Rose corre para a cozinha de Corrine e coloca o receptor do telefone em um ouvido. Segurando a porta com o pé, ela pressiona várias vezes o interruptor do aparelho, leva o fone ao ouvido novamente e por fim o coloca de volta no gancho. O tanque está cheio?, pergunta pela porta aberta.

Acho que está abaixo da metade. Corrine examina a garagem. Tudo está em seu lugar habitual, exceto pelo espaço vazio onde Potter guardava a barraca. Há caixas etiquetadas cheias de enfeites de Natal alinhadas na prateleira ao lado do resto do equipamento que usavam para acampar. Os ancinhos e as pás estão empilhados em um canto, cobertos com uma nova camada de poeira cinza, e em um piscar de olhos, Corrine o vê caminhando pelo quintal com algum animal deitado no meio da pá — uma cobra, um rato ou um pardal. Ela o vê cavando um buraco, uma maldita sepultura para cada bicho. Ele não devia ter morrido antes de mim, pensa. Ele sabia viver a vida muito melhor do que eu.

Corrine caminha até o meio da garagem e gira em um círculo lento, seu olhar subindo e descendo enquanto examina novamente o local. A caminhonete de Potter se foi, os telefones estão mudos e, embora a tempestade de pocira tenha passado, o ar ainda está tão denso de partículas e calor, que seus pulmões parecem estar comprimidos por uma prensa de aço. A poça de óleo fresco atrai sua atenção novamente, e então ela vê o pedaço de papel caído bem ao seu lado no concreto.

Mary Rose sai da cozinha e agora está de pé com um braço estendido enquanto Corrine entrega a folha para ela. É um guardanapo do clube de strip, dobrado ao meio e, embora as letras abaixo do logotipo estejam ligeiramente borradas, as mulheres conseguem distinguir as palavras *Penwell* e *posto de gasolina* e, no verso, um nome. *Jesse Belden*. Balançando-se ligeiramente, com um braço dobrado sobre a barriga, Mary Rose se inclina para frente até que seu cabelo raspe o chão. Temos que ir atrás dela.

Ela corre de volta para a cozinha e começa a pressionar o interruptor do telefone com tanta força que Corrine pode ouvir da garagem. Quando Mary Rose retorna — Ainda não temos telefone, merda —, seu rosto está da cor de brasas já se apagando, ou da fina poeira cinza que cobre a bancada de Potter. Fica perto da nossa fazenda, diz Mary Rose. Seus olhos azuis não têm expressão. Eu sei quem a levou.

Você conhece este homem, o sr. Belden? Corrine dá uma olhada no papel. Debra Ann falou dele uma ou duas vezes, mas pensei que fosse um de seus amigos imaginários.

Esse não é o nome dele, diz Mary Rose categoricamente. Eu sei quem ele é. Ela atravessa a rua correndo e desaparece dentro de casa. Menos de cinco minutos depois, ela está parada na garagem de Corrine, a espingarda em uma mão, vários cartuchos soltos na outra. Pedi às meninas que não saíssem daqui e que ligassem para Suzanne Ledbetter assim que os telefones voltassem, diz ela.

Corrine estende as duas mãos, as palmas para cima. Precisamos colocar isso no porta-malas.

Mary Rose balança a cabeça. Temos que ir.

Gotas de suor rolam por sua testa e seu cabelo fica grudado ao pescoço. Corrine está a menos de trinta centímetros da vizinha, perto o suficiente para sentir o cheiro de gordura e suor de seu corpo, e ver que suas pupilas estão imensas, um eclipse cercado por suas íris azul-claro. Não queremos assustar ninguém, diz Corrine, e tenho meu revólver no porta-luvas, se precisarmos.

Ele vai matá-la, diz Mary Rose, e por um momento Corrine pensa que talvez ela tenha razão. No entanto, Debra Ann parecia bem neste verão, determinada e ocupada, tinha até parado de puxar as sobrancelhas. Se este homem a machucou de alguma forma, não houve nenhum sinal. E há outra coisa devorando Corrine por dentro — um bilhete que Debra Ann mostrou a ela no início do verão. "Obrigado por me ajudar. Estou muito agradecido." De onde veio isso?, perguntou Corrine à garota, e Debra Ann respondeu que ele fazia parte de seu projeto de verão.

Não sabemos de nada, diz ela a Mary Rose. Debra Ann falou que ele era amigo dela.

Bem, e o que ela sabe?, grita Mary Rose. Ela é uma garotinha e ele é um — sua voz falha — monstro.

Desgraçado, Mary Rose cospe a palavra, como se acabasse de engolir um copo cheio de vinagre. Ela aperta a espingarda em uma das mãos, os nós dos dedos listrados de branco e vermelho. Está tomada pela raiva e absolutamente determinada.

De fato, pensa Corrine. Ela respira fundo e tenta parecer calma. Ainda não sabemos qual é a situação. Debra Ann pode estar fugindo.

Qual é o seu problema? Mary Rose olha para Corrine como se a velha tivesse enlouquecido. Strickland queria Aimee, mas pegou a Debra Ann em vez dela. E é minha culpa.

O pouco ar que Corrine conseguia manter em seus pulmões desaparece completamente, e ela estica o braço para se apoiar na bancada de Potter. Quando empurra para o lado as ferramentas de jardinagem e pressiona a mão espalmada contra a mesa, a poeira e as teias de aranha que se acumularam durante a longa primavera e o verão levantam voo. Mais uma vez o calor e a sujeira preenchem seus pulmões e ela tosse em cima do ombro. Eu não vou conseguir fazer isso, pensa.

Deixe-me colocar essa arma no porta-malas que eu levo a gente até Penwell. Ela se endireita e pega a mão da vizinha, mas Mary Rose se afasta dela. De que lado você está, velha?

Por favor, diz Corrine. Mais uma vez, ela estende a mão, mas Mary Rose já está correndo de volta para o outro lado da rua, onde encosta a espingarda contra o carro e procura desesperadamente algo na bolsa. Quando encontra as chaves, agarra a Velha Senhora e a coloca no banco do passageiro. Depois sai dirigindo sem sequer olhar na direção de Corrine.

*

A fazenda dos Whitehead fica a cinco quilômetros ao sul de Penwell. Perto o suficiente para ir andando, como Glory Ramírez fez, e se você tivesse caminhado essa distância junto com ela, poderia ter agarrado a cerca de arame farpado que separa a ferrovia da sepultura improvisada — uma única fileira de grandes pedras de caliche empilhadas uma em cima da outra — e da cova menor e não identificada que fica a apenas alguns metros de distância — um cachorro que pertencia a um dos trabalhadores, uma criança que morreu de febre, um bebê mordido por uma cascavel. E se você não estivesse prestando atenção, ou estivesse olhando para trás, poderia ter caído na pilha de pedras, como Glory fez. Talvez tivesse visto o vento se mover pela grama com o mesmo embrulho no estômago. Talvez tivesse olhado para trás, para o lugar de onde vinha e aberto a boca, apenas para descobrir que não conseguia falar. Foi no túmulo menor que Glory se sentou e tirou o cascalho da palma da mão, e é lá que Jesse Belden ergue Debra Ann Pierce nos ombros e enfrenta a grama selvagem que ainda está sendo arrancada e castigada pela última tempestade de poeira, para que ela possa ver o túmulo sobre o qual falou durante todo o verão.

*

Corrine tem um pé pesado, e não se envergonha disso: está acostumada a andar pelo menos trinta quilômetros acima do limite de velocidade, mesmo que não esteja com nenhuma pressa específica. Nesse momento, ela cruza a I-20 como se a própria morte estivesse atrás dela. O ponteiro do velocímetro treme entre 130 e 140 quilômetros por hora, mas o sedã branco de Mary Rose vai ainda mais rápido, e a distância entre os dois carros aumenta até que a mãe de Aimee esteja quase um quilômetro à frente.

Com a tempestade avançando para o sul a 16 quilômetros por hora, as mulheres se dirigem para uma nuvem de terra vermelha e pó de caliche cor de osso. Quando se aproximam de Penwell, o vento aumenta e o carro de Corrine começa a sacudir. A turbulência embrulha seu estômago, lembrando-a de que não comeu hoje, de que está com sede, de que bebeu muito na noite passada e em todas as noites desde que Potter morreu, de que é uma velha despreparada para impedir que o mundo se desmorone completamente.

Quando estavam paradas na garagem de Corrine e Mary Rose cuspiu aquela palavra — Desgraçado — sua voz tinha sido plana como a terra que Corrine encara agora, e seu coração desabou a seus pés. Ela tinha ouvido aquele tom de voz algumas vezes na vida, geralmente, mas nem sempre, de um homem ou grupo. E embora Mary Rose esteja com raiva e com medo, e uma garotinha esteja por aí com um homem que elas não conhecem, Corrine se dá conta de por que o tom de voz de Mary Rose soa tão familiar.

Não é a raiva aguda e exagerada com a qual você se depara quando uma multidão queima um livro, atira uma pedra em uma janela ou planta uma cruz embebida em querosene no jardim de alguém e ateia fogo nela. A apatia na voz de Mary Rose, a dureza, o tom de voz frio e firme — tudo isso é medo e raiva transformados em ira. É a voz de alguém que já se decidiu. Tudo o que resta a fazer é esperar pela pequena faísca que justificará o que está para acontecer. Ao longo de toda a sua vida, Corrine viu este veneno permear seus alunos e os pais deles, homens sentados no bar ou em arquibancadas, frequentadores da igreja, vizinhos, e pais e mães da cidade. Ela viu seus próprios amigos e parentes derramarem este veneno em seus melhores copos, servirem-no em pratos e tigelas que seus ancestrais transportaram em carroças vindas da Geórgia e do Alabama, enquanto proclamavam que haviam batalhado por tudo que conseguiram conquistar e ninguém lhes dera nada, eles fizeram por merecer, dando a vida naquela refinaria, naqueles campos, e não há porra nenhuma que possam fazer em relação às pessoas que controlam o dinheiro e pagam seus salários, que têm o poder de mandá-los embora com um piscar de olhos e um aceno de cabeça, mas sem dúvida são capazes de apontar o dedo para outra pessoa. Se disserem isso por tempo suficiente, de maneiras diferentes o bastante, talvez parem de ver o filho de Deus do outro lado daquelas palavras, ou cedendo sob o terrível peso que elas têm. Qualquer coisa que ajude alguém a dormir tranquilamente ou a virar as costas para que possa sustentar a mentira. Seja lá o que permita alguém acender um fósforo ou jogar a corda em um galho firme e ainda estar de volta em casa a tempo do jantar e de assistir à partida de futebol. E enquanto Mary Rose talvez tenha um motivo melhor do que a maioria desses tolos e pecadores para abrir espaço para a ira desenfreada, Corrine também sabe o seguinte: de um jeito ou de outro, isso acabará matando você. Mas, caramba, você pode acabar causando alguns estragos no caminho.

Corrine pisa no acelerador e tenta diminuir a distância entre seu carro e o de Mary Rose. A 150 quilômetros por hora, seu Lincoln treme e ruge feito um jato. Quando a outra desacelera para fazer uma curva fechada em direção à estrada de acesso e, em seguida, pisa fundo, uma tonelada de poeira é atirada contra o para-brisa de Corrine. Ela pisa no freio e desliza para a estrada de terra com uma última olhada no retrovisor e, pela primeira vez na vida, deseja que um policial deixe de lado o almoço ou o jornal e preste atenção nela por um mísero segundo.

São quase três horas, menos de uma hora desde que Corrine entrou em sua garagem e bem depois do momento do dia em que ela prepara seu primeiro chá gelado com uísque e se dirige para a varanda. Quando suas mãos começam a tremer, outro lembrete de que não tem absolutamente nenhum motivo para estar ali, ela ri e soca o volante. Ela deveria ter ido diretamente para a delegacia ou parado no 7-Eleven e perguntado se o telefone estava funcionando. Tudo que ela quer — tudo que sempre quis desde que Potter morreu — é que a deixem em paz, é beber e fumar lentamente a doce vida após a morte. Mas aqui está ela, uma senhora idosa com pulmões estourados e um marido morto, cruzando a porcaria do Hell's Half Acre em um Lincoln Continental, com a intenção de salvar o mundo. É tão ridículo que Corrine bate o punho contra a testa e ri até que as lágrimas desenham listras de poeira em seu rosto. Merda, pensa. Aqui estou eu.

*

Corrine está na cola de Mary Rose quando elas entram rugindo por Penwell, uma pequena cidade em um trecho vazio de terra interrompido apenas por bombas e trilhos de trem e uma única fileira de postes de cabos telefônicos que parecem se estender até a eternidade. Há cerca de 75 moradores fixos no local, muitos deles morando em trailers que levaram de Odessa, estacionados entre o que restou das torres de petróleo originais feitas de nogueira-pecã. A única coisa que sobrou do antigo posto de gasolina e do salão de baile é uma pilha de madeira serrada e cacos de vidro, e uma placa enferrujada caída no chão coberta de grama. FESTA HOJE À NOITE.

Dois garotinhos estão parados na beira da estrada e comemoram quando as mulheres cruzam um semáforo que não funciona há quarenta anos. Elas passam pelo posto de gasolina sem ver nenhum sinal da caminhonete de Potter. Do outro lado da cidade, a estrada vira para o sul e começa a correr ao longo dos trilhos da ferrovia. O asfalto desaparece, a pista se deteriora e se transforma em uma mistura de terra, buracos e mato. A nuvem de poeira ainda está à frente delas, mas o vento não é confiável. Ele rodopia, dá mergulhos, agarra os carros e os sacode com força antes de soltá-los repentinamente. Quando Mary Rose desvia para não bater em um pedaço do oleoduto que caiu no meio da estrada, Corrine faz o mesmo.

Mary Rose pisa no freio uma segunda vez e dá uma guinada violenta, e Corrine logo vê uma mamãe tatu cruzando a estrada com seus quatro filhotes. Ela enfia o pé no freio e dá um solavanco para a direita, seu rosto batendo no volante com força suficiente para que estrelas nadem no seu campo de visão.

Os dois veículos cambaleiam em direção à beira da estrada e param. A caminhonete de Potter está estacionada à frente, e há uma segunda picape mais antiga ao lado dela. Corrine buzina e tenta parar ao lado de Mary Rose, mas a estrada é estreita e Mary Rose não vai olhar para ela, então Corrine se estica por cima do banco, abre o porta-luvas e coloca seu revólver ao lado dos cigarros. Se elas saírem daquela situação com todos ainda vivos, ela irá para casa e fumará aquele maço inteiro. Ela vai beber até ficar inábil e depois passará três dias dormindo.

O carro de Mary Rose desce lentamente a estrada até que elas estejam a apenas alguns metros das duas caminhonetes, e é só então que Corrine vê o homem e a garota caminhando lado a lado ao longo dos trilhos da ferrovia. Ele é pequeno e magro, com ombros caídos e cabelos pretos, nada parecido com o homem cujas fotos foram veiculadas no noticiário depois do ataque a Gloria Ramírez. A franja de Debra Ann cobre seus olhos e ela está vestindo seu short de veludo favorito e uma camiseta rosa brilhante. Em uma mão o homem segura um jarro de água e, ah, o que Corrine não daria por um pequeno gole. Sua outra mão está gentilmente dobrada ao redor dos dedos sujos de Debra Ann.

Corrine abaixa o vidro e coloca a cabeça para fora para chamá-los, mas então vê a porta do carro de Mary Rose se abrir e prefere tocar a buzina. É um uivo longo e ininterrupto, não muito diferente do apito da refinaria, e chama a atenção deles. Jesse e Debra Ann param e se viram, e após uma breve pausa ele se abaixa para dizer algo a ela. A criança dá de ombros, esfrega os olhos e olha para os pés.

Mary Rose desce do carro e corre em direção a eles, a espingarda quicando em seu ombro, as balas caindo no chão atrás dela. O coração de Corrine salta como se ela tivesse agarrado uma cerca elétrica. Há meses ela mora na calçada oposta a esta jovem, a vê emagrecer como uma folha de algarobeira, percebe as sombras escuras sob seus olhos quando se senta na varanda e fica observando a filha dela como se a menina fosse desaparecer a qualquer momento.

Algumas semanas antes do julgamento, enquanto as meninas estavam dando banho no bebê e as mulheres fumavam um cigarro no quintal de Mary Rose, Corrine pensou ter visto nos olhos da vizinha, ainda que muito brevemente, algo que poderia ter sido desespero.

Você precisa de alguma coisa?, perguntou.

Não, respondeu Mary Rose, acho que não.

Quando foi a última vez que você teve uma boa noite de sono? E Mary Rose soltou uma risada que era mais um rosnado do que qualquer outra coisa. Bem, disse ela, eu sou uma daquelas mulheres que precisa se levantar e fazer xixi a cada dez minutos, praticamente desde o dia em que engravidei até o bebê estar com três meses, então eu diria que já passaram cerca de treze meses desde eu dormi uma noite inteira mais ou menos.

Querida, e o Robert? Eu sei que ele viria para a cidade e ajudaria, se você pedisse.

O Robert está ocupado com as vacas dele. Mary Rose olhou para o quintal e chutou uma das seis extensões espalhadas pelo pátio. E, de todo modo, eu não quero ele aqui.

Ela caminhou até a beira da varanda e pisou em uma grande aranha negra. Keith Taylor esteve aqui outro dia para me ajudar a me preparar para o julgamento, disse ela, e ele me perguntou sobre morar aqui na cidade, se eu não sentia falta de estar com meu marido, e eu não soube como responder.

Uma das crianças gritou dentro de casa e as duas mulheres pararam de falar, orelhas em pé na expectativa de que precisariam delas para alguma coisa, sendo convocadas a resolver a próxima situação doméstica, fosse grande ou pequena, mas as meninas conversaram por alguns segundos e tudo ficou em silêncio novamente.

Porque quando me pergunto o que se perdeu entre mim e Robert, Mary Rose fez uma pausa e olhou para as mãos, virando-as repetidamente. Bem. Como é que eu vou saber? Merda, ganhei minha primeira roupa de líder de torcida quando ainda usava fraldas. Todas nós. Quando temos sorte, chegamos aos 12 anos sem que nenhum homem ou menino, ou mulher bem-intencionada que considerava que deveríamos saber como as coisas funcionam, nos contasse por que fomos colocados nesta terra. Para entretê-los. Para sorrir e trazer um pouco de luz para a vida. Para apoiá-los e conhecê-los, e sermos simpáticas com todos com quem trombamos. Eu me casei com o Robert quando tinha 17 anos, saí direto da casa do meu pai para a casa dele. Mary Rose sentou-se em uma cadeira de jardim, encostou a cabeça na mesa do pátio e começou a chorar. É esse o meu dever?, perguntou ela. Ficar entretendo a vida dele?

Corrine se levantou e esperou que o choro parasse, mas aquilo continuou e depois de um tempo, sentindo-se constrangida, tocou o ombro da vizinha. Me ligue se precisar de alguma coisa, disse ela, e saiu pelo portão lateral.

Corrine correu menos de três metros quando seus pulmões se contraíram e lhe disseram, *Não*, não, senhora, deveria ter pensado nisso vinte anos atrás. Ela se curva em meio ao deserto, respirando com dificuldade, então se levanta e dá alguns passos. Todo o seu rosto dói da batida no volante e um galo está se formando em sua testa. Ela vomita um pouco na areia, nada além de bile e água, e se pergunta se teve uma concussão.

Mary Rose está muito à frente dela agora, e Corrine começa a gritar repetidamente o nome de Debra Ann, cada palavra um novo desafio para seus pulmões doloridos, sua garganta seca e sua cabeça machucada.

Debra Ann e Jesse observam as duas mulheres, uma bem à frente andando depressa, a outra se arrastando atrás, desejando ter ouvido Potter ao longo de todos aqueles anos quando ele dizia que passar o dia inteiro chamando a atenção de adolescentes não era atividade física de verdade, não importava quantas horas por dia ela ficasse em pé.

Solta ela, Strickland. A voz de Mary Rose é uma barra de aço e perfura Corrine até o âmago.

Não é ele, Mary Rose, grita ela. Não é o mesmo homem.

Mary Rose para de correr e olha para o jovem. Corrine sabe que sua amiga está perto o suficiente para vê-lo claramente. Ambas estão. Olha lá, grita Corrine. Esse é o Sr. Belden.

Debra Ann franze a testa para Jesse, e elas o veem se abaixar um pouco e segurá-la delicadamente pelo braço. Ele se endireita e acena para as mulheres.

Graças a Deus. Corrine dá um passo em direção a eles.

Não, diz Mary Rose baixinho. Ela ergue a Velha Senhora, ajeita-a no ombro e aperta o gatilho.

*

O estrondo da espingarda rasga o dia na metade. Debra Ann e Jesse caem no chão e não se movem. Mary Rose os encara com calma. Sua cabeça está ligeiramente inclinada para o lado, como se ela estivesse tentando solucionar um problema. Errei, diz ela categoricamente. Errei, porra.

Debra Ann e Jesse estão chorando agora, ambos repetindo, O que está acontecendo, o que está acontecendo, e embora a voz de Jesse seja mais alta e mais grave do que a de Debra Ann, ainda se parece muito com a voz de uma criança que não entende direito as coisas.

Debra Ann, grita Corrine, levante-se e venha aqui *agora*. A garota se ergue da terra feito um fantasma e sai correndo.

Mary Rose tira o cartucho da espingarda, se abaixa e pega uma das várias balas que estão espalhadas a seus pés. Depois que desliza uma na câmara e fecha, fica completamente imóvel, observando. Ela acompanha cada movimento dele, Corrine vê, esperando que ele dê o próximo passo. Ela é boa de mira. Se atirar novamente, não errará. E, como se estivesse lendo a mente de Corrine, Mary Rose grita com Jesse, Da próxima vez eu não vou errar.

Corrine alcança Mary Rose ao mesmo tempo que Debra Ann. Ele é meu amigo, diz ela. Eu estou *ajudando* ele.

Ele machucou você, diz Mary Rose.

Não. Debra Ann puxa convulsivamente a sobrancelha, arrancando os fios e jogando-os no chão. Ele é meu amigo.

Você está bem?, pergunta Corrine, e quando Debra Ann balança a cabeça, ela pergunta, O que você está fazendo?

Estou ajudando ele a voltar para casa. Debra Ann passa as costas da mão no nariz e limpa um fio de ranho marrom em seu short. Ele precisa pegar a caminhonete dele, e eu o trouxe até aqui.

Ah, querida, diz Corrine.

Eu ia voltar. O rosto de Debra Ann fica vermelho. Eu não ia roubar a caminhonete do sr. Shepard. Eu sei que você ama ela.

A menina começa a chorar. Ninguém se importa com o que acontece com Jesse, diz ela. Nem comigo.

E ela tem razão, Corrine percebe agora. Debra Ann e Jesse precisam de muito mais do que qualquer pessoa lhes deu na vida. Um apito soa ao longe — a refinaria talvez, ou um trem que ainda está a vários quilômetros de distância. O vento chicoteia seus cabelos em volta de seus rostos e isso torna difícil ouvir. No deserto faminto por água, os cactos ficaram pretos e se dobraram sobre si mesmos. Vagens, cinzentas e enrugadas, agarram-se às suas árvores ou amontoam-se em volta dos troncos, e Jesse Belden jaz na terra fazendo pequenos ruídos com a garganta, uma criaturinha assustada, um jovem que viu de perto como uma bala é capaz de rasgar um corpo em pedaços.

Levante-se, diz Mary Rose a ele. Levante-se e coloque as mãos para cima.

Ele não consegue te ouvir, grita Debra Ann. Seu rosto está coberto de terra e lágrimas, e há um pequeno arranhão na bochecha. Ele não consegue ouvir — a voz dela falha —, é tudo minha culpa.

Levante-se, grita Mary Rose. Levante-se agora.

Jesse fica de joelhos e balança um pouco enquanto coloca as mãos na cabeça.

Mary Rose, diz Corrine. *Pare.*

Eu perdi a minha chance antes. Sua voz está cheia de tristeza. Corrine agarra o braço dela, sacudindo-o com força suficiente para que a arma vacile.

Pare com isso, Mary Rose. Este não é o mesmo homem. Ela agarra Debra Ann e a exibe a Mary Rose como uma oferenda. Olhe. Ela está bem. Está vendo?

Ele não está bem, sra. Whitehead, diz Debra Ann. Eu sou responsável por ele.

Eu quero ir para casa, diz Jesse às mulheres. Eu quero a Nadine.

Debra Ann faz menção de correr de volta para ele, mas Corrine a agarra pelo braço e a sacode com força. Vá se sentar no meu carro, deite-se no banco de trás e não se atreva a olhar pela janela.

Sim, diz Mary Rose baixinho. Diga a ela para não olhar pela janela.

Essas são as palavras mais apavorantes que Corrine já ouviu na vida, e ela se dá conta de que quer se sentar no meio daquele campo empoeirado, fechar os olhos e dormir. Ela imagina Potter de pé ao lado de sua caminhonete em um campo não muito longe de onde estão agora. Ele saiu de casa antes do amanhecer, ela tem certeza, porque queria ver o sol nascer mais uma vez. Ele nunca perdia uma oportunidade de ver o nascer do sol. Eles poderiam estar em pé no meio do campo de petróleo mais destroçado e fedorento que ele assistiria àquela estrela fumegante cruzar o horizonte. Que vermelho é esse, diria a ela. Que cores, que céu! E essas nuvens? Outro dia glorioso. Ele estaria sorrindo. O que vamos fazer hoje, sra. Shepard?

Corrine não quer agarrar a espingarda e correr o risco de que ela dispare, então estica o braço em direção ao cano e cobre a mão de sua amiga com a sua. O que você está fazendo, Mary Rose?

Lágrimas marcam um caminho lento em meio à poeira que se acumulou nas bochechas de Mary Rose, e ela ainda está de pé com a espingarda apontada para Jesse Belden, a trava de segurança desbloqueada, o dedo enrolado com força em volta do gatilho. Eu quero justiça, porra, diz ela.

Eu sei, querida, mas você não quer atirar no homem errado.

Errado?, diz Mary Rose. Não sabemos o que ele fez ou fará, mas sabemos que ele tem a certeza de que não será responsabilizado por isso.

Corrine esfrega o polegar suavemente pela mão que segura o cano da espingarda e, em seguida, o move delicadamente até o braço de Mary Rose. A coronha está pressionada fortemente contra o ombro dela, seu braço tenso como uma corda de violino. Ela está tremendo de raiva.

"Na tua ira, lembra-te da misericórdia", pensa Corrine. Mary Rose, se você atirar nesse homem, nunca mais será a mesma. Nem Debra Ann, nem eu.

Todos os dias, eu acho que vou pegar o telefone e ouvir a voz dele do outro lado da linha, diz Mary Rose. Todas as noites, fico achando que alguém vai passar pela minha porta e machucar os meus filhos. Ele está *solto*. Não fizeram porra nenhuma com ele.

Eu sei. Mas este homem não é ele.

Corrine teria feito qualquer coisa para estar com Potter na manhã em que ele escolheu morrer. Não para impedi-lo — ela sabe muito bem o que ele estava enfrentando, o quão difícil seria sua morte se eles deixassem a doença seguir seu curso —, mas ela poderia ter ficado com ele e visto o sol nascer. Não tenha medo, poderia ter dito a ele. Você não está sozinho.

Obrigada por me aturar todos esses anos, teria dito, e todas as minhas bobagens e mesquinharias. Potter teria rido e apontado para algum bicho correndo pelo mato. Olha lá. Uma família de codornizes azuis. Está vendo os filhotes no ninho? São nove. Não é uma graça, Corrine?

E é uma graça, ela vê agora. Potter sempre soube disso. Como ela foi capaz de pensar tão pouco no mundo? Como foi capaz de estar sempre tão ausente, ela se pergunta, sempre tão cética, colocando tudo para baixo, retribuindo tão pouco? Ela sofrerá com a ausência dele até o dia em que morrer, mas isso ainda vai demorar muito — para todos os que estão ali neste campo, se ela puder evitar.

São apenas três da tarde. O sol e o calor são impiedosos, e o vento sopra quente contra seus rostos. Jesse Belden se ajoelha silenciosamente no chão com as mãos na cabeça e o rosto voltado para a terra, um prisioneiro que passou a vida inteira esperando por isso. "Este é o soldado que voltou da guerra. Esses são os anos, as paredes e a porta" — de onde vêm essas palavras? Que música, que poema, que história é essa? Quando chegar em casa, tentará descobrir. Se necessário, tirará todos os livros das prateleiras.

Uma casa sem Potter, uma casa com um maldito gato de rua e uma criança sem mãe, uma casa com uma jovem cujo rosto é um misto de poeira cinza e lágrimas e raiva, cujo dedo ainda está no gatilho. Uma casa com este jovem desconhecido ajoelhado no chão.

Corrine mantém a mão no ombro de Mary Rose. Vamos pegar o carro e voltar para a cidade, diz ela, e pedir a Suzanne que fique mais um pouco com as crianças. Vamos sentar no meu quintal e tomar alguma coisa bem forte, e vamos dar um jeito nisso.

O que há de errado com este lugar? A voz de Mary Rose é pouco mais que um sussurro. Por que não nos importamos com o que acontece com uma garota como Glory Ramírez?

Eu não sei.

O olhar de Mary Rose cruza o campo em direção a Jesse Belden. Eu quero matar alguém.

Não este homem. Corrine ri suavemente. Talvez em um outro momento. Ela envolve o cano da espingarda com a mão. Seu braço balança sob o peso da arma quando ela a tira da mão de Mary Rose, a coloca no chão e a empurra para longe com a ponta do tênis. Você não está sozinha, diz ela.

Não tenham medo, diz Corrine para Jesse, Mary Rose e Debra Ann Pierce, cujo rosto está pressionado contra a janela do carro de Corrine, uma pequena e pálida testemunha, tentando entender o que está acontecendo quando Mary Rose se aproxima de Jesse e o ajuda a se levantar, quando ela lhe diz o quanto está arrependida, como é fácil algo se tornar a coisa que você mais odeia ou teme. Eu nunca soube, diz Mary Rose a ele, e gostaria de não ter ficado sabendo.

*

Elas voltam para Odessa sem pressa, Corrine e Debra Ann à frente no Lincoln, seguidas por Jesse na caminhonete de Potter. Mary Rose vem na retaguarda, seu sedã branco tão coberto de poeira que mal se pode distingui-lo dos campos por onde passam. Corrine diz a Jesse que amanhã o levará de novo até lá para pegarem sua caminhonete, que deixaram estacionada ao lado do túmulo dos trabalhadores da ferrovia. Darão um jeito para que ele volte para casa, no leste do Tennessee. Sua irmã está lá, certo? Sim, senhora, diz ele baixinho, e minha mãe também.

Quando chegam na garagem de Corrine, Jesse estaciona a caminhonete de Potter atrás do carro dela e fica olhando pelo para-brisa enquanto ela lhe traz um copo d'água. Suas mãos ainda estão segurando o volante quando ele pega no sono, mas quando ela olha pela janela alguns minutos depois, a caminhonete está vazia e ele já foi embora. Pela manhã irá atrás dele, o levará de volta a Penwell, lhe dará algum dinheiro e se certificará de que ele volte para casa.

Corrine conduz Mary Rose até sua casa e a entrega a Suzanne, que abre e fecha a boca meia dúzia de vezes antes de apertar os lábios e não dizer nada. Se isso vazar, Corrine sabe, é provável que Mary Rose seja internada no hospital em Big Springs.

Lentamente, Corrine atravessa a rua e prepara um banho quente para Debra Ann, que ficará de molho por quase uma hora e deixará tanta areia e sujeira na banheira que Corrine ficará em dúvida de quando a criança se banhou pela última vez.

Com sabonete?, pergunta Debra Ann.

Corrine está sentada no chão do lado de fora do banheiro com as costas contra a porta e as pernas esticadas à sua frente. Tudo dói — os joelhos, a bunda, os seios, cada maldita parte de seu corpo. Se você roubar alguma coisa de mim, qualquer coisa, diz ela à garota, eu coloco você daqui para fora — direto para Suzanne Ledbetter. Ela vai adorar colocar as mãos em você.

Eu não vou roubar nada, respondeu Debra Ann. Você pode vir lavar minhas costas?

Não, querida. A sra. Shepard só quer ficar sentada aqui em silêncio por um tempinho.

Eu não consigo alcançar e está coçando.

Corrine suspira e tenta se levantar, mas suas costas se rebelam. Ela rola para o lado e fica ofegante, então usa a parede para se levantar. Quando entra no banheiro, Debra Ann está curvada na banheira, os ombros arredondados e as costas cobertas por picadas de carrapatos e feridas abertas.

Arranhões longos e feios marcam os lugares que ela consegue alcançar. Todo o resto é apenas sangue seco e pele infeccionada. Corrine pega uma toalha e a molha na água do banho e então, ajoelhando-se no chão, a esfrega suavemente contra a pele da criança. De agora em diante, diz ela, você pode vir a qualquer hora, desde que seja depois das dez da manhã, e eu sempre atenderei a porta. A menina suspira profundamente e fecha os olhos. Isso é gostoso.

Precisamos tratar essas picadas. Corrine torce a toalha e a coloca na beirada da banheira. Você pode vir a qualquer hora, tomar um banho quente e assistir televisão, diz ela, e eu vou sempre me certificar de que haja bastante Dr. Pepper em casa.

Tudo que eu peço em troca — Corrine faz uma pausa por alguns segundos e afasta o cabelo úmido de Debra Ann de seus olhos — é que você não conte a ninguém sobre a sra. Whitehead ter disparado aquela arma. Não queremos que ninguém sofra mais do que o necessário.

Debra Ann balança a cabeça e desliza para dentro da banheira até ficar deitada de costas, fingindo flutuar em um lago, seu cabelo castanho espalhado ao lado do rosto. Ela nunca quis que ninguém sofresse.

*

Há tempestades no encalço dessa nuvem de poeira. Choverá por três dias e, quando os bueiros da Rua Larkspur transbordarem, o canal atrás da casa de Corrine encherá em menos de uma hora, lavando tudo que Jesse decidiu deixar para trás — sua frigideira, o cobertor que Debra Ann levou quando ele estava com frio e o remédio que ela arranjou quando ele estava doente, até mesmo aquele velho gato que, poucos minutos antes da enchente, foi visto perseguindo um filhote de cobra no final do duto.

Do outro lado da rua, o beco atrás da casa de Mary Rose inunda e a água penetra por baixo da cerca, subindo suavemente em direção ao pátio até cobrir a meia dúzia de fios que ainda estão conectados à tomada. Por alguns dias, ela ficará parada em frente à porta de correr e se perguntará se o quintal está eletrificado. Fechará a porta dos fundos com fita adesiva e ficará de olho na filha.

Quando a água baixar e tudo secar, Jesse estará em casa. Sua primeira carta chegará em setembro, uma única página com as palavras "Ditado a Nadine" escritas acima da saudação. Ele descreverá a longa e enfadonha viagem de volta ao leste do Tennessee — Quer você pegue a rota sul ou a norte, diz ele, é tudo igualmente feio —, e sua alegria ao ver o pequeno trailer de sua mãe em Belden Hollow. Ele promete enviar uma carta todo mês e espera que Debra Ann faça o mesmo.

Ele pescará no rio Clinch e tentará encontrar trabalho em sua cidade natal, e quando o dinheiro que Corrine lhe deu e ele ainda não tiver conseguido um emprego, jogará sua mochila na traseira da caminhonete e seguirá para Louisiana. Trabalhará nos campos de petróleo e plataformas offshore de Lake Charles, Baton Rouge, Petroleum City e, em seguida, irá até Gulf Shores para trabalhar com a pesca de camarões. Depois na construção civil em Jackson, passará um tempo preso em Dixon, em seguida trabalhará em fazendas da Flórida e por fim seguirá para Nova Orleans, onde descobrirá que finalmente tem idade suficiente para deixar crescer uma barba que o ajudará a se manter aquecido nos meses de inverno. Ele não viverá até uma idade muito avançada — o excesso de trabalho não o favorecerá —, mas cada vez que um desconhecido lhe mostrar um pouco de gentileza, ele se lembrará de Debra Ann e da maneira como ele conclui todas as cartas que envia para ela, por mais longa ou curta que seja.

Obrigado pela gentileza que você me mostrou, quando eu estava aí. Jamais me esquecerei disso. Com amor, Jesse Belden

Karla

Nós perdemos os homens quando eles tentam ser mais rápidos que o trem e suas caminhonetes ficam presas nos trilhos, ou quando ficam bêbados e acidentalmente disparam suas armas contra si mesmos, ou ficam bêbados e escalam a torre de água e morrem depois de uma queda de trinta metros. Durante a época de corte, quando tropeçam no curral, um bezerro ruge e lhe dá um coice no meio do peito. Quando saem para pescar e se afogam no lago ou adormecem ao volante no caminho para casa. Acidente de carro na interestadual, troca de tiros no Dixie Motel, vazamento de sulfeto de hidrogênio fora de Gardendale. Parece que houve uma vítima fatal de estupidez, diz Evelyn quando um dos fregueses compartilha a notícia no happy hour. Essas são as formas usuais, o que acontece nos dias normais, mas hoje é 1º de setembro e o xisto de Bone Springs está novamente em alta. Agora também os perderemos para a metanfetamina, a cocaína e os analgésicos. Vamos perdê-los para brocas que caíram, oleodutos desprotegidos ou incêndios causados por nuvens de vapor. E as mulheres, como as perdemos? Normalmente, é quando um dos homens as mata.

Na primavera de 1962, logo após descobrirem campos de gás natural próximo a Wink, Evelyn gosta de contar aos novos funcionários, uma de suas garçonetes encerrou o expediente, enrolou o avental e o carregou com ela até o bar para beber alguma coisa com os fregueses. O carro da mulher ainda estava no estacionamento quando Evelyn trancou o bar naquela noite, e ficou lá por quase uma semana antes de encontrarem seu corpo. Em um campo de petróleo abandonado, diz Evelyn, porque é onde os corpos sempre são encontrados. O desgraçado também ateou fogo nela. Ninguém se acostuma com esse tipo de notícia.

Evelyn é pequena e brava, com antebraços que parecem sisal e uma colmeia da cor de ameixa madura. Os próximos campos de gás serão ainda maiores do que Wink, ela nos diz na reunião de equipe semanal. Liguem os motores, garotas. Preparem-se para ganhar dinheiro. Fiquem atentas ao próximo serial killer.

*

Em Midland, você cria uma família. Em Odessa, você cria um inferno.

*

Este é um local de família. Usamos joias e maquiagem de bom gosto. Blusas xadrez vermelhas que combinam com as cortinas e as toalhas de mesa. Nossas saias jeans batem logo acima do joelho. Nossas botas são marrons com costura rosa. Quando nos inclinamos sobre uma mesa, cheiramos a sabonete, cigarro e perfume. Algumas de nós vão embora, mas a maioria fica.

Tudo que você precisa fazer é sorrir, dizemos a Karla Sibley em seu primeiro dia de treinamento, e você pode ganhar muito dinheiro, talvez o melhor salário da cidade, e sem precisar tirar a roupa, ha, ha!

No jantar, a salada ganha duas fatias de tomate, dizemos a ela. O molho para salada é servido em um potinho à parte. Molho Ranch, French, de queijo azul e Thousand Island. Decore os nomes. Servimos a cerveja em canecas geladas, chá gelado em jarras de um litro e *surf'n'turf* em nossos clássicos pratos de metal com o formato do mapa do Texas. Mantenha as mangas sempre abaixadas, mesmo no verão, ou o metal vai deixar queimaduras que viram cicatrizes. Assim — arregaçamos as mangas. Está vendo aqui?

Nós a mandamos para casa mais cedo, para não termos que dividir as gorjetas, mas antes que ela se vá, Evelyn faz um pequeno discurso motivacional. Karla, querida, um boom de petróleo pode significar ganhar um mês de aluguel em uma única noite de sexta-feira. Pode significar o adiantamento de um carro e uma graninha no banco. Podemos pagar a fiança de alguém, ajudar um de nossos filhos a largar as drogas, bancar um semestre na faculdade, tudo com as gorjetas de uma semana. Portanto, quando um cliente nos pede para sorrir, pode ter certeza de que é isso que vamos fazer. Nossos lábios se curvam para cima como se alguém tivesse puxado um cordão. Nossos dentes são brancos como papel, nossas covinhas são parênteses.

Após o horário de fechamento, quando as mesas já estão limpas e o chão varrido, e nós enrolamos talheres suficientes para alimentar o Exército dos Estados Unidos, tomamos alguma coisa no fim do turno e depois caminhamos até nossos carros em duplas ou trios. Esperamos o suficiente para garantir que ninguém tenha um pneu furado ou a bateria descarregada. Estamos sempre preparadas, com kits para consertar qualquer coisa na mala do carro. Carregamos pistolas e spray de pimenta em nossas bolsas. Evelyn, que é canhota, mantém um revólver de cano curto na bolsa e o outro no porta-luvas de seu Ford Mustang. Atrás do bar, ela tem um antigo aguilhão elétrico, para os probleminhas habituais, e uma espingarda Wingmaster, para quando as coisas fogem do controle.

Duas horas da manhã e ainda faz trinta graus do lado de fora. As chuvas recentes baixaram a poeira e agora as nuvens estão iluminadas pela lua, pálidas e vazias como velhas igrejas. Na rua, o trânsito é o mesmo de sempre, mas se Evelyn estiver certa em relação ao xisto de Bone Springs ou à plataforma de Ozona, em alguns meses haverá muitos engarrafamentos, veículos com placas do país inteiro e homens famintos com dinheiro no bolso. Algo pelo que ansiar.

*

De segunda a sexta-feira, a mãe de Karla trabalha no atendimento telefônico de uma fornecedora de peças industriais, mas fica feliz em cuidar da bebê durante a noite. No primeiro mês, os novos funcionários ficam com o horário pesado do almoço, diz Evelyn a Karla, então ela contrata uma babá para Diane e pega quatro turnos por semana. No depósito onde nos sentamos em uma mesa dobrável e fazemos nossas refeições ao final do turno,

Karla gruda um cartão na parede com seu número de telefone — Eu posso pegar qualquer horário à noite ou nos fins de semana. Obrigada, Karla Sibley. Alguém risca seu sobrenome e escreve, Querida!, e logo abaixo, Sorria!, porque isso não parece ser algo natural para ela.

Enquanto torce para que alguém ligue dizendo que está doente, Karla se entope de café, contabiliza as gorjetas e tenta não se esquecer de sorrir. Ela lembra a si mesma que perdeu seu último emprego, um ótimo trabalho de bartender no Country Club, porque não conseguia se dar bem com os frequentadores do local. Corrine Shepard não conta, foi o que a administração lhe disse. Nossos sócios acham que você não gosta deles. Então Karla enrola talheres extras no final de cada turno e esfrega a máquina de gelo até conseguir ver, se não seu próprio rosto claramente refletido no aço inoxidável, pelo menos as sombras indistintas de seus cachos castanhos e sua testa larga, as manchas escuras sob os olhos decorrentes da ação do suor em seu delineador preto e do fato de ter um bebê em casa que ainda não dorme a noite inteira.

Quando os representantes comerciais da indústria petrolífera chegam para almoçar, parecem ter acabado de sair de um balcão de perfumaria. Eles usam camisas polo e calças cáqui. Se vinham de Houston, paravam em San Angelo e compravam botas de couro avestruz ou de crocodilo. Se vinham de Dallas, paravam na Luskey's ou na James Leddy's. Todos usam chapéus Stetson e todos têm um talão de cheques no bolso da camisa.

Eles carregam tubos de papelão cheios de mapas topográficos e, depois do almoço, os espalham sobre a mesa. Os novos campos ficam aqui, aqui e aqui — eles apontam para vastas áreas de pastagem, ou terras que costumavam ser boas para pastagem —, três bilhões de barris de petróleo e gás natural suficiente para colocar o mundo inteiro em chamas duas vezes. A infraestrutura já está instalada, dizem os fazendeiros donos das terras, ou estará em breve. Os representantes falam sobre direito de servidão, mata-burros, tanques de águas residuais, poços de extração e planos de contingência em caso de derramamento. Falam sobre o xisto recém-descoberto na bacia de Delaware, campos de gás natural próximos ao Bowman Ranch. Eles compram e vendem água, e prometem sempre fechar o portão depois de sair para que as vacas não vão em direção à estrada. Eles acenam com a cabeça e prometem lembrar seus homens de que um bom touro vale três meses de pagamento. Quando fecham um negócio, pegam seus talões de cheques e erguem um dedo no ar, e Karla lhes serve uma rodada de *shots*.

Ela paga a babá e ajuda a mãe com a hipoteca. Abre uma poupança para Diane. Em seu dia de folga, sai para ver um Buick Skylark 1965 que foi anunciado no jornal. O depósito fica fora dos limites da cidade, seis edifícios de metal corrugado em um campo, do lado oposto à Igreja Rio do Evangelho da Vida, um nome confuso, já que o rio mais próximo é o Pecos e em regra parece que todo mundo no condado foi até lá e cagou nele ao mesmo tempo. O carro era da minha mãe, diz a mulher a Karla, e está guardado desde o acidente em 1972. É um pouco lento na estrada, diz ela, mas tem oito cilindros e pouco mais de oito mil quilômetros rodados. Por duzentos dólares em dinheiro, é de Karla.

Karla senta no banco da frente, um palácio de veludo dourado que ainda cheira a tabaco, talco de bebê e chiclete de gaultéria da velha senhora. O banco de trás é tão grande que dá a impressão de que é possível armar uma barraca, e Karla já pode imaginar Diane saltitando lá atrás enquanto dirigem pela estrada em direção à sua próxima vida. A mulher entrega a ela um molho com as chaves do carro — uma para a ignição e a porta do lado do motorista, uma para o porta-luvas, uma para o porta-malas. Quando Karla gira a chave de ignição, o motor borbulha e morre. Ela gira uma segunda vez. O motor ruge, ronca e vibra da sua bunda até o pé apoiado no acelerador. Sim, é *isso aí*, pensa. Você aceitaria 150 dólares por ele?, pergunta à mulher.

*

Por que Deus deu petróleo ao oeste do Texas?
Para compensar o que Ele fez à terra.

*

A noite dá dinheiro, dizemos a Karla quando ela pega o turno do jantar pela primeira vez. Depois das nove horas, a maior parte dos clientes são homens com carteiras cheias de dinheiro e cabelos ainda úmidos depois de passarem em casa para tomar um banho quente. Karla, querida, nós lhe dizemos, eles podem deixar a água quente correr até a pele descascar e mesmo assim ainda vão feder a peido velho dentro de uma sala fechada.

Dizemos a ela quais homens não agem de fato com intenção — seja uma piada, um braço ao redor da cintura, uma proposta de casamento — e quais, sim. Ouça as malditas histórias deles, dizemos sobre o primeiro grupo. Ria das malditas piadas. Sobre o segundo grupo, dizemos, Nunca fique sozinha com eles. Não diga onde você mora. E cuidado com aquele ali — apontamos para Dale Strickland sentado no fundo do bar, se embebedando sozinho — ele é um pervertido com uma queda por morenas. Apertem os cintos, garotas, diz Evelyn. A qualquer momento isso aqui vai começar a ficar agitado.

Karla nos diz que o pai de Diane está na Marinha, alocado na Alemanha, mas passamos algum tempo enrolando talheres juntas e as mentiras caem por terra muito rápido. Não importa, ela nos diz, foi só um cara de Midland.

O que importa? Diane tirou um cochilo hoje e Karla tomou um banho quente antes de seu turno. Ela nos mostra a Polaroid tirada naquela manhã. Karla tem cabelos ruivos e olhos cor de arenito. Constelações de sardas cobrem seu nariz e suas bochechas redondas fazem com que ela aparente mal ter deixado a infância. Um top preto deixa à vista mais sardas em seus ombros. A bebê, vestida de cor-de-rosa da cabeça aos pés, olha para a câmera com uma expressão adorável, sua bochecha apertada contra a de sua mãe. Fez quatro meses hoje, conta Karla, o nome dela significa "divino". Ela é linda, dizemos a Karla, se parece com você.

*

A clínica feminina em Santa Teresa fica quinhentos quilômetros ao norte, do outro lado da fronteira em Las Cruces, e naquela época Karla dividia o carro com a mãe. Ela pensou em pegá-lo de qualquer maneira, mas mesmo se conseguisse chegar lá, teria que passar a noite, e como ela explicaria isso para a mãe? E se ela fosse parada em uma daquelas cidadezinhas entre Odessa e El Paso? Tinha ouvido histórias sobre os xerifes de lá, sobre como eles sabiam o que as meninas faziam, quando as viam dirigindo pela interestadual sozinhas, como faziam as meninas ir com eles à delegacia e esperar enquanto seus pais eram chamados. Fim de jogo.

Com oito semanas, Karla dirigiu até a loja de produtos naturais e comprou tintura de erva-de-são-cristóvão e casca de raiz de algodoeiro de uma mulher com cabelo crespo e um vestido havaiano com cores tão chamativas que deveria vir com um aviso de risco convulsão. Coloque isso na água quente e beba bastante, disse a mulher. Litros. Você precisa fazer xixi a cada dez minutos. Se acabar, volte e pegue mais.

Karla bebeu até passar mal de cólicas. O chá tinha gosto de terra e mofo, e quando ela começou a vomitar e a cagar, sua mãe borrifou desinfetante no banheiro e perguntou o que ela andava comendo. Ela foi ao ensaio da banda e fez um trabalho sobre *A balada do velho marinheiro*. Na aula de educação física, manteve os braços ao lado do corpo enquanto deixava que boladas a acertassem em cheio da barriga, até que o técnico Wilkins gritou com ela pedindo que desse o fora do caminho. No vestiário, olhou para o chão do chuveiro. "Água, água, quanta água em toda a parte, sem gota para beber." E nem uma gota de sangue em lugar nenhum, pensou. Em banheiros por toda a escola, ela verificou bolos de papel higiênico e o fundo de sua calcinha. Mas a gravidez emperrou. Emperrou, emperrou, emperrou. Meu útero é um navio pintado, pensou Karla, e eu estou à espera dos ventos alísios. Dez semanas, quinze — e então ela chegou a vinte, e era tarde demais para continuar a fingir.

A mulher da loja de produtos naturais se apresenta como Alison e pergunta a Karla se ela está amamentando. Quando Karla explica que as enfermeiras que participaram do parto não acharam uma boa ideia, já que ela precisava conseguir um emprego o mais rápido possível, Alison dá-lhe vários baseados e diz para ela ficar longe de bebida e metanfetamina. É outono agora e os vestidos havaianos de Alison são da cor de incêndios florestais e uísque. Café e maconha é a melhor combinação de drogas possível para uma mãe solteira, diz ela a Karla. Não se deixe levar. Nunca compartilhe. Nunca conte a ninguém, nem mesmo ao seu namorado

— principalmente a ele. Não compre nenhuma parafernália. Em vez disso, aperte os baseados e os coloque dentro de um maço de cigarros, nunca em um saquinho de plástico.

Você vai ficar bem, diz Alison. Só não comece a pensar que já tomou todas as grandes decisões que irá tomar na vida.

Karla ama seu bebê? Sim, profundamente. Diane tem um nome forte e um sorriso capaz de derreter o coração do diabo. Quando estão sozinhas durante o dia, Karla quer ficar o tempo todo com ela nos braços. Mas ser mãe ensinou muitas coisas a Karla. Que ela consegue sobreviver dormindo bem menos do que jamais poderia ter imaginado. Que não demora muito para se ouvir pensando no final de um turno de nove horas. Só um pequeno desvio pelo deserto no caminho do trabalho para casa e alguns minutos olhando as estrelas. Que você pode amar alguém de todo o coração e ainda assim desejar que ela não estivesse lá.

Gostaríamos de ter conhecido você naquela época, algumas de nós dirão a ela mais tarde. Poderíamos ter te emprestado algum dinheiro se você estivesse sem. Uma de nós a teria levado ao Novo México. Não teríamos contado a nenhum carola de igreja.

*

Como chamamos uma mãe solteira que precisa acordar de manhã cedo? Estudante.

*

Quando ela chega em casa do trabalho, a sra. Sibley veste um moletom, apoia a neta entre os joelhos e encara seus grandes olhos azuis. Então, srta. Diane, podemos começar? Ela dá de comer, dá banho e colo para que possam assistir juntas ao culto na televisão.

A sra. Sibley tem um pedaço do uniforme cinza do tataravô de seu falecido marido emoldurado e pendurado no corredor ao lado do daguerreótipo do sujeito, e um baú de cedro cheio de fotos da velha fazenda da família, e não consegue por nada entender como a família dela saiu daquilo para isso em apenas algumas gerações — aqui presa no oeste do Texas, tentando manter os olhos sem areia e um teto sobre sua cabeça enquanto mexicanos e feministas dominam o mundo.

Quando Karla volta do trabalho para casa, fica parada no escuro atrás da mãe e da filha, observando a luz azul da televisão brilhar em seus rostos adormecidos. Hora de ir para cama, diz ela, e carrega Diane para o berço. Karla ama sua mãe, mas fica preocupada que o medo e o ódio da sra. Sibley acabem por levá-la à morte. O que acontecerá com sua mãe quando ela e Diane forem embora? Depois que a mãe e a filha estão acomodadas, Karla vai para o quintal, fuma um baseado e imagina uma história diferente para si mesma, em que se esforça um pouco mais para chegar àquela clínica em Santa Teresa.

Estão queimando gás na refinaria esta noite. O céu está pálido, é possível contar as estrelas. Se Karla fechar os olhos, é fácil imaginar sua cidade natal daqui a quinze anos, cinquenta, ou cem, ou seja lá quando eles conseguirem extrair tudo que puderem do chão. É fácil imaginar que todo o equipamento de perfuração se foi, as torres e as bombas de sucção foram compactadas em carretas e levadas para algum novo deserto ou para a costa. Ela vê sua cidade natal sem as igrejas e bares e o campo de treinamento do colégio, sem o estádio na zona leste, ou as concessionárias que disseram que fechariam de uma vez por todas durante a última apreensão, ou até o próximo boom. Ela vê o lugar sem o hospital onde todos que ela conhece nasceram, e todos vão morrer, rapidamente, se tiverem sorte.

Talvez este ano todo mundo esteja falando sobre o xisto de Bone Springs e a bacia de Delaware, mas quando o preço do petróleo cair, os estacionamentos ficarão vazios e os acampamentos ficarão abandonados, nada além de latas de cerveja enferrujadas, janelas quebradas e cobras debaixo das camas. Porém, aqui na cidade, cortinas, persianas ou camisetas velhas ainda cobrirão as janelas das casinhas de tijolos, e as casinhas de madeira estarão em ruínas. Ainda haverá triciclos virados no jardim, garrafas vazias de Dr. Pepper e brinquedos desbotados pelo sol, tênis sem cadarços pendurados no quintal e parapeitos de janelas cobertos de areia. E ainda haverá uma mulher em algum lugar que se recusa a desistir. Todas as noites, antes do jantar, ela limpa a areia da mesa da cozinha. Todas as manhãs, ela limpa a varanda. Ela varre, varre, mas sempre há mais poeira.

Você pode sair da cidade, diz a sra. Sibley para a filha, mas se você for, não terei mais como ajudá-la.

*

Como ir andando de Midland para Odessa?
Siga para o oeste e pare quando pisar na merda.

*

Dale Strickland está bastante bêbado quando finalmente paga a conta e se levanta da mesa que ocupou por quase três horas. Nós o vemos caminhar até o banheiro masculino, e quando ele para na frente de Karla, podemos ouvi-lo daqui. Olá, meu amor. Até parece que você acabou de perder a sua melhor amiga.

Uma de nós se aproxima e diz a ela que tem comida pronta na cozinha. Como já fizemos inúmeras vezes antes, por outras mulheres e meninas, algumas de nós trinta anos atrás. Sorria, diz ele. Por que você não sorri? Está com um pedaço de carvão enfiado no rabo?

Karla se inclina na direção dele, e podemos ver sua boca se movendo ao lado de sua orelha. Jamais descobriremos o que ela disse, mas Strickland ergue o braço e mira no rosto dela. Ele balança para o lado, erra e cambaleia. Quando levanta o braço uma segunda vez, Evelyn começa a gritar pedindo que alguns dos clientes o tirem de lá. Karla ainda está parada ao lado da recepcionista com a boca aberta, como se talvez em seus 17 anos de vida, ninguém jamais tivesse tentado bater nela.

Como você acha que isso vai se desenrolar? Justiça no estilo Velho Oeste? Os homens levam Strickland para o estacionamento e batem nele com tanta força que ele nunca mais dá as caras por aqui? Bem, claro. Eles vão bater nele um pouco. Mas todas nós sabemos como funciona: vamos rir e dizer que ele estava bêbado demais para acertar um soco, e Evelyn vai proibi-lo de entrar aqui por algumas semanas, ou até que ele venha e peça desculpas a Karla.

Ninguém quer ter uma reação exagerada e tornar isso tudo ainda pior do que o necessário, diz Evelyn. Não queremos deixar as coisas saírem do controle. Quando isso acontece, as pessoas começam a pegar em armas, e não queremos isso. E não poderíamos estar mais de acordo. Mas como deve ser bom para Dale Strickland e seus semelhantes, dizemos quando Evelyn entra em seu escritório e fecha a porta, perambular pelo mundo sabendo que tudo dará certo para eles no final.

Para Karla, que não se lembra de sorrir, dizemos, Este é o nosso ganha-pão. Não temos tempo para essa merda. Mas prometemos que ela nunca mais terá que atendê-lo, mesmo que isso signifique trocar a mesa dele por uma boa mesa em nossa seção, e Evelyn dá a ela um dinheiro extra e lhe diz para tirar alguns dias de folga, como costuma fazer em situações como aquela.

A chuva já começou quando caminhamos até nossos carros. A noite toda, grandes lençóis de água jorram do céu, assentando a poeira e enxaguando o cheiro do campo de petróleo. Cai uma imensa quantidade de água até que a tempestade deixe a cidade ao nascer do sol. Quando a chuva para, respiramos fundo. Verificamos se há janelas quebradas e ficamos atentas aos postes elétricos caídos. Quando os pássaros começam a tagarelar e cantar, saímos de nossas casas, erguemos os olhos e não vemos nada além de um céu azul.

*

Quanto tempo leva para dois mexicanos funcionários do campo de petróleo conseguirem uma mesa no lugar onde Evelyn trabalha em uma movimentada noite de sexta-feira?

Não é piada. Evelyn se aproxima com dois cardápios, só sorrisos e o novo tom alaranjado de seu cabelo brilhando como a iluminação de uma passarela. Vocês aí, têm documento?, gritou um dos clientes sentado no balcão e Evelyn o encarou. É melhor começarem a fazer as malas, diz o homem, e algumas de nós riem, umas olham para o teto e outras para o chão, mas ninguém diz uma palavra.

Nossos bisavôs arrancavam os homens de suas camas com chicotes e tochas, arrastavam as crianças pelos pés e as faziam assistir a suas mães sendo arrastadas pelos cabelos para dentro da mata. Alguns de nossos pais e irmãos ainda mantêm um chicote sob o banco do carro. Nossas bisavós fingiram ser frágeis por tanto tempo que isso se tornou verdade. Algumas de nós ainda fazem o mesmo. Para se posicionarem, seria necessária uma coragem que não conseguimos sequer começar a imaginar.

Somos culpadas? Somos absolutamente culpadas, culpadas para burro. Se em algum momento da vida parássemos para pensar nisso, e tentássemos não fazê-lo, nossa culpa seria tão clara e brilhante quanto a luz do sol no verão. Sente-se no bar e dê uma boa olhada ao redor, em todas nós, pecadoras impenitentes — vigaristas, mentirosas e sonhadoras, fanáticas, vigaristas e assassinas — e saiba que ainda há tempo para cada uma de nós ser salva, que Deus nos abençoe. Mas que Deus o ajude se você tiver o azar de cruzar o caminho de uma de nós antes que isso aconteça.

Ei, Evelyn, disse um cliente, depois que os homens famintos e confusos se sentaram em uma mesa o mais longe possível do bar, vou te contar uma boa. Por que Jesus não nasceu no oeste do Texas? Porque eles não conseguiram encontrar nem três homens sábios nem uma virgem.

*

Esta noite, as luzes de vários novos locais de perfuração mantêm as estrelas distantes, mas Karla está parada no meio do deserto e olha para cima, observando a lua cheia nascer atrás das torres de resfriamento da refinaria. Ela mantém o rosto voltado para as estrelas — sua mãe diz que antes havia mais estrelas no céu —, porque não há muito mais para se olhar, porque olhar para o céu pode representar a diferença entre estar viva ou morta. Há granizo e gelo no inverno, e tornados e incêndios na refinaria durante a primavera. Mas o céu não vai apontar um vazamento de gás ou um derramamento de algum produto químico em um lençol freático, nem lhe ensinará como ficar longe de um jovem que saiu da prisão há apenas algumas semanas e tem a intenção de fazer alguém pagar por isso.

Depois que os homens acabaram com ele, um último chute nos rins só porque sim, eles disseram que Dale Strickland passou um tempo sentado no cascalho, depois saiu cambaleando até sua caminhonete e foi embora. E Karla achou que havia se esquivado de uma bala. As pessoas pensam que lá no campo de petróleo há só cobras e escorpiões, mas, caramba, essas são as coisas mais inofensivas do condado. Pelo menos as cascavéis avisam que estão vindo, na maioria das vezes.

Por que ela não sorriu para ele? Talvez porque Diane ainda não dorme a noite inteira e Karla está completamente exausta. Talvez por ela ter 17 anos e já ser mãe, agora e para sempre. Ou talvez ela simplesmente não tivesse vontade de sorrir. E o que Karla estava fazendo ali naquele campo vazio, sozinha no meio da noite, quando sabia que aquilo não era lugar para uma garota? Ela olhava para as estrelas e fumava um baseado, matando um pouco de tempo no caminho para casa depois de nove horas sorrindo tanto que achou que seus dentes fossem quebrar.

*

Qual é a diferença entre Odessa e um balde de merda?
O balde.

*

Ele estava bêbado feito um gambá, diz o xerife ao chegar durante o happy hour para nos fazer algumas perguntas. Quem o atropelou teve tempo suficiente para acertá-lo duas vezes, uma com o para-choque da frente e outra com o de trás. Pegou a carteira dele também. Vocês têm ideia do que pode ter acontecido?

Evelyn levanta os olhos da mesa onde está sentada montando a escala de trabalho da semana seguinte. Talvez ele tenha descido da caminhonete para mijar, cambaleando no escuro, tentando encontrar o caminho de volta — ela dá de ombros — e o outro motorista não o viu até ser tarde demais. Talvez ele tenha pegado uma carona e houve alguma discussão sobre colaborar com a gasolina. Talvez ele tenha sido empurrado. Talvez ele finalmente tenha esbarrado com alguém mais cruel do que ele, ou que tinha mais a perder. Ela dá de ombros novamente. Acho que foi só algo do tipo.

Bem, ele passou maus bocados, diz o xerife. Vagou pelo campo de petróleo a noite toda e a maior parte do dia seguinte. Quando o encontramos, ele estava coberto de lama vermelha e carrapatos da cabeça aos pés. Tinha picadas de escorpião nos tornozelos, um calombo na cabeça do tamanho de uma bola de beisebol e dois braços quebrados. O médico disse que é um milagre ele estar vivo.

Isso é simplesmente terrível. Evelyn pega o braço do xerife e o leva até uma mesa. Eu não desejaria isso a praticamente ninguém.

Vocês tiveram problemas com ele aqui recentemente? O xerife olha para nós. Pensamos na lama vermelha nos para-choques de Karla e no amassado recente na porta do motorista, em seu andar confiante. E ficamos gratas por ela estar de folga.

Só o de sempre. Evelyn entrega a ele um cardápio. Provavelmente não foi a primeira vez que alguém o atropelou, e provavelmente não será a última. É difícil pensar nele como um filho de Deus — ela ri —, na verdade, em qualquer um de nós.

Bem, ele não se lembra de nada, diz o xerife. Isso diz o quão forte bateram nele.

Talvez seja melhor assim, comenta Evelyn. Uma benção disfarçada. Quando o xerife sai, ela entra em seu escritório e bate a porta. Depois da hora de fechar, ela se senta conosco e bebe Manhattans o suficiente para concluir que dormirá na cama dobrável em sua sala. Garotas, ela nos diz, estou ficando velha demais para essa merda. Quando vestimos nossas jaquetas e nos preparamos para sair, ela fica parada na porta e nos observa caminhar até nossos carros.

*

Qual é a primeira coisa que uma garota de Odessa faz ao acordar de manhã? Procura os sapatos e anda até sua casa.

*

À noite, vemos Karla separar seu dinheiro em pilhas — uma para a escola, uma para a bebê Diane, uma para sua mãe. Quando seu diploma do ensino médio chega pelo correio, comemoramos permitindo que ela beba uma taça de vinho após fecharmos. Quando fizer 18 anos em novembro, diz Karla, ela e Diane irão para San Antonio. Talvez ela frequente uma das faculdades de lá.

Tem mais de uma?, perguntamos. Como é possível?

Exceto pelo lustre pendurado acima da mesa e uma luz tênue brilhando por baixo da porta da sala de Evelyn, o lugar está escuro. Terminamos de organizar tudo, contamos nossas gorjetas e agora estamos sentadas juntas na mesa grande. O que você quer ser quando crescer?, perguntamos a Karla. Enfermeira? Professora? Bibliotecária? Filósofa? Ha, ha! Ela diz que quer fazer algo bonito e verdadeiro, algo que vai mudar o mundo. Aham, pensamos, uma sonhadora.

Eu vou conseguir, ela nos diz. Eu sou capaz. E por que não?, pensamos. Ela é uma garota esperta.

Aqui está um dinheirinho, dizemos em seu último dia de trabalho. Trezentos dólares e uma sacola de supermercado cheia de roupas que nossos bebês, agora grandes demais, usaram anos atrás. Aqui está um abraço e um beijo, e um revólver para você carregar na bolsa. Leve-o sempre com você. Pode ser que você nunca precise — provavelmente não irá —, mas se for o caso, atire para matar.

Boa sorte para você, Karla querida! Tão claro quanto o fato de estarmos aqui, você é uma aspirante a ladra e assassina, mas estamos torcendo por você. Sentiremos sua falta quando você se for. Olhe para a gente pelo espelho retrovisor. Observe-nos ficar cada vez menores, veja-nos desaparecer.

*

Por que as garotas de Odessa não brincam de esconde-esconde?
Porque ninguém as procuraria.

*

Esse lugar. Terra plana, céu plano. Quanto tempo leva para uma torre de petróleo enferrujar em um lugar tão seco? Como descrever o caminho para casa? Uma fita marrom com uma bainha de asfalto, uma costurada à outra com um fio de fúria? Enquanto o vento agita seu cabelo e uma lua minguante surge sobre o campo de petróleo, Karla Sibley está no quintal de sua mãe e escuta a bebê. Ontem, ela fez 18 anos. Esta noite, suas malas estão feitas e guardadas no porta-malas de um carro que Karla já ama como se fosse sua própria avó. Quando elas retornarem a Odessa, Diane será quase trinta centímetros mais alta que a mãe. Elas caminharão de uma ponta a outra da cidade, e ninguém saberá quem elas são.

Glory

Como às vezes ela acorda agitada, canivete na mão, o dedo já no botão, Victor aprendeu a ficar do outro lado do quarto ao chamá-la. *Mi hija*, diz ele, tomando cuidado para não usar o nome que ela odeia. É hora de levantar. Às vezes, ele a chama pelo nome dos pássaros que mais ama — cambaxirra, o pássaro comum e cinzento capaz de construir seu ninho em qualquer lugar, mesmo sob as bombas de sucção ou próximo aos trilhos da ferrovia, ou *cantora*, em homenagem ao chupim de cabeça marrom que não constrói seu próprio ninho, preferindo, em vez disso, colocar seus ovos nos de outras aves. Cantando, cantando, sempre cantando, de manhã, à tarde e à noite. Você também cantaria, diz Victor à sobrinha, se enganasse outra pessoa para que ela fizesse o trabalho todo por você. Esta tarde, Glory está cochilando sob uma das mantas da mãe, sua respiração regular e estável, quando ele a chama de papa-moscas, o pequeno e feroz caçador que canta ao longe.

Está na hora de ir — a voz dele está mais baixa do que o normal. Chegou a hora de eu e você darmos o fora de Dodge.

Eles vêm planejando a partida desde meados de agosto, quando Victor voltou do tribunal e bateu na porta dela, o chapéu apertado entre as mãos, o colarinho de sua melhor camisa branca manchado de suor. Para o julgamento, ele havia aparado o bigode grosso e passado o barbeador na cabeça. Tinha esfregado as mãos por tanto tempo que as cutículas racharam e sangraram. Havia olheiras sob seus olhos e suas mãos tremiam ligeiramente quando ele entrou no quarto de Glory e colocou o chapéu em cima da cômoda.

Ele vai pagar?, ela quis saber. Ele vai pagar pelo que fez?

Victor ouviu quando o homem no quarto ao lado deu a descarga e ligou o chuveiro. Sim, mentiu ele, Dale Strickland passará todos os dias do resto de sua vida pagando por isso.

É início de setembro e Victor acabou de voltar de uma reunião no gabinete do promotor. Glory pergunta novamente se Dale Strickland vai pagar pelo que fez. Ele tateia o bolso da frente da calça, onde cinco mil dólares, a maior parte em notas de cem, estão presos por um elástico. Este dinheiro é dela, mas ela ainda não sabe disso. Quando eles chegarem a Puerto Ángel, ele o entregará para Alma. Aqui, dirá à irmã, para vocês arranjarem um lugar melhor para morar e comprar alguns móveis, e para os estudos de Glory. Ele desvia o olhar da pequena silhueta aninhada sob as cobertas e mira o único e destemido raio de sol que conseguiu abrir caminho por uma fresta do tamanho de um polegar nas cortinas. Ele deixará que ela continue acreditando que Strickland está na prisão estadual em Fort Worth, que será um homem caquético quando sair de lá. Terá que cruzar o portão em uma cadeira de rodas, diz Victor, com uma dentadura nova e uma sacola cheia de cuecas extras.

Espero que ele morra lá, diz ela, se afundando um pouco mais nos lençóis de Alma. O calor diminuiu cedo este ano e, embora Glory ainda ligue o ar-condicionado à tarde quando volta da piscina, é só por dez ou quinze minutos, apenas tempo suficiente para amenizar o bafo dentro do quarto. As recentes tempestades baixaram a poeira e quebraram recordes de precipitação. Na rua onde Glory e sua mãe moravam, o Muskingum Draw inundou. Crianças pequenas flutuavam em pneus velhos de um extremo a outro da cidade. Quando a água finalmente desceu, quando conseguiram ver os pântanos à frente, agora densos, cheios de lama e cobras d'água, elas foram embora e guardaram os pneus. Fora da cidade, as enchentes repentinas acabaram se transformando em gargantas, ravinas e travessias para o gado. Se Glory observar atentamente quando estiverem cruzando o deserto de carro esta tarde, diz Victor, verá plantas que jamais viu — margaridas, solanáceas e flores de cactos da cor da neve fresca.

Quando ela era pequena, talvez tivesse 4 ou 5 anos, uma atípica tempestade de neve passou por Odessa durante a noite. Ao amanhecer, Alma acordou a filha e elas saíram para ver os cristais de gelo que cobriam o solo, as calçadas e as janelas dos carros. Era a primeira vez que viam neve e ficaram paradas na frente de seu apartamento, boquiabertas. Quando o sol da manhã clareou o telhado do edifício, o gelo começou a cintilar e brilhar sob a luz. Não deixa ela ir embora, implorou Glory, mas ao meio-dia a neve tinha dado lugar à lama vermelha e à grama encharcada, e a menina culpou Alma — como se sua mãe pudesse ter se esforçado um pouco mais e impedido o sol de nascer e o dia de ficar mais quente.

Glory se levanta da cama e começa a fazer as malas. Espero que ele sofra, diz ela novamente ao tio. Victor assente e enrola os dedos ao redor do dinheiro em seu bolso. Pegue, seu *chicano* preguiçoso, dissera Scooter Clemens, puto da vida por Strickland não ter dado as caras para fazer seu próprio trabalho sujo. Ele jogou as notas em cima da mesa de Keith Taylor, que olhava pela janela com as sobrancelhas franzidas, sem dizer nada. Depois que todos assinaram o acordo, Victor ficou parado com o chapéu nas mãos e imaginou seus grandes polegares pressionando o pescoço do homem. Mas de todas as coisas que Victor aprendeu durante a guerra — que estar vivo para viver o dia seguinte é quase sempre uma questão de mera sorte, que aqueles que têm consciência de que podem morrer a qualquer minuto são capazes de aprender a não dar a mínima para quem é estadunidense e quem é mexicano, ou que o heroísmo na maioria das vezes é algo irrelevante e acidental, e ainda assim é uma coisa importante — a maior lição foi a seguinte: nada causa mais sofrimento do que a vingança. E Victor não tem nenhum apreço por ela, nem mesmo sendo a única testemunha do sofrimento da sobrinha.

Ele pega uma mala vazia e a coloca na cama. Papa-moscas, repete ele, aquele desgraçado vai pagar por isso todos os dias, até morrer. Acredite.

E talvez ele pague, de um jeito ou de outro, pensa Victor, mas isso não tem nada a ver com ele, ou com Glory. Os policiais, advogados e professores, as igrejas, o juiz e o júri, as pessoas que criaram aquele menino e o colocaram no mundo, nesta cidade — todos são culpados.

    Eles organizam as malas e as caixas na parte de trás do El Tiburón, cobrindo tudo com uma lona presa pelo peso de tijolos vermelhos. São um pouco mais de quatro da tarde quando vão até a recepção do hotel, e o atendente está contando o dinheiro da gaveta quando eles entregam as chaves de seus quartos, primeiro o jovem, depois a garota que desce todos os dias por volta do meio-dia vestindo a mesma camiseta do Led Zeppelin, uma toalha em uma das mãos, uma garrafa de Dr. Pepper na outra e, recentemente, um toca-fitas portátil pendurado no ombro. Em algumas horas, o garoto vai desejar ter parado por um minuto o que estava fazendo, agradecido por sempre pagarem a conta em dia e lhes desejado boa sorte, onde quer que estivessem indo.

*

O mapa que Victor coloca sobre o volante tem sessenta centímetros de largura e noventa centímetros de comprimento. Ele o dobra ao meio, depois em um quarto e depois novamente até que caiba facilmente nas mãos de Glory. Aponta para a borda inferior da dobra, o dedo indicador traçando levemente a fronteira, uma linha azul-claro que vagueia entre os dois países, suas curvas suaves se tornando mais nítidas e complicadas à medida que se aproximam do golfo. Victor havia notado que a linha ficava cada vez mais fina sempre que o mapa era revisado, o rio reduzido por dragagens, cercas e represas. Já se passaram pelo menos cem anos desde a época em que senhoras idosas se sentavam em suas varandas a poucos metros da margem do rio e viam os barcos a vapor transportar passageiros de um lado a outro do golfo, enquanto jazz ao vivo, música country ou tejana flutuava pela água, o som perdurando muito depois de os barcos terem passado.

    Duas horas ao sul de Laredo, há uma balsa em Los Ebanos, diz Victor à sobrinha. Ela é capaz de transportar uma dezena de pessoas e dois carros a cada vez que atravessa o rio. Victor percorre o dedo indicador ao longo de uma série de rodovias estaduais e estradas secundárias marcadas por linhas pretas que seguem seu caminho em meio ao deserto e por dentro das montanhas Chisos, parando no Lago Amistad e retomando novamente a viagem do outro lado, para depois ficar percorrendo quase mil quilômetros apenas indo de um lado a outro da fronteira. Victor pega o mapa da mão da sobrinha, vira-o e aponta para a borda irregular de terra que abraça o mar. E então dirigimos até Oaxaca e Puerto Ángel, diz ele, 2.400 quilômetros e estradas tão acidentadas que sua bunda vai doer por uma semana.

Ele olha para o relógio e em seguida para o céu a oeste. Se for possível evitar, prefere não dirigir por esta parte do oeste do Texas à noite com Glory no carro. Se nos apressarmos, diz ele, podemos estar em Del Rio antes de escurecer.

*

Em uma rodovia de duas pistas em algum lugar entre Ozona e Comstock, ao longo de um trecho tão remoto que eles não veem outro carro há quase uma hora, o El Camino começa a ratear nas acelerações. Quando Victor prageja e abastece o tanque, o motor tosse e estala como um velho, mas eles continuam por mais oitenta quilômetros. O sol paira acima do horizonte quando ele murmura algo sobre um filtro de combustível entupido e começa a procurar um local onde possa encostar e tirar o carro da estrada. Glory está meio que cochilando no banco do carona com o rosto pressionado contra a janela quente, tentando imaginar como seria a cidade natal de Alma, se seria muito diferente das fotos antigas que a mãe guarda em uma caixa de charutos. Seu cabelo cresceu o suficiente para parecer que ela o queria daquele jeito, e há um leve brilho de suor em seu pescoço, mesmo quando a noite que se aproxima ameaça fazer a temperatura despencar.

Enquanto seu tio prageja e revira o conteúdo sob o capô do El Tiburón, Glory sai e fica na ponta dos pés até perder o equilíbrio. Ela adoraria fumar um cigarro, mas Victor diz que uma garota da idade dela não deve fumar. Em vez disso, ela caminha até a traseira da caminhonete e baixa a porta da caçamba. Ela puxa um pacote de chiclete do bolso e enfia três na boca de uma vez só. Quando se senta, sente o metal quente contra a parte de trás das pernas. O suor se acumula ao longo da linha do sutiã e da cintura, e ela esfrega os olhos com força. *¡Pedazo de mierda!*, diz Victor para o carro. Você nunca será um clássico.

Um tatu morto jaz no acostamento de cascalho a alguns metros de distância. Acima do casco esmagado do animal, dois urubus rondam preguiçosamente lá no alto. Quando o vento aumenta apenas o bastante para levantar suavemente os pelos de sua nuca e Glory percebe que a brisa está soprando o cheiro do animal para longe dela, ela levanta o rosto em direção ao céu azul e vazio, e respira fundo.

Díos mío, murmura Victor, uma chave de fenda enfiada atrás da orelha. Ele tenta grampear uma mangueira com um alicate, mas quando interrompe o fluxo de combustível e os vapores de gasolina invadem seu nariz, se afasta cambaleando do motor, engasgando e cuspindo. Segure firme, Glory, diz ele ainda engasgando, vamos dar um jeito nisso. Ele remexe por mais alguns minutos e depois coloca a cabeça para fora do capô do carro. Arrume um galho de mais ou menos um metro e vinte de comprimento e isso aqui de grossura — ele ergue o dedo mindinho para mostrar a ela a espessura — para eu poder enfiar no cano do combustível e tirar o que estiver bloqueando.

Glory sobe na caçamba do El Camino e fica de pé para encarar o gigantesco nada que os cerca por todos os lados. Desde Ozona não veem nenhuma bomba de sucção, e não há construções aqui, nem mesmo uma pequena casa de fazenda à distância. Os únicos sinais de que pessoas já estiveram ali é a cerca de arame farpado que permeia a rodovia até onde Glory consegue enxergar, e um portão aberto a cerca de cinquenta metros de distância. É diferente, diz a si mesma quando seu coração começa a martelar no esterno. Lá, no campo de petróleo, a terra era uma mesa vazia. Aqui, o terreno é rochoso e irregular em alguns pontos, plano, calvo e com a face avermelhada em outros. Nos cactos vagamente dispersos, pequenas flores cobrem barris de metal, anzóis e cactos. No acostamento da estrada, uma atanásia roxa de não mais que um centímetro e meio de altura abriu caminho por uma fenda estreita no caliche, um ruído alegre no meio de todo aquele marrom e, como Victor prometeu, há solanáceas com suas flores amarelas e brilhantes e folhas verdes escuras e resistentes. Quando a planta secar dentro de alguns meses e as raízes superficiais começarem a murchar, o vento a arrancará da terra e ela rolará pelo terreno, fazendo acrobacias, uma conflagração de gravetos e folhas sem raízes e moribundas pelo mundo – uma bola de feno. Não é o mesmo lugar, diz Glory em voz alta quando os finos pelos negros de seus braços começam a se arrepiar. Ele está preso em Fort Worth.

O acostamento é estreito, então ela fica de olho no tráfego, nas cobras e em algum maldito graveto. Quando chega ao portão aberto, Glory para e espia além do mata-burro. Uma fina camada de poeira cinza fresca cobre as grades de metal e um sapo está parado no meio do caminho, observando uma fileira de formigas cruzar seu caminho. Um pouco além, um tordo está sentado em cima de um fio de arame farpado e canta uma canção complicada, algumas notas próprias e outras roubadas, mas quem é capaz de dizer qual é qual? O ar começou a esfriar, mas Glory ainda pode sentir o suor escorrendo por suas costas quando caminha até o meio do mata-burro e espia através da grade de aço, meio que esperando que algo apareça, e pique, fure ou acerte suas pernas.

Depois da tempestade, uma onda havia cruzado o deserto e enchido a ravina, uma enchente tão repentina que pegou uma família de codornizes azuis de surpresa, mas agora há apenas lixo, latas de cerveja enferrujadas e cartuchos de espingarda. Suas pernas estão úmidas sob o jeans pesado. Os tênis que ela usa são finos o suficiente para serem perfurados por um pedaço de arame farpado ou por um espinho de cacto, e suas meias mal cobrem as cicatrizes recentes que entrecortam seus pés e tornozelos. Parada agora no meio da estrada de terra, ouvindo o zumbido constante das cigarras, ela observa duas bolas de feno rolando sem rumo pelo deserto. Não tem porra nenhuma aqui, pensa ela, e um murmúrio de raiva sobe em sua garganta, um balbucio dirigido a seu tio por levá-la até ali. Quando um papa-léguas surge do meio do mato e atravessa a estrada à sua frente, Glory enfia a mão no bolso e enrola os dedos em volta do canivete que sempre carrega consigo.

Quinze metros à frente, algarobeiras mortas e semimortas estão alinhadas à estrada de terra como participantes de um desfile. Ciente de que os galhos se quebrarão facilmente, ela se move depressa, a raiva levando-a adiante, uma mão quente no meio de suas costas dizendo, Vá. Quando entregar a Victor o maldito graveto, dirá a ele que quer voltar para Odessa. Ele pode voltar ao trabalho e ela ficará deitada à beira da piscina vendo suas cicatrizes ficarem mais intensas, escarlates e brilhantes contra sua pele escura, e eles aguardarão até que Alma consiga fazer o caminho de volta até a fronteira e atravessá-la. Tentando assustar qualquer animal que certamente estivesse se escondendo no mato, ela pisa forte na terra e, com certeza, as vibrações assustam várias criaturinhas — um rato e um casal de codornizes azuis, uma família de cães da pradaria já escondidos para a noite.

Glory está a um braço da algarobeira quando ouve o clique do chocalho de plástico de um bebê, uma maraca cheia de feijões, o aterrorizante xique-xique-xique conforme quinze anéis ocos de cartilagem batem um contra o outro. Uma cascavel velha vem deslizando pelo chão do deserto, uma esteira rasa se formando na areia atrás dela. Ela é longa e espessa, quase dois metros de puro músculo e de uma pele marcada por diamantes marrons que se afunilam formando uma série de listras pretas e brancas brilhantes. Sua cabeça é achatada como uma colher de madeira velha e suas presas acentuadamente curvas são tão grossas e compridas quanto o dedo indicador de Glory. Ela já sente o cheiro da menina quando para no meio da estrada de terra e se enrola formando uma espiral apertada. Quando usa cada gota de sua escassa força para levantar a cabeça e agitar a língua na direção dos pés descalços de Glory. Quando tenta discernir o tamanho da ameaça que a garota representa para ela e os dez filhotes que estão prestes a nascer.

A velha cobra está fraca o suficiente para que o golpe desferido, se é que seria capaz de acertá-lo, sem dúvida fosse uma mordida seca, mas Glory não tem como saber disso — ou que a cobra viverá somente por mais algumas horas, apenas o suficiente para assistir ao último de seus filhotes emergir do saco amniótico e se desdobrar contra a terra pálida, o corpo preto e dourado brilhando sob a lua cheia.

Glory fica parada, os dedos enrolados em torno de um canivete que pode parar um homem, mas que é completamente insuficiente para este momento, e embora ela esperasse ficar irritada o bastante para reivindicar seu espaço e lutar por ele, agora não é a hora e isto não é pessoal. Isto é o sol ameaçando se pôr e uma grande cascavel bloqueando seu caminho. Ela observa a cobra e a cobra a observa, a língua tremulando, chocalhos tremendo continuamente no ar, um zumbido implacável. Quando a cobra abaixa a cabeça e desenrola seu longo corpo, deslizando lentamente em direção ao mato, Glory conta até cem e mantém os ouvidos abertos para o que pode vir em seguida, e quando seu coração para de martelar contra o peito, ela arranca um galho da algarobeira e volta para a rodovia.

Glory e Victor não chegarão a Del Rio a tempo de ver o pôr do sol. Quando ela volta ao El Camino, vê que o tio removeu o filtro de combustível e o borrifou com algum tipo de fluido de limpeza. Enquanto esperam o filtro secar, eles se sentam no capô para assistir ao sol se pôr e ouvem os coiotes se prepararem para a noite. A lua cheia, quando nasce, está vermelha como sangue, e belíssima em contraste com o céu que escurece. Experimente boiar com as orelhas embaixo d'água, Tina dissera a Glory enquanto elas flutuavam na piscina naquela tarde. Ouça por bastante tempo, disse ela, e os ruídos da estrada vão se misturar. Um caminhão transportando água ou um oleoduto, uma caminhonete entrando na rodovia, a manivela de uma bomba girando lentamente, tudo começará a soar igual. Você pode dizer a si mesma que está ouvindo qualquer coisa, disse Tina, seus imensos braços brancos flutuando ao lado dela como boias. E aquele céu? É uma maravilha, caramba, é uma maravilha.

Do outro lado de Comstock, eles desviam para o sul até a rodovia estadual 277 e seguem ao longo da fronteira por Juno e Del Rio. Em Eagle Pass, a estrada para El Indio se transforma em cascalho e depois em terra, e a fronteira os puxa para mais perto. Victor dirige em silêncio, mantendo um olho atento para as luzes piscantes de uma viatura no espelho retrovisor, ocasionalmente olhando para a sobrinha no carona. Será que ela está bem, uma criança que jamais esteve a mais de 80 quilômetros da cidade onde nasceu?

Você está bem?, pergunta ele.

Sim – Glory revira os olhos e sopra o chiclete, fazendo uma bola do tamanho de seu rosto –, mas da próxima vez você vai buscar seu próprio graveto.

Ele sorri e mantém os olhos na estrada à frente, atento aos acostamentos estreitos em busca de tatus e coiotes, quem sabe um lince, eventualmente. Um par de faróis aparece no horizonte, e ele observa à medida que eles se tornam maiores e mais brilhantes conforme se aproximam. Quando um policial passa por eles, Victor olha pelo retrovisor para ver se o veículo parou no acostamento e fez a volta. Victor não retornará àquele belo local, o Texas. Para ele, trata-se de um membro gangrenado e que precisa ser removido depressa, antes que a podridão atinja o coração – algo que conseguiu esquecer após voltar do Vietnã, conseguir um trabalho e tomar conta de Alma e Glory. Contudo, pondera ele agora, seu retorno do Sudeste Asiático deveria ter servido como um bom lembrete. Ele havia descido de um ônibus no centro de Odessa com a expectativa de ser recebido pela irmã e, em vez disso, deu de cara com seu antigo chefe do posto de gasolina.

O homem usava o macacão e o boné do uniforme e, para Victor, a sensação era de que nenhum segundo havia se passado enquanto ele estava no exterior. O velho Kirby Lee não tinha mudado nem um pouco. Ao vê-lo, o homem puxou Victor para um grande abraço de urso, seus olhos azuis gélidos brilhando de prazer. Caramba, Ramírez, você é muito sortudo. Parece que você vai viver para tomar outra Tecate, quem sabe três. E lá estava Victor sentindo o cheiro de gasolina no macacão cinzento do sujeito, abraçando seu antigo chefe com força, um abraço apertado, tão apertado que o homem começou a se contorcer em seus braços, e o tempo todo Victor pensava, O que ele falou não quer dizer nada, não quer dizer nada, não quer dizer nada. Eu voltei vivo para casa.

Victor continua dirigindo, o nó na garganta grande o suficiente para insistir no silêncio. Está pensando no verão em que trabalhou na colheita de uvas no norte da Califórnia. Seus dedos sangravam todas as noites e as horas eram longas, mas ele amava o interior e também a mulher que o levou até a cidade em um domingo para comer chocolate no cais e passear pelo parque ao anoitecer. Ele sentirá falta de pensar que poderia topar com ela novamente um dia. Sentirá falta dos cinemas e do sorvete e do *brisket* da Blue Bell. Sentirá falta de ter um salário fixo e do sol se pondo sobre as dunas de areia em Monahans, e sentirá falta de ouvir os guinchos estranhos e desagradáveis dos guindastes sentado na margem do rio Pecos, estreito e raso, uma cerveja gelada em uma mão, seu livro sobre pássaros na outra. Os pássaros no México serão mais ou menos os mesmos, mas o rio será diferente. Ele vai sentir falta disso.

Por que você não me conta uma de suas histórias de guerra?

Glory parece preocupada e, por um instante, Victor se pergunta se estava pensando alto. Quem sabe daqui a pouco, responde ele.

Ainda estamos no Texas?, pergunta ela enquanto eles atravessam El Indio, um vilarejo sem semáforos, postos de gasolina nem uma única placa escrita em inglês.

Sim, assente Victor. Isso aqui é o Texas.

Conte-me uma história sobre o Texas, pede Glory, ou sobre o México.

Há uma dezena de histórias que Victor poderia contar para a sobrinha. Tantas! Mas esta noite ele só consegue pensar nas tristes. Ancestrais enforcados em postes no centro de Brownsville, suas esposas e filhos fugindo para Matamoros a fim de passar o resto de suas vidas do outro lado do rio, olhando para a terra que pertenceu a suas famílias por seis gerações. Texas Rangers atirando em fazendeiros mexicanos pelas costas enquanto eles colhiam cana-de-açúcar, ou amarrando-os a algarobeiras e ateando fogo, ou forçando-lhes garrafas de cerveja quebradas goela abaixo.

Eles faziam isso por diversão, Victor poderia dizer a ela. Eles faziam isso por conta de apostas. Faziam isso porque estavam bêbados, ou porque odiavam mexicanos, ou por terem ouvido um boato de que os mexicanos estavam se unindo a alguns libertos ou ao que havia restado dos comanches, e estavam todos indo atrás das terras dos colonos brancos, de suas esposas e filhas. E talvez às vezes o fizessem porque sabiam que eram culpados e, tendo já avançado tanto no caminho de sua própria iniquidade, acreditavam que poderiam muito bem ir até o fim. Mas, principalmente, faziam isso porque podiam. *Río Bravo*, como o pai de Victor o chamava — rio furioso, rio de bandidos e *desperados* — e *papi* não se referia a ele mesmo nem aos seus. Ele se referia a qualquer alma perdida que tivesse linchado centenas de homens e algumas mulheres entre os anos de 1910 e 1920. Ele se referia aos Texas Rangers que, no verão de 1956, haviam carregado dois tios de Victor em um vagão de gado, junto com outros vinte homens, e os largado em Sierra Madres com um único jarro d'água e uma piadinha — Decidam entre vocês quem vai ficar com sede, rapazes. Olhe em qualquer ravina num raio de oitenta quilômetros da fronteira, Victor poderia dizer à sobrinha, em qualquer pequeno pântano ou depressão, olhe sob qualquer algarobeira magricela capaz de oferecer um pequeno alívio em um dia de sol quente, e você nos encontrará lá. Daria para construir uma casa com os esqueletos de nossos ancestrais, uma catedral com nossos ossos e crânios.

Em vez disso, ele fala a respeito do vilarejo da mãe dela e sobre como o mar é tão lotado de pargos vermelhos, que eles pulam nos pesqueiros apenas para ter um pouco de espaço.

Indiferente, Glory novamente sopra o chiclete e faz uma bola tão grande que, quando eventualmente estourar, ela terá que arrancá-la do rosto. Me conte uma história *boa*, diz.

Um gambá sai do acostamento e entra na frente do carro. Victor pisa no freio e desvia suavemente, aliviado de não sentir o baque sob o pneu. Muito bem, diz ele, tem uma história que a minha *abuela* costumava contar para nós quando éramos crianças. Vou levar você ao túmulo dela quando chegarmos a Puerto Ángel. É triste, avisa ele.

É uma história sobre o Texas?

Sim.

Então conta.

Perto do fim da Guerra do Rio Vermelho, quando os comanches e kiowas já haviam sido derrotados, mas ninguém estava disposto a admitir, um grupo de guerreiros esbarrou com a casa de um fazendeiro. Eles arrombaram a porta e descobriram que o fazendeiro e sua esposa não estavam, mas havia um bebê dormindo em um cesto ao lado da cama. Eles pensaram em roubar a menina, mas já era tarde e estavam cansados e, embora levassem mulheres e crianças pequenas, bebês geralmente davam problemas demais e, portanto, não valiam a pena. Então, eles carregaram a cesta para o quintal e encheram a criança de flechas. A coitadinha parecia um porco-espinho quando eles acabaram — Victor faz uma pausa e olha para a sobrinha, que o encara com uma expressão de horror e encanto no rosto. Foi assim que a *abuela* descreveu, não eu.

Pues, o fazendeiro e sua esposa voltaram para casa — eles só tinham ido até o riacho lavar uns lençóis — e encontraram a bebê. A pobrezinha tinha sido atingida por tantas flechas que tiveram que enterrá-la com o cesto e tudo. Um regimento de Texas Rangers ficou sabendo disso. Metade do regimento era formado por velhos Confederados e a outra por velhos da União, mas estavam todos cem por cento de acordo que havia uma conta a acertar, então cavalgaram por Panhandle até encontrar uma mulher Arapahoe com seu bebê. Eles imaginaram que encheriam a criança de balas e assim ficariam quites. Mas alguns dos homens não se sentiam bem com a ideia. Cravejar um bebê de balas era algo bárbaro, concluíram, e eles não eram bárbaros. Então decidiram que dariam um único tiro na testa do bebê. Só que não pararam para pensar no quão grosso era o calibre da bala nem em quão pequeno era o bebê, e ficaram abismados quando a cabeça da criança partiu em dois feito um melão — novamente Victor faz uma pausa. Isso também foi a sua *abuela* que disse, não eu.

Agora os dois grupos estavam quites, mas a situação toda tinha sido muito mais grotesca e complicada do que qualquer um podia esperar e ninguém ficou de fato surpreso quando os dois bebês começaram a assombrar os homens. Em cada cidade pela qual passavam, em cada acampamento que montavam — lá estavam os bebês. Os homens passariam todos os dias de suas vidas matando uns aos outros e arrastando seus feridos para fora do campo de batalha, e lá estariam os bebês pairando em um canto, observando-os. Quando a noite caía, os bebês começavam a chorar — um lamento terrível e agonizante que não parava até o sol raiar na manhã seguinte.

E as mães devem ter morrido não muito depois de seus bebês, porque de repente duas jovens passaram a rondar a fogueira e elas não eram tão pacíficas quanto os bebês. Elas gritavam e uivavam, suas saias farfalhando quando arrastavam os homens para fora de suas barracas e os puxavam pelos pés em direção à fogueira. Elas soltavam os cavalos deles e os faziam sair voando pelas planícies, deixando os homens ilhados. Alguns dos homens se mataram, mas a maioria deles vagou até morrer de sede ou sufocado em uma das tempestades de poeira que as mães causaram. Quando as mulheres lançaram raios sobre os homens, os incêndios nas pradarias se espalharam tão rapidamente que foi impossível fugir. Quando a chuva e o granizo caíram sobre as cabeças dos homens, eles se afogaram em enchentes ou morreram congelados. Em cinco anos, todos os homens de ambos os lados estavam mortos e as mães, depois de acertarem as contas, pegaram seus bebês e voltaram para o túmulo.

E é aqui que sua *abuela* se inclina para a frente, balança o dedo para sua mãe e para mim e diz: Não matarás. Glory, é melhor você começar a devorar esses livros de espanhol se vai morar no México. Victor se inclina para frente e olha em direção a um pequeno agrupamento de luzes adiante. Laredo, diz ele. Quer parar para comer alguma coisa?

Mas Glory não responde. Que tipo de mulher, ela se pergunta, contaria uma história dessas para crianças pequenas? O tipo que Glory gostaria de ter conhecido.

As luzes de Laredo aumentam e ficam mais brilhantes. Eles seguem em silêncio e depois de um tempo Glory remexe sua mochila em busca de seu toca-fitas e uma fita. Ela a desliza para dentro do aparelho e aperta o play. Lydia Mendoza, "a cotovia da fronteira", diz Victor, e ela se surpreende ao ouvir um tremor em sua voz. *Una vez nada más en mi huerto brilló la esperanza...*

Glory abaixa a janela e morde o lábio. A gravação está granulada e as palavras são difíceis de decifrar, mas ela entende algumas, *nada más* e *esperanza* — sempre havia pelo menos uma Esperanza em cada sala de aula da Escola Fundamental Gonzalez —, e agora Glory tem o braço apoiado para fora da janela, espalhando seus dedos para que o vento sopre entre eles. Ela está feliz por não estar morta, mas daria tudo para poder assombrar Strickland pelo resto de sua vida. A esperança brilha, Glory suspeita que a cantora tenha dito, mas não consegue ter certeza e não quer começar a perguntar ao tio, cujos olhos começaram a cintilar no escuro, e talvez isso não importe nesta noite estrelada. Talvez a voz da mulher e o suave dedilhar nas cordas do violão sejam o bastante.

Eles chegam a Laredo depois da meia-noite, onde comem alguma coisa em uma lanchonete na parada de caminhões e se revezam para cochilar no estacionamento. Mas só por uma hora, diz Victor. Ele quer fazer a travessia antes do nascer do sol, e eles ainda estão a quase trezentos quilômetros de distância.

Depois de deixar a cidade, eles estão tão próximos à fronteira, que nem sempre é possível saber ao certo onde se está, no Texas ou no México. O céu está preto como hematita, e os nomes nas placas de sinalização não ajudam em nada – San Ygnacio, Zapata e Ciudad Miguel Aleman – cada uma indicando um grande ponto na estrada com nomes de rios roubados ou heróis de guerra locais ou fazendeiros que morreram jovens.

Ainda estamos no Texas?, pergunta Glory a cada poucos minutos.

Sim, responde ele.

E agora?

Pues, quem sabe? Texas, México, é tudo a mesma porcaria.

Ela conta a ele sobre a cascavel, como era grande, como se movia como se fosse um rio. Ela não diz que só sentiu tanto medo em uma outra ocasião em sua vida. Aquela cobra devia ter um metro e oitenta de comprimento, diz ela, e era da grossura da minha perna.

Não brinca?, diz Victor. Você vai virar uma lenda. Glory Ramírez, a garota que encarou uma cascavel de quase cinco metros.

Ela não tinha cinco metros de comprimento, diz Glory. Não existe uma cobra desse tamanho.

E daí? É assim que funcionam as histórias fantásticas, *mi vida*.

A maioria das estrelas já havia desaparecido quando eles deixaram a rodovia e passaram por meia dúzia de casinhas de madeira no ainda adormecido vilarejo de Los Ebanos. No local de onde saía a balsa, cinco homens estão sentados em cadeiras dobráveis do lado de fora de uma pequena cabana adornada com cartazes de cerveja e luzes de Natal. Outro homem está encostado em um ébano de 200 anos de idade, a chama de seu cigarro brilhando no escuro. Um cabo de aço da espessura de um punho está enrolado na árvore. Ele se estende pelo Río Bravo e se liga a outro cabo na margem oposta, onde uma dezena de homens e mulheres já estão na balsa. Não há ninguém vigiando esta fronteira há mais tempo do que se pode lembrar. Durante os anos de seca, nos pontos onde o rio se torna algo mais próximo a um riacho, o gado vagueia de um lado para o outro em busca da doce relva azul. Homens e mulheres trabalham de um lado e vivem do outro, e as crianças às vezes chegam aos 10 anos antes de descobrirem a que margem do rio pertencem.

    Esta noite, a maior parte dessas mulheres e homens cruzará o rio novamente, voltando para casa ao som de aves aquáticas, cambaxirras e estorninhos, vacas e coiotes, jaguatiricas e linces. Eles ouvirão a música flutuando na água para lá e para cá, música Tejana e country, *ranchera* e *norteña*, oriunda da janela da sala de estar de uma velha que coloca um disco todo final de tarde, serve um copo de uísque e se senta do lado de fora na varanda para ver o pôr do sol, jazz — Billie Holiday e John Coltrane, e o jovem maldito do centro de Oklahoma que sabia fazer um trompete chorar.

    Ninguém pergunta nada quando Victor e Glory entram na balsa em Los Ebanos. Ninguém pede para ver nenhum documento. Caixas de produtos agrícolas são empilhadas no meio da plataforma, junto com vários tubos de aço e uma pilha de tábuas de madeira. Um vira-lata amarelo e magro está de pé no topo da pilha e olha para o outro lado do rio. Glory consegue ver agora que o espaço entre as duas margens é ínfimo. Mesmo depois das chuvas recentes, o rio não é muito mais largo do que uma estrada de quatro pistas, não muito mais longe do que a distância da porta de seu quarto no Jeronimo Motel até a piscina. E, com certeza, quando um homem em uma margem grita em direção ao outro lado para dizer que estão prontos, e os homens que estão na balsa agarram o cabo e começam a puxar, uma mão sobre a outra, a jornada dificilmente é mais longa do que o tempo que Glory precisa para fazer uma trança no cabelo da mãe antes de sair para o trabalho à noite, ou de Alma procurar um punhado de moedas em sua bolsa pela manhã para dar à filha. O tempo de travessia do rio é suficiente para folhear uma pilha de contas em busca de uma carta dando notícias de casa, para descer o corredor e ver se as crianças estão bem, para afogar o motor de um carro comprado com a pensão militar. É tempo suficiente para encarar uma velha cobra no deserto, para começar a imaginar o que virá a seguir. Quando eles chegam ao outro lado e um dos homens pousa duas pranchas de madeira pesadas para que as rodas passem, Victor e Glory olham para a frente. Nenhum dos dois olha para trás, nenhum dos dois olha para o Texas.

Eles dirigem em direção ao sul com as janelas abertas e o sol no rosto. Glory está sentada com as pernas cruzadas. No delta do Río Bravo, também conhecido como Laguna Madre, eles vão virar para o oeste rumo ao coração do país de sua mãe. Se mantiverem o ritmo, talvez estejam na cidade natal de Alma para a Festa de São Miguel Arcanjo no final de setembro. Imagine, diz Victor, eu, você e sua mãe parados na beira da água com os pés na areia, lanternas acesas no convés de cada um dos barcos pesqueiros no porto, mil velas flutuando entre eles. Consegue imaginar, papa-moscas?

Não, responde Glory. Ela esfrega o polegar na palma da mão e, em seguida, estende o braço para tocar os pés e os tornozelos. Victor diz que são cicatrizes de batalha. Algo para se orgulhar. Significa que você lutou muito, significa que voltou da guerra. Consegue enxergar isso?

Ainda não.

Tente.

Ela revira os olhos e olha pela janela, mas está tentando imaginar seus pés cheios de cicatrizes movendo-se continuamente para frente, carregando-a para onde ela precisa ir. Longe de uma caminhonete estacionada no meio do campo de petróleo. Atravessando o deserto e subindo uma estrada até a porta da casa de alguém. Descendo um lance de uma escada de metal, pressionando as mãos contra o concreto áspero e entrando com o corpo na água, se afastando da borda e aprendendo que, se movesse os braços em círculos suaves, poderia flutuar até tocar em algo sólido.

Glory olha para as duas pequenas cicatrizes em suas mãos, uma no meio de cada palma, o corpo fazendo seu trabalho. Em um ano, elas estarão achatadas e terão se tornado mais macias. Em dois, não estarão mais lá. Mas as cicatrizes em seus tornozelos e em seus pés se tornarão mais grossas e mais compridas, cordões vermelho-escuros que a amarram a uma manhã específica. A garota que se levantou e caiu, que se agarrou a uma cerca de arame farpado para não cair novamente. A garota que caminhou descalça pelo deserto e salvou a própria vida. Ela não consegue imaginar outra maneira de contar a história.

Agradecimentos

Estou em dívida com o National Endowment for the Arts, a Rona Jaffe Foundation, o Illinois Arts Council, o Hedgebrook e a MacDowell Colony, bem como com o Barbara Deming Memorial Fund, o Writers Workspace, em Chicago e com Amy Davis: lhes devo dinheiro, tempo, espaço e tranquilidade.

Dois capítulos apareceram em versões anteriores como contos. Muito obrigado aos editores da *Colorado Review* e da *Baltimore Review* pela publicação de "O deserto está vivo" e "Women & Horses".

Pelas aulas de escrita, pela sabedoria e compreensão, quero agradecer a Chris Offutt, Marilynne Robinson, Luis Alberto Urrea, Lan Samantha Chang, James Alan McPherson, Connie Brothers, Deb West e Bret Lott.

Por seus insights brilhantes, paciência infinita e apoio constante, estou em dívida com Helen Garnons-Williams, os heróis da edição e produção da Harper e todas as pessoas maravilhosas da Georges Borchardt, Inc.

Serei eternamente grata a Samantha Shea e Emily Griffin, que acreditaram em Valentine desde o início e trabalharam incansavelmente para torná-lo melhor. Obrigada por amar livros e por amar o meu.

Por ler minhas histórias e compartilhar as suas. Por cuidar do meu filho para que eu pudesse escrever. Pelo apoio moral e pelo encorajamento, particularmente no começo — Caroline Steelberg, Skye Lavin, Karyn Morris Brownlee, Jon Chencinski, Mildred Lee Tanner, Ellen Wade Beals,

Joan Corwin, Rochelle Distelheim, Tammi Longsjo, Christie Parker, César Avena, Tim Winkler, Ellen McKnight, Chris Pomeroy, Mike Allen, Casebeer, Mark Garrigan, Tim Hohmann, Seth Harwood, José Skinner, Joe Pan, Johnny Schmidt, Nick Arvin, Jeremy Mullem, Steve Yousha, Tayari Jones, Rebecca Johns, Brandon Trissler, Michelle Falkoff, Dan Stolar, Jessica Chiarella, Amy Crider, Bergen Anderson, Nick Geirut, Lindsay Cummings, Kelly e Jason Zech, Nathan Hoks, Nikki Flores, Chad Chmielowicz e Katie Wilson.

Por serem minha família — Cary e Jorge Sánchez, David e Christopher Erwin, Grace Sliger, Maria González, Mary Logan Erwin e Curtis Erwin, e em especial meus pais, Tom e Carol Wetmore.

Por se apresentarem como madrinhas e tias. Por escreverem histórias, canções e poemas. Por cavalgarem comigo em campos de milho, ao redor da fazenda, em meio ao deserto, em direção ao mar e para casa. Por confiarem e me ajudarem a prosseguir — Chanceler Bryn, Julie Wetmore Erwin, Judy Smith, Stephanie Soileau e Megan Levad.

Pelas canções, pelo amor, pelas aventuras e pelos sacrifícios que vocês fizeram — Jorge Sánchez e Hank Sánchez.

DIREÇÃO EDITORIAL
Daniele Cajueiro

EDITOR RESPONSÁVEL
André Marinho

PRODUÇÃO EDITORIAL
Adriana Torres
Júlia Ribeiro
Allex Machado
Anna Beatriz Seilhe

REVISÃO DE TRADUÇÃO
Larissa Bontempi

REVISÃO
Thiago Braz

DIAGRAMAÇÃO
Alfredo Rodrigues

Este livro foi impresso em 2022
para a Trama.